TAXILES

JOE HEIMER ist ein Pseudonym. Der Autor hat einen Abschluss in Alter und Neuer Geschichte. Seit dem Studium war er über fünfzehn Jahren für eine Reihe internationaler Konzerne in Spanien, Polen, Österreich und Deutschland tätig. Während einer kreativen Pause nach der Geburt seiner Zwillinge, setzte er einen langgehegten Wunsch um, parallel dem Schreiben historischer Romane nachzugehen. Aktuell arbeitet, schreibt und lebt er mit seiner Frau und seinen drei Kindern in Bayern.

www.joeheimer.com

JOE HEIMER

TAXILES

ZUR SCHLACHT GEBOREN

Bibliografische Information der Deutschen Nationalbibliothek:
Die Deutsche Nationalbibliothek verzeichnet diese Publikation in
der Deutschen Nationalbibliografie; detaillierte bibliografische
Daten sind im Internet über http://dnb.dnb.de abrufbar.

2. Auflage Oktober 2019

© 2019 Joe Heimer
Karten: © Stepmap, 123map,
Daten: Natural Earth/OpenStreetMap,
Lizenz ODbL 1.0
Lektorat und Satz: Dr. Sandra Schwele
Umschlaggestaltung: Books on Demand
Grafik: Voropaev Vasiliy/Digoarpi/Shutterstock.com

Herstellung und Verlag: BoD – Books on Demand, Norderstedt
ISBN: 978-3-7460-0896-7

INHALT

Kapitel 1 – Hirsch 15

Kapitel 2 – Patrouille 26

Kapitel 3 – In Stratons Landen 38

Kapitel 4 – Neue Sichtweisen 58

Kapitel 5 – Jenseits von Gandhara 68

Kapitel 6 – Ein Weg nach Alexandria 82

Kapitel 7 – Rekrut 93

Kapitel 8 – Baktriens Schönheit 107

Kapitel 9 – Baktriens Problem 124

Kapitel 10 – Pfeile 131

Kapitel 11 – Noch ein Abschied 143

Kapitel 12 – Wohin das Meer dich führt 150

Kapitel 13 – Neuer Soldherr 167

Kapitel 14 – Stadt am Meer 216

Kapitel 15 – Könige und Könige 238

Kapitel 16 – Mit der Reiterschwadron 258

Kapitel 17 – Belagerung 270

GEOGRAPHISCHE NAMEN

Die Zuordnung der geographischen Namen hundert Jahre vor Christus wird schwieriger desto weiter man sich in den damaligen indo-griechischen Königreichen nach Osten oder Norden bewegt. Manche Orte gibt es heutzutage nicht mehr, oder auch an etwas anderer Stelle. Speziell im griechischen Sprachraum wurden teilweise Ortsnamen inflationär benutzt, das bekannteste Beispiel natürlich «Alexandria», aber auch «Tralleis», «Laodicea», «Nikaia» oder «Heraclea» bedürfen oft noch eines weiteren Hinweises damit der Leser weiß, wo er sich tatsächlich befindet. Natürlich findet man heute verschiedene Schreibweisen, so wird Mithridates Königreich manchmal Pontos, an anderer Stelle Pontus geschrieben. An solchen Diskussionen will ich in diesem Buch sicherlich nicht teilnehmen, mein Ziel war es, dem Leser einen möglichst leichten Zugang in die Reisetätigkeit des Protagonisten zu ermöglichen. Einige Sonderbarkeiten, wenigstens aus unserer heutigen Sicht, wollte ich jedoch nicht ignorieren. So war für die damaligen Griechen der Kaukasus unser Hindukusch, und die Gegend um die Krim bedeutete das «Bosporanische Reich». Neben den Karten ist die nachstehende Liste ausgewählter Orte, Gebirge, Täler, Flüsse und Seen als Hilfe für den Leser gedacht. Sollte ein Leser Lust haben seine Fantasie zusätzlich zu beflügeln, darf das umfangreiche Material an Karten und Bildern, welches uns im Internet zur Verfügung steht dies gerne tun.

Ortsnamen

Adapazari	Agrilion, Türkei
Adinapur	Jalalabad, Afghanistan
Aksaray	Aksaray, Türkei
Alexandria:	
- am Kaukasus	Tscharikar, Afghanistan
- am Oxus	Ai Khanoum, Afghanistan
- Bukephalia	Gujrat, Pakistan
- in Ägypten	Alexandria, Ägypten
- in Arachosia	Kandahar, Afghanistan
Amaseia	Amasya, Türkei
Amisos	Samsun, Schwarzes Meer, Türkei
Artaxata	Jerewan, Armenien
Aslan Duz	Artashat, Armenien
Attock Khurd	Attock Khurd, Pakistan
Babolsar	Babolsar, Kaspisches Meer, Iran
Bagram	Begram, Afghanistan
Baktra	Mazar-i-Sharif, Afghanistan
Bamyan	Bamiyan, Afghanistan
Bithynion	Bolu, Türkei
Byzantion	Istanbul, Türkei
Cildir	Cildir Ruine, Türkei
Demetrias	Lashkar Gah, Afghanistan
Dioskurias	Sochumi, Georgien
Doshi	Dushi, Afghanistan
Eupatoria	Samsun, Schwarzes Meer, Türkei

Gandhara	Peschawar, Pakistan
Gorgan	Gonbade Kavus, Iran
Heraclea Pontica	Karadeniz Eregli, Türkei
Ikonion	Konya, Türkei
Komana Pontike	Tokat, Türkei
Kunduz	Kunduz, Afghanistan
Lankaran	Länkäran, Kaspisches Meer, Aserbaidschan
Maymana	Maymana, Afghanistan
Mazaka	Kayseri, Türkei
Merv	Ruinenstadt bei Mary, Turkmenistan
Myra	Demre, Taurusgebirge, Türkei
Nikaia (am Hydaspes)	Jhelam, Pakistan
Nikomedia	Izmit, Türkei
Pantikapaion	Kertsch, auf Halbinsel Krim
Pataliputra	Patna, Indien
Phanagoreia	Ruinenstadt Phanagoreia, Schwarzes Meer, Russland
Pharnakeia	Giresun, Schwarzes Meer, Türkei
Phasis	Poti, Georgien
Pol-e-Chomri	Pol-e-Chomri, Hindukusch, Afghanistan
Samarkand	Samarkand, Usbekistan
Sangala	Sialkot, Pakistan
Sarkisla	Sarkisla, Türkei
Sar-e Pol	Sari Pul, Afghanistan
Side	Manavgat, Türkei

Sinope	Sinop, Türkei
Trapezus	Trabzon, Schwarzes Meer, Türkei
Tios	Amasra, Schwarzes Meer, Türkei

Gebirge

Ararat Berg	Ararat Berg, Türkei
Argaios Berg	Erciyes Berg, Türkei
Baghlan Gebirge	Baglan Gebirge, Hindukusch, Afghanistan
Koh-e Baba Gebirge	Koh-e Baba Gebirge, Afghanistan
Margella Hügel	Margalla Hügel, Pakistan
Salang Gebirge	Salang Gebirge, Hindukusch, Afghanistan
Spin Ghar Gebirge	Spin Ghar Gebirge, Pakistan, Afghanistan

Pässe

Hajigak Pass	Hajigak Pass, Afghanistan
Khyber Pass	Chaiber Pass, Pakistan, Afghanistan
Shibar Pass	Shibar Pass, Afghanistan

Seen

Band-e-Amir Seen	Band-e-Amir Seen, Afghanistan
Baghoo Kenareh See	Baghoo Kenareh See, Iran
Gölköy Baraji See	Gölköy Baraji See, Türkei
Khozapini See	Khozapini See, Georgien, Türkei
Sepanaca See	Sapanca Gölü See, Türkei
Yapialtin Baraji See	Yapialtin Baraji See, Türkei

Flüsse

Amnias Fluss	Gökirmak Fluss, Türkei
Araxes Fluss	Aras Fluss, Türkei, Armenien, Iran
Arghandab Fluss	Arghandab Fluss, Afghanistan
Billaeus Fluss	Filyos Cayi Fluss, Türkei
Darya-ye:	
-Oonduz Fluss	Kunduz Fluss, Afghanistan
-Kabul Fluss	Tagab Fluss, Afghanistan
-Pamaher Fluss	Darya-ye-Pamaher Fluss, Afghanistan
-Payan Deh	Darya-ye-Payan Deh, Afghanistan
Dnjepr Fluss	Dnjepr Fluss, Russland, Weißrussland, Ukraine

Tanais Fluss	Don Fluss, Russland
Etymandros Fluss	Helmand Fluss, Hindukusch, Afghanistan
Ganges Fluss	Ganges Fluss, Indien, Bangladesch
Ghorband Fluss	Ghorband Fluss, Afghanistan
Halys Fluss	Kizilirmak Fluss, Türkei
Haro Fluss	Haro Fluss, Pakistan
Hrazdan Fluss	Hrazdan Fluss, Armenien
Hydaspes Fluss	Jhelum Fluss, Indien, Pakistan
Indos Fluss	Indus Fluss, China, Indien, Pakistan
Iris Fluss	Yesilirmak Fluss, Türkei
Kabul Fluss	Kabul Fluss, Afghanistan, Pakistan
Khanabad Fluss	Khanabad Fluss, Afghanistan
Kunar Fluss	Kunar Fluss, Pakistan, Afghanistan
Margos Fluss	Murgab Fluss, Afghanistan, Turkmenistan
Oxus Fluss	Amu-Darya Fluss, Afghanistan, Tadschikistan, Usbekistan
Quarah Su Fluss	Quarah Su, Iran
Sangarius Fluss	Sakarya Fluss, Türkei
Shahidan Khwar Fluss	Shahidan Khwar Fluss, Pakistan

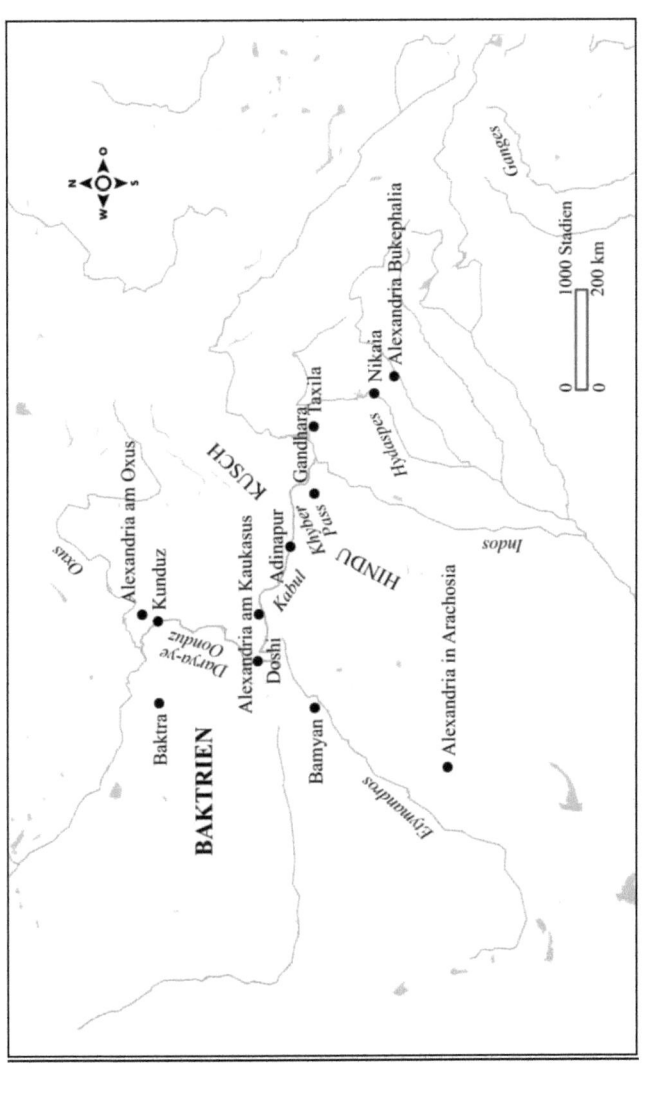

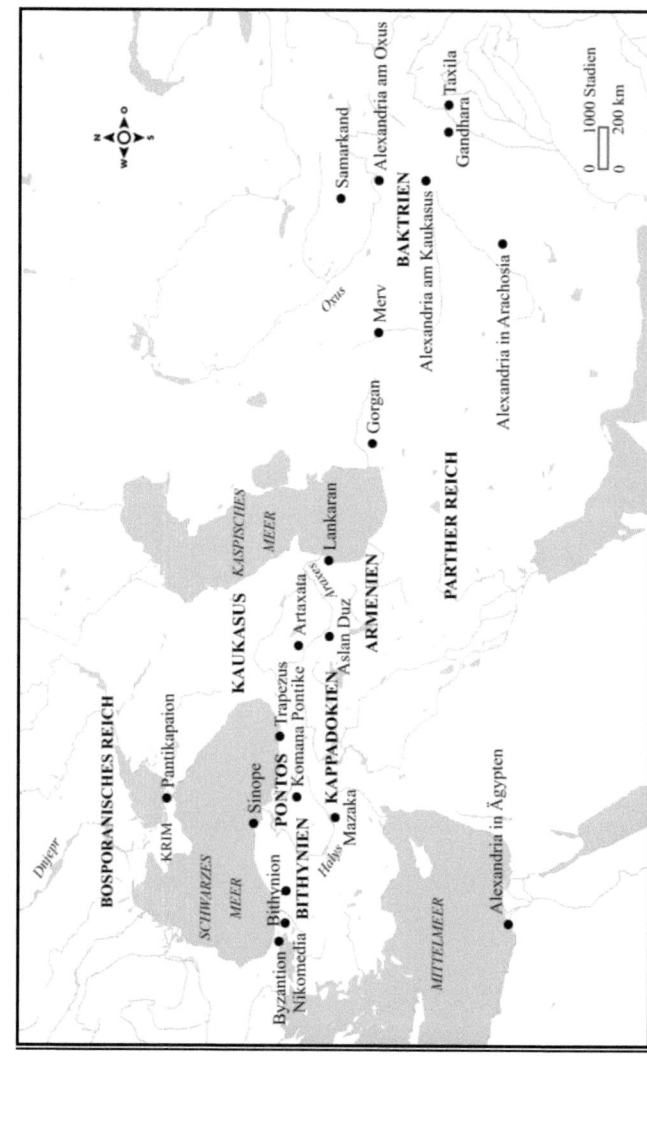

Kapitel 1 – Hirsch

Frühling, ca. 100 v. Chr.

Es war mein erster Hirsch, den ich erlegte, und auch für meine Kameraden war es das erste große Wild. Unter den Stolz dieses schöne Tier gejagt zu haben mischte sich bei allen von uns auch ein beklemmendes Gefühl, ob des Todeskampfes dessen wir soeben Zeuge geworden waren. Der Tod war uns allen eben bewegt und präsent vor Augen geführt worden. Es war anders als die kleineren Schweine sterben zu sehen. Das Gefühl des Tötens war intensiv und unmittelbar, so dass man davor ebenso erschrocken war wie berauscht. Wir alle sollten dieses Gefühl noch allzu gut kennenlernen.

An diesem Abend verwässerte der wenige Wein, den wir noch übrighatten, die Emotionen nicht, als wir den Hirsch am Feuer zerlegten und zubereiteten. Einige gute Stücke packten wir zusammen mit dem Geweih in eine Decke, um es mit nach Hause zu nehmen. Solange das Feuer noch wärmte saßen wir zusammen. Ich dachte an heute Morgen und an meinen Vater in Taxila.

Mein Vater hieß Demetrios. Aber im Gegensatz zu König Demetrios und Alexander dem Großen durchquerte mein Vater Indien zur Gänze, bis zum großen Meer auf der anderen Seite im Gefolge von Menander, unserem großen griechischen König der Indien eroberte.

Von Baktrien kommend über den Hindukusch und das Punjab ziehend, über das Ganges Tal bis zur legendären Stadt Pataliputra wo die Könige der Mauryas nach Alexanders kurzem Besuch über ein großes Reich herrschten.

Menander eroberte alle Völker im Sturm bis sich ihm keiner mehr in den Weg stellte, und erfüllte so den großen Traum, den wir Griechen hier im fernen Osten seit Alexanders Tagen träumten. Nach der Einnahme Pataliputras zog Menanders Gefolge, ohne auf weiteren Wiederstand zu treffen nach Osten bis zum großen östlichen Weltenmeer, wie es Aristoteles vorhergesagt hatte. Aber mein Vater berichtete mir, dass es auch nach diesem Horizont noch eine Welt gäbe, und Schiffe weiterführen. Wohin sie führen, das weiß heute noch niemand.

König Menander machte sich daran seine griechische Herrschaft über das riesige und reiche Gebiet im Osten zu erweitern und errichtete Militärkolonien. Mein Vater war einer seiner Kommandanten. Jedoch sind wir nun zu wenige Griechen für die riesigen eroberten Gebiete. Unsere Herrschaft besteht nur örtlich, und Indien ist nach Süden hin noch unendlich und unerschlossen. Manchmal erreichte uns Unterstützung von griechischen Söldnern aus den westlichen Königreichen. Meist nach Schlachten, Verrat, Dynastiestreitigkeiten oder anderen Missgeschicken die einen Söldner treffen konnten, und die diese Glücksritter zu uns ins verheißungsvolle Indien lockten. Jedoch war dieser Zustrom mehr und mehr am Versiegen seitdem die Parther, die Skythen und andere wilde Völker aus den Steppen nördlich von Samarkand einen Keil zwischen uns Griechen in Baktrien und in Indien und den großen Königreichen im Westen schoben.

Obwohl wir in Baktrien bereits schwer unter Druck geraten waren, verehrte mein Vater Menander, der Alexanders Traum über Indien zu herrschen, wahrgemacht hatte. Er erzählte mir von dessen Schlachten, aber auch von der Weitsicht Menanders. Da Menander die zahlenmäßige Unterlegenheit der Griechen als Schwachpunkt seiner Herrschaft erkannte, gewann er die Inder und die einflussreiche Sekte der Buddhisten, auf die sich schon der Maurya-Fürst Ashoka stützte, für sich. Aber es war und ist ein zweischneidiges Schwert mit den Buddhisten. Die ältere Priesterkaste, die Brahmanen, hassen die Buddhisten und ihre friedfertigen Lehren sind ihnen verhasst. Die Brahmanen versuchten immer wieder Häuptlinge von ihrer göttlichen Mission zu überzeugen und redeten ihnen ein sie seien Könige. So entzündeten sie in Indien des Öfteren Wiederstand gegen uns Griechen und leider mit allzu viel Erfolg.

Deshalb hatte König Menander neben den Buddhisten auch immer seine griechischen Speere und Schilde in Ehren gehalten, denn er wusste was die Grundlage seiner Herrschaft war. Aber Menander verstarb vor seiner Zeit, und sein Sohn Straton kam minderjährig auf den Thron unter der Regentschaft seiner Mutter Agathokleia. Mein Vater gab ihr und ihren unzüchtigen Verbindungen mit den Einheimischen die Schuld am Verderben der so schwer errungenen griechischen Herrschaft über Indien.

«Sohn, was in Jahren mit dem Blut hunderter Soldaten teuer erkauft wurde, bringt der geile Schoß einer Frau in einer Nacht an den Mann», ließ mich mein Vater früh wissen.

Straton nahm das Friedensgefasel der Buddhisten offenbar zu ernst. Und nachdem einige frisch errichtete Militärkolonien von marodierenden Indern niedergebrannt, und die Besatzungen bis auf den letzten Mann dahingemetzelt worden waren ließ Straton, oder besser gesagt seine Mutter, meinen Vater und einige andere Militärkommandanten nicht zum Gegenschlag ausholen, um Rache und Vergeltung zu üben. Darauf ging mein Vater und eine große Zahl Soldaten seiner Kompanie, die Griechen bleiben wollten, zu König Antialkidas über. Mein Vater musste sich vor sich selbst Zeit seines Lebens für seinen Verrat rechtfertigen, was ihm eher schlecht als recht gelang.

«Wenn wir Griechen wie die Inder sein wollen, dann müssen wir sie nicht erst unterwerfen, dann können wir sie auch einfach heiraten», pflegte mein Vater zu sagen. «Aber dazu habe ich zu viel Blut für unser Griechentum vergossen, als dass ich es nach dem Sieg einfach aufgebe!»

Antialkidas, der neue Herr meines Vaters dachte da ähnlich. Er herrscht im südöstlichen Baktrien, und nahm sich auch einige von Stratons Gebieten bis Taxila im Osten. Hier in Taxila bei den Margella Hügeln dem östlichsten griechischen Vorposten der Welt, wo bei Alexanders Zug Abisares und Poros herrschten, verteidigte mein Vater als Militärkommandant unsere griechische Kultur für unseren König Antialkidas, und hier wurde ich geboren, als Grieche in Indien. Meine Mutter habe ich nie kennengelernt, sie starb als ich noch zu jung war, um mich an sie erinnern zu können. Aber sie nannte mich wohl Lysander.

Taxila war keine der neuen griechischen Militärkolonien, sondern eine indische Stadt mit einer griechischen Besatzung. Zu Alexanders Zeiten herrschte hier ein Hindu-König der Alexander als Freund entgegenkam und der als Taxiles in Alexanders großen Tatenbericht einging. An der großen Handelsstraße von Pataliputra in den Westen gelegen, die manchmal auch Königsstraße genannt wird war Taxila bereits eine alte Stadt, die schon von den Achämeniden erobert wurde und Hauptstadt ihrer Provinz Gandhara war. Aber auch wenn die Herren hier wechselten, die Bedeutung für den Handel mit allen Waren aus Indien in den Westen blieb, und so war es eine reiche Stadt. Und seit Ashoka war es auch eine Stadt der buddhistischen Bildung was auch so blieb nachdem wir Griechen die Stadt erobert hatten. Taxila war bereits eine Stadt aus Stein, solide gebaut und mit guten Verteidigungsanlagen, die ständig instandgehalten wurden. Die Tore waren fest und neben unserer Sicherheit war das auch wichtig für die wirtschaftliche Kraft, denn hier konnte der Zoll von den Händlern erhoben werden.

Wenn man, wie ich die Inder kennt kann man ahnen warum dieser Hindu-König Taxiles die Freundschaft Alexanders suchte. Er war wohl scharf auf das Land oder die Frau seines Nachbarkönigs, oder beides, und hoffte in Alexander einen Verbündeten zu finden. Aber den

Grundsatz, dass der Feind deines Feindes dein Freund ist kannten nicht nur die Inder. In Taxila waren neben Griechen auch Inder des vedischen Glaubens und Buddhisten zuhause, sowie eine Menge eingesessener und durchziehender Händler aus aller Herren Länder. Mein Vater schärfte mir früh ein wie man eine Gruppe, gegen die andere ausspielt, denn in diesem östlichsten Vorposten waren wir Griechen in der Minderheit, und ein Aufstand war eine ebenso große Gefahr wie ein Angriff von außen, nur vermutlich sogar wahrscheinlicher.

Mein Vater ist wie ich größer als der Durchschnitt der Menschen in Indien. Und ebenso ist unser Haar und unsere Haut heller als die der einheimischen Inder, ob Aryas oder von irgendwelchen anderen Stämmen. Auch die grünen Augen habe ich von ihm geerbt. So konnte man ihn und auch die meisten anderen Griechen von Weitem erkennen. Da war es unabdingbar den ein oder anderen Informanten bei den Buddhisten zu haben. Was nicht weiter schwer war. Mehr Kopfzerbrechen machten meinem Vater die Brahmanen in den umliegenden Dörfern.

Wir, die Söhne der Soldaten des Antialkidas, wurden griechisch erzogen. Auch die Söhne bei denen einer oder auch beide Elternteile nicht griechisch waren, und davon gab es natürlich einige. Unser Platz war das Gymnasium. Wie so oft bei Völkern in der Diaspora waren wir vermutlich griechischer als die Griechen im Mutterland und in den großen Reichen der Diadochen, die sich auf dem Gebiet des Alexanderreiches etabliert hatten. Es wurde

Wert auf unsere Unterrichtung in Mathematik, Geografie und Philosophie und natürlich unserer Geschichte gelegt. Wir alle kannten Platon und natürlich Aristoteles als Lehrer Alexanders. Wir waren der Beweis für einige seiner geographischen Lehren, und kannten auch schon einige seiner Fehler. Der Peloponnesische Krieg war unsere Geschichte, Xenophons Zug der Zehntausend war die Prophezeiung und Alexander der Vollstrecker. Er war uns allen das Maß aller Dinge. Daneben waren natürlich die körperliche Ertüchtigung und unsere Unterweisung in den Umgang mit den Waffen unser tägliches Vergnügen, und die Vorbereitung auf unseren späteren Dienst als Soldaten. Die Frage nach der Berufswahl erübrigte sich als herrschende Minderheit. Händler gab es genügend, und die Handelsstraßen wurden immer unwegsamer, und die Seefahrt war weit weg.

Beim Waffenlauf erkundeten wir die hügelige Umgebung im Osten. Das Land war dort in der näheren Umgebung nicht bewaldet. Hügelkette reihte sich an Hügelkette mit steinigen Wegen und steinigen Ebenen. Aber die Hänge der Hügel waren grün und eigneten sich als Weide für Ziegen. Dahinter wurden die Berge höher und bewaldet, das Terrain schwierig und manchmal begegnete man hier den Bergstämmen, die schon vor den Vedischen hier wohnten und kaum zivilisiert waren und ausschließlich von der Jagd lebten.

Mit meinen Freunden Amnytor und Klearchos übte ich hier Ausdauer beim Waffenlauf in den nahen Hügeln. Unsere Reitkünste verfeinerten wir in den ebenen Gebieten im Süden. Hier gab es südöstlich nochmals einen einzelnen Höhenzug und südlich noch mehr Land, das sich zum Ausreiten eignete. Von Zeit zu Zeit unternahmen wir auch Ausritte von einigen Tagen, um in der nördlich gelegenen Gegend jenseits des Flusses zu jagen. Hier war es ebener und stark bewaldet vor allem in der Gegend um den Fluss, der sich aus den hohen Gebirgen im Norden nach Süden schlängelte. Die Jagd nach Hirschen konnte hier ergiebig sein, aber man musste auch auf der Hut vor den Tigern und Leoparden sein, vor allem wenn man ein Bad in einem See nehmen wollte konnten diese riesigen Katzen unverhofft aus dem Gebüsch hervortreten. Die große Straße führte vom Südosten kommend über unsere Heimatstadt Taxila weiter nach Nordwesten ins Gebirge und über die hohen Pässe, die man nur im Sommer passieren konnte, hinüber nach Baktrien unter Stratons Herrschaft.

Im Sommer war viel los auf der Straße, aber im Winter waren die Pässe unpassierbar und auch in den Hügelketten im Osten lag zeitweise Schnee. Nach einem kalten Winter freuten wir uns, dass nun nach der Schneeschmelze die Flüsse wieder abschwellen würden und wir unsere Jagdgründe im Norden aufsuchen konnten. Ich war mit Amnytor und Klearchos bereits vier Tage weg. Nachdem wir am ersten Tag an einen uns gut bekannten See geritten waren und unser Lager aufgeschlagen hatten, erlegte Amnytor am zweiten Tag gleich in den Vormittagsstunden eine Sau mit seiner Lanze vom Pferd aus auf der gegenüberliegenden Seite des Sees von unserem Lager. Da wir seit Wochen kein Wild mehr hatten und es ein schöner Tag war beendeten wir die Jagd, zerlegten die

Beute und taten uns gütlich bis tief in die Nacht hinein. Die mitgebrachten Weinschläuche litten leider sehr, und wir ebenso am nächsten Tag. Deshalb entschieden wir uns am dritten Tag nicht auf die Jagd zu gehen, sondern das erste Bad des Jahres im See zu nehmen, und die frische Luft zu genießen. Am vierten Tag ritten wir ein kleines Rinnsal entlang, welches an der Nordostseite eine Böschung herunter in einen See floss. Nach einem kleinen Ritt weiter bergauf erreichten wir eine lichte Stelle. Hier banden wir unsere Pferde an einen Baum, schnallten uns eine kurze Lanze auf den Rücken, und nahmen Pfeil und Bogen in die Hand. Wir folgten weiter dem kleinen Bächlein, welcher am linken Rand der Lichtung entlangfloss. Die Lichtung war nach rechts hin abschüssig, und wir bewegten uns am Rande im Unterholz des Waldes. Der Fluss schlängelte sich ungefähr die Strecke einer dreiviertel Stadie am Waldesrand entlang. Am anderen Ende floss er aus einem kleinen Becken heraus welches aufgrund der Schneeschmelze noch die Lichtung und den Wald mehr als normal überschwemmte.

Wir legten uns hier auf die Lauer, da wir im Vorjahr hier einiges Wild gesehen hatten, leider nachdem es uns gewittert hatte, und so hatten wir das nachsehen gehabt. Dieses Jahr sollten wir mehr Erfolg haben. Amnytor und ich legten uns in Schussweite der Lichtung auf die Lauer während Klearchos sich links in den Wald schlug, so dass er das Wild auf die Lichtung treiben konnte. Es war ein sehr warmer Tag für die Jahreszeit, und kurz nachdem die Sonne ihren Zenit erreicht hatte kam eine kleine Gruppe Hirsche, um zu trinken. Nachdem die Hirsche sich eingefunden hatten und ihre anfängliche Nervosität vorbei war schlich sich Klearchos auf mein Zeichen an die Hirsche und trat mit Geschrei hervor. Er feuerte einige Pfeile auf die nächststehende Hirschkuh ab. Die Gruppe tat uns den Gefallen und flüchtete auf die Lichtung wo ich und Amnytors die vorpreschenden Hirsche mit Pfeilen spickten. Wir trafen auch gut und beide das gleiche männliche Tier, das aber gemeinsam mit der Gruppe quer über die Lichtung davonsprengte. Wir rannten zurück zu unseren Pferden sprangen auf und den Tieren hinterher. Wir eilten über die Lichtung hinein in den Wald wo wir dem knacken der Äste folgen konnten, welches die flüchtenden Hirsche verursachten. Das Gelände stieg nochmals an, und endete in einem Vorsprung. Die übrigen Tiere der Gruppe konnten an einer etwas abgeflachten Stelle den Vorsprung erklettern, aber der von unseren Pfeilen verwundete Hirsch mit seinem stolzen Geweih hatte die Kraft nicht mehr. Amnytor scherte zu meiner Linken aus, Klearchos zu meiner Rechten, beide den Pfeil gespannt auf der Sehne ihres Bogens. Ich stieg zügig ab, denn ich wollte es schnell erledigen bevor er fliehen konnte. Ich nahm meine Lanze vom Rücken, näherte mich dem nervösen Tier langsam auf circa zehn Speerlängen, warf und traf tief in die vordere linke Seite hinter das Schulterblatt. Der Hirsch bäumte sich auf. Einmal und nochmals bevor er anfing zu stolpern und zu torkeln. Er schaute mich aus großen rollenden Augen unruhig an, und suchte noch nach einem Ausweg. Amnytor warf mir seine Lanze zu. Ich näherte mich auf circa zwei Speerlängen, den Blick fest auf die Augen des Hirsches gerichtet und schleuderte den Speer dem Tier in den Hals. Der Hirsch warf seinen Kopf hin- und her und schüttelte so die Lanze heraus. Aus seiner Wunde am Hals blutete er stark, so dass er rasch benommen das Gleichgewicht verlor. Beim Anblick des kurzen, aber heftigen Todeskampf fühlte ich Scham und auch Befreiung. Beides konnte ich mir nicht erklären.

Kapitel 2 – Patrouille

Am nächsten Morgen brachen wir sehr früh auf, um das Wildbret schnellstmöglich Heim zu bringen. Unsere Laune war wieder sehr viel besser, und wir freuten uns mit unserer Trophäe zu prahlen. Von weit her sahen wir die grauen Mauern von Taxila auf der Anhöhe und preschten die letzten Stadien in vollem Galopp. Am Tor angekommen winkten uns Phillip und Lysippos, zwei Soldaten meines Vaters rasch durch. Wie gewöhnlich waren sie in voller Montur mit Arm- und Beinschienen sowie Brustpanzer auf ihrem Posten. Ungewöhnlich war jedoch, dass sie auch ihre Schilde hielten, was bei normaler Torwache nicht notwendig war.

Wir ritten zu unserem Haus, welches ja gleichzeitig auch Quartier des Kommandanten war. Hier stand eine Handvoll Soldaten meines Vaters ebenfalls in voller Montur vor dem Haus, was an sich nicht ungewöhnlich war, mich aber neugierig machte. Drinnen sah ich meinen Vater in Kriegsrüstung im Gespräch mit Lykurg, der unser Lehrer war, und meinen Vater vor allem in nicht-militärischen Belangen beriet. Lykurg war schon sehr lange in Indien und hatte im Gefolge von Menander die Inder studiert. Er kannte sich sowohl in den vedischen Schriften als auch in den Lehren des Buddha aus. In unserem Land, das von so viel religiösem Eifer erfasst ist, ist dieses Wissen im Konfliktfall, wie mein Vater sagte, so wichtig wie Schilde und Speere und die richtige Taktik zusammen. Als mein Vater uns vor dem Eingang sah winkte er mich zu sich, ohne ein Wort an mich zu richten. Mein Vater war streng und sein Lebtag lang Soldat gewesen, so dass ich seine Befehle, und es waren immer Befehle, auch ohne Worte deuten konnte.

«Lykurg, wenn die Inder im Südosten ein vedisches Pferdeopfer machen und einen König wählen, dann könnte man meinen es ist erst einmal Stratons Problem. Er ist schwach geworden an unseren südlichen Grenzlanden. Aber auch wir haben hier Einige die davon angesteckt werden könnten, und an einem Aufstand in unserem südöstlichen Gebiet würde auch der Handel leiden. So gerne ich es auch sehe, wenn Straton und seine buddhistischen Einflüsterer über den Styx geschickt werden, es schadet auch uns, und kann gefährlich werden. Denn sollten sie Erfolg haben, dann sind nach Straton und den Buddhisten wir das nächste Ziel eines vedischen Aufstands. In der Stadt und unter den Händlern haben sie wenig Rückhalt, aber die Bauern auf dem Land sind ein Risiko.»

Mein Vater wandte sich zu Antigonos, der gerade zusammen mit einigen Soldaten eingetreten war und bereits aufgeregt seine Einschätzung kundtat.

«Stratons Militär ist zwar schwach, und der Einfluss seiner Mutter ist immer noch groß, aber der buddhistische Teil der Inder und die Griechen, die bei ihm geblieben sind, stehen fest hinter ihm. Das sollte immer noch eine starke Verteidigung gegen einen Aufstand der Vedischen sein. Stärker natürlich, wenn Straton davon frühzeitig erfährt. Wir sollten ihn warnen. Stratons Mutter,

Agathokleia mag dir noch grollen, deshalb sollest du jemanden schicken und nicht selbst gehen. Letztlich sind es immer noch Griechen. Wir müssen zusammenhalten.»

Mein Vater schritt mit gesenktem Kopf zum Fenster und drehte sich plötzlich mit entschlossenem Blick zu uns. «Selbstverständlich unterstütze ich Straton, wenn es gegen einen Aufstand der Vedischen geht, vor allem wenn der Aufstand auch uns schadet. Aber ich habe nur die Berichte des buddhistischen Händlers, der das Pferd verkauft hat. Und dann in unsere Richtung weitergefahren ist. Ich kenne ihn noch nicht lange. Er bringt mir Nachrichten seit zwei Jahren. Bisher aber immer nur Belanglosigkeiten, die aber stets korrekt waren. Was ich weiß könnte Straton auch wissen. Warum bekommen wir keine Warnung von ihm? Ist er schlecht informiert? Weiß er etwas und verrät es uns nicht, weil er glaubt, dass wir es zu unserem Vorteil nutzen? Ich weiß einfach zu wenig, auch zu wenig, um ihm eine Warnung zusenden zu können. Wir müssen es uns vor Ort ansehen. Ich werde eine Grenzpatrouille wie gewöhnlich schicken. Nur werde ich diesmal persönlich dabei sein, und mich am südöstlichsten Punkt unserer Route absetzen und als Reisender in das Dorf gehen, welches mir der Händler genannt hat. Wir brauchen drei Tage hin und können dann in zwei Tagen auf direktem Weg zurückkommen. In einer Woche wissen wir mehr.»

«Die normale Patrouille wird dann den normalen Weg weitergehen bis an die nordöstliche Grenzregion. Das dauert in der Regel zehn bis zwölf Tage je nach Witterung. Was wenn wir von euch nichts hören bis die Patrouille wiederkommt?», gab Antigonos zu bedenken.

«Wenn wir nach Ablauf des siebten Tages nicht wieder zurück sind, Lykurg, dann schlag Alarm bei Antialkidas. Er soll Verstärkungstruppen schicken. Sende dann auch eine Warnung an Straton, das Unruhe herrscht an unserer südöstlichen Grenze und, dass wir keine aggressiven Absichten haben, und gerne zur Beruhigung der Lage mit ihm kooperieren. Lysimachos, du vertrittst mich während meiner Abwesenheit in militärischen Dingen. Lykurg, du regelst die politischen und vor allem diplomatischen Belange. Wir brechen übermorgen auf.»

«Patrouille!»

Am nächsten Morgen instruierte mich mein Vater was ich mitzunehmen hatte. «Du bist alt genug mitzureiten, und musst die Grenzen unseres Gebiets kennenlernen. Du weißt was Platon über die guten Anführer sagt: Sie sollen bei der Jagd und beim Ausritt allzeit auf die Topografie achten, und sich vorstellen wie sie im Kriegsfalle genutzt werden kann. Ich will, dass du deine Arm- und Beinschienen und deinen Brustpanzer mitnimmst. Auch kurze Lanze und Schwert, aber lass deinen Schild zuhause. Wir werden uns in der Gegend um Alexandria Bukephalia von der Patrouille trennen und die Kleider von Händlern überziehen. Die Lanze können wir tarnen indem wir die Spitze abnehmen und das Schwert können wir unter dem Sattel verstecken, aber der Schild verrät uns.»

Auf der Agora kaufte mein Vater uns noch gewöhnliche Kleidung wie sie Kaufleute tragen, und ließ unsere Sachen und Proviant auf ein extra Pferd packen. Als wir aufbrachen waren wir eine Gruppe von zwanzig Mann. Eine klassische Grenzpatrouille griechischer Soldaten, alle zu Pferd mit fünf extra Pferden für Proviant und Ausrüstung.

Die Handelsstraße bog bereits im Tal links nach Südosten ab. Wir aber ritten bei Sonnenaufgang aus dem Stadttor und gerade nach Süden. Erst die Hänge um Taxila herunter, dann den Gebirgszug im Südwesten zu unserer rechten Seite in die große Ebene im Süden. Richtig eben war es nicht. Die leicht hügelige Landschaft mit den zahlreichen Flussbetten, die bald wieder austrocknen sollten, führten noch Wasser von der Schneeschmelze. Wir ritten den ganzen Tag, und als es Abend war sahen wir in der dunstigen Luft im Süden den Gebirgszug, welcher vor dem Hydaspes lag, und so etwas wie eine Grenze zwischen uns und Straton bildete. Jedoch haben weder er noch wir Kontrolle über das Gebiet. Bewohner gab es hier sowieso erst einmal nicht. Das Land war nicht bebaubar, und selbst für Schafherden war es aufgrund der Dürre, die auf die Überflutung im Frühjahr folgte, wenig interessant. Davon abgesehen wurden hier nicht einmal die Kaninchen fett bei dem dornigen Gestrüpp, das den Widrigkeiten der Gegend trotzte. Erst am frühen Abend des dritten Tages erreichten wir die Hügelkette nördlich des Hydaspes. Die Nächte davor hatten wir in unsere Häute eingewickelt auf Anhöhen geschlafen und hatten den mitgebrachten Proviant aufgebraucht. Ich war froh zuvor auf der Jagd gewesen zu sein, und mich dabei ordentlich am Fleisch satt gegessen hatte. Der Proviant war nur das Notwendigste gewesen. Am Fuße der Hügel kamen wir in ein Dorf. Die Bewohner kannten die Patrouillen, die zwei bis dreimal jährlich hier vorbeikamen, und da die Bauern hier abseits der Handelsstraße wohnten war es für sie eine willkommene Gelegenheit ihre Überschüsse versilbern zu können. Lyssipos erledigte die Besorgungen, da er die Bauern hier kannte, und am besten ihren Dialekt verstand.

Patrouillen bewegen sich nicht immer mit derselben Geschwindigkeit. In der ebenen Landschaft mit kleinen Hügeln mussten wir sehr langsam vorangehen, denn in den kleinen Senken kann man problemlos eine Gruppe von dreißig Mann mit Pferden verstecken, und so eignet es sich hervorragend für einen Hinterhalt. Außerdem muss man darauf achten, ob sich Menschen angesiedelt haben, oder Straßen und Wege entstanden sind, die Händler nutzen könnten, um Taxila und seine Zölle zu umgehen. Um ein Gebiet zu beherrschen muss man sich zum einen dort auskennen, zum anderen muss man sich auch sehen lassen. Sonst glaubt einem keiner, dass man es beherrscht. Und wenn man herausgefordert ist sollte man sich im eigenen Gebiet besser auskennen als der Feind, und wissen wer auf welcher Seite steht, auch von den Bewohnern des eigenen Territoriums.

Lyssipos kaufte für den Abend unter anderem zehn Hühner. Obwohl die Schläuche noch mit Wein gefüllt waren, und die Bewohner hier eh keine Weinvorräte hatten, kauften wir ein wenig von ihrem vergorenen Saft, und es wurde ein lustiger Abend in einem Obst Hain an einem Hang über dem kleinen See, welchen die Dorfbewohner uns gerne als Lagerplatz anboten. Die Hühnchen brieten über dem Feuer, und die Abendsonne schien endlich ohne den Dunstschleier der letzten Tage in unsere Gesichter. Der Dorfälteste und einige weitere führende Männer gesellten sich zu uns. Mein Vater kannte die Männer, auch wenn er nicht jedes Mal mit auf Patrouille ging versuchte er einmal im Jahr alles mit eigenen Augen zu sehen, und vor allem mit eigenen Ohren zu hören! Mein Vater sprach erst über die Ernte, was bei Bauern dazu führt, dass sie in einen Redeschwall kommen, mit der Neigung im Verlauf dieses Ergusses ins Lamentieren zu geraten.

«Eigentlich sehr gut, keine großen Überschwemmungen und Hagel, aber der Weizen hat nicht so viel eingebracht wie das Jahr zuvor, und auch wenn die Äpfel normal getragen haben, waren die Kirschen wegen dem frühen Frost praktisch ganz weg.»

Das geht so weiter bis einem ein fetter Kerl erzählt er wäre gestern erst fast verhungert, wenn man das Gespräch nicht in andere Bahnen lenkt.

«Dann hattet ihr ja kaum etwas zu verkaufen an durchziehendes Volk? Habt ihr denn genug Silber, um auf dem Markt einzukaufen, oder müsst ihr dort Ware tauschen?», fragte mein Vater nach.

«Ach viel vom Markt brauchen wir nicht, nur ein bisschen Eisenzeug für die Arbeit und den Haushalt. Aber es kommt hier sowieso keiner vorbei. Entweder nehmen sie die Straße im Osten zu euch nach Taxila, oder sie fahren auf dem Fluss», antwortete einer der Bauern und trat einen Schritt näher. Ermutigt durch die direkte Ansprache meines Vaters fuhr er amüsiert fort.

«Was jenseits des Flusses genau ist weiß ich gar nicht. Ich war, glaube ich noch kein einziges Mal drüben. Aber es ist auch besser, dass niemand über den Fluss setzt, vor allem keiner der bettelnden Mönche! Die bleiben gottseidank auch bei euch in der Stadt, und fressen neben Schriftrollen vermutlich eure Kornkammern leer!»

Man muss dazu wissen, dass das Dorf eigentlich buddhistisch war. Da aber seit Jahren kein Mönch mehr vorbeischaute, und die Bewohner sich auch nicht weiter um Religion scherten, sondern um ihre Ernten beurteilen wir diesen Zustand als durchaus gut.

«Meine Kornkammern bleiben ihnen verschlossen! Wer ihnen etwas geben will soll ihnen geben, und ansonsten sind es lauter brave Schriftgelehrte», erklärte mir mein Vater später entschlossen. «Und für den Handel ist es nur gut eine bekannte und gute Schule zu haben. Die Reisenden schätzen es sehr sich mit ihnen zu unterhalten und einige Tage länger zu bleiben. Das wiederum schätzen meine Wirte! Und ich erfahre auch ein wenig aus der weiten Welt im Westen, und selten einmal etwas aus dem Osten.»

«Hört man denn bei euch etwas aus Stratons Reich?», hakte mein Vater bei den Dorfbewohnern nach.

Ein anderer Bauer meldete sich sofort zu Wort. «Von Straton hört man nur, dass er eine Mutter hat, die die Buddhisten mehr liebt als die Vedischen, und dass die

Vedischen das natürlich genauso wenig mögen wie ihr Griechischen. Allerdings kann ich mir immer nicht merken welcher Gott jetzt woher kommt. Meistens sind es doch die gleichen Götter, nur mit anderen Namen in der anderen Sprache. Aber von den Vedischen kommt nie einer über den Fluss, und auf unserer Seite findet man in zwei Tagesmärschen Reichweite keine vedischen Völker.»

Wie leider erwartet, waren diese guten Bauern wirklich im Tal der Ahnungslosen, aber wohl nicht zu ihrem Nachteil. Am nächsten Morgen ritten wir sehr spät weiter. Es ging jetzt merklich bergauf, und wir waren langsam. Wir erreichten gegen Mittag einen kleinen Fluss, der südwärts floss, und welchem wir folgten. Es ging leicht bergab in ein kleines Tal hinein. Der Fluss floss hinunter und in den Hydaspes.

Hier im Tal lag ein kleines Dorf. Der Ort war anders. Die Bauern bestellten die Felder, es gab Obst und Weidewirtschaft auf den satten Weiden, und es wurden Überschüsse an Händler verkauft, die meist auf dem Fluss anreisten. Es gab auch eine kleine Fischersiedlung direkt am Fluss die noch zum Dorf gehörte, auch wenn sie eine halbe Tagesreise entfernt lag. Die Menschen hier waren ganz auf den Fluss und auf den Handel, der darauf geschah, ausgerichtet. Es wandelten Mönche in den Straßen, und auch einige Vedische mit dem Punkt auf der Stirn. Der alte Bauer im Dorf am See hatte also nicht gelogen. Er war wohl nicht nur nie über den Fluss gesetzt, sondern wohl auch noch nie über den Hügel hinter seiner Scheune gelangt. Wir ritten in den Ort ein, saßen aber sofort ab, denn es war ordentlich was los auf den breiten Gassen. Es wurde neben anderen Waren vor allem viel Schafwolle vom frisch geschoren Winterfell auf den Markt getragen. Unser Ziel war der Marktplatz, die Agora. Hier war es noch geschäftiger. Neben dem Marktplatz stand ein großes Haus welches als Markthalle für Waren diente, die weniger Platz benötigten. An einer Seite des Hauses befand sich eine Küche ausgestattet mit spärlichen Sitzbänken im Schatten. Auch hier waren wir keine ungewöhnliche Erscheinung. Meinem Eindruck nach wurden wir eher ignoriert. Das bisschen Silber, das zwanzig Mann verfressen viel hier nicht ins Gewicht, wohingegen die Marktzölle, welche zu entrichten wären, merklich den Umsatz schmälern würden. Während wir beim Essen saßen ließ mein Vater den Dorfvorsteher holen. Wir hatten natürlich Anspruch auf einen Teil der Marktzölle, eigentlich auf alle minus der Unkosten für Instandhaltung der Markthalle und des Lohns für die Zolleintreiber. Aber es war unmöglich zu kontrollieren wieviel die Händler einnahmen, ja nicht einmal wie oft Markttag war, es sein denn man legte eine Besatzung, die dann die Zolleinnahmen verschlingen würde in den Ort. Es war also so, dass die Markttreiber ihren Gewinn kleiner darstellten als er war, und wir unsere Bereitschaft eine Besatzung hierhin zu verlegen, viel größer darstellten als sie in Wirklichkeit war. Beide wussten davon, und so war es eher eine recht unwürdige bewaffnete Erpressung als ein regelmäßiges Zolleintreiben.

Mein Vater pochte darauf, dass der Gewinn mehr sein müsse als im Vorjahr, der Marktvorsteher, insistierte dass es weniger sein müsse, am Ende war es das gleiche Geld wie im Vorjahr, mit der Zusicherung es gebe elf Markttage im Jahr, und sollte man weitere einführen würden die Zollabfuhren an Taxila entsprechend steigen. Von der Verhandlung bekam ich nur am Rande mit, da ich auf der anderen Seite der Bänke bei Phillip saß, der mir das Procedere erklärte. Ich hatte aber den Eindruck, dass beide Seiten hinterher unzufriedener waren als sie es vorher erwartet hatten.

«Dieser verfluchte Ort!», lamentierte mein Vater. «Ich weiß genau, dass sie öfters Markt machen, und dass sie regen Handel treiben mit dem anderen Ufer, sowie flussabwärts jenseits unserer Gebiete. Es ist zwar nicht der einträgliche Fernhandel wie in Taxila, wo wertvolle Waren wie Edelsteine, Perlen, Gewürze, Drogen, ja sogar manchmal Seide gehandelt werden, aber auch mit Wolle erzielen sie Gewinne. Die Schafe gedeihen gut auf den Hängen hier oben, und flussabwärts herrscht wohl rege Nachfrage.»

Ich nickte und mein Vater fuhr fort.

«Selbst, wenn ich eine Besatzung hineinlege, würde sie sich sogar von den Kosten selbst tragen. Aber dann habe ich keinen Gewinn und noch mehr böses Blut an der Grenze zu Straton und den indischen Herrschern weiter südlich. Und am schlimmsten ist, ich habe nicht einmal Männer, um eine Besatzung hineinzulegen. Früher trafen noch Söldner aus dem Westen ein, um hier ihr Glück zu machen, oder dem Unheil dort zu entgehen. Aber die Parther haben uns abgeschnitten von den übrigen Hellenen, und unsere Freunde in Baktrien haben alle Hände voll zu tun die Parther und andere Skythen abzuwehren wie mir dein Onkel neulich wieder geschrieben hat. So verlassen wir den Ort wenigstens mit ein bisschen Geld, und es bezahlt die Patrouille. Das Geld benötige ich außerdem für unsere Tarnung. Wenn ein Händler keine Waren hat, dann gibt es nur zwei Gründe: Er wurde ausgeraubt, oder er hat seine Waren im Westen verkauft und kehrt mit Silber zurück. Das wird unsere Geschichte sollten wir eine benötigen, und wenn nicht werde ich Geld brauchen, um Zungen zum Sprechen zu bringen.»

Kapitel 3 – In Stratons Landen

Abends lagerten wir am Bach zwischen den Bergen. Den Hydaspes sollten wir erst am nächsten Vormittag kurz vor Mittag erblicken. Mein Vater rief mich zu sich als er am Lagerfeuer die Befehle für die Nacht erteilt hatte.

«Mein Sohn, morgen werden wir uns mit Phillip, Plautes und Harpalos in zivil kleiden und mit einer Fähre übersetzen, um zu sehen was sich auf der anderen Seite tut, und ob wir uns über die Vedischen in Stratons Reich und an unserer Grenze sorgen machen müssen. Spione und Informanten sind wichtig, aber nichts ersetzt einem Kommandanten den eigenen Augenschein. Vor allem in so unübersichtlichen Grenzregionen wie der unsrigen. Aber ich wollte einmal mit dir über deine Zukunft sprechen.»

Dann offenbarte er sein wahres Interesse.

«Was sind deine Pläne? Du bist in einem Alter wo das Gymnasium dir nicht mehr viel bieten kann, und du dich über deinen weiteren Weg Gedanken machen solltest.»

«Ich möchte natürlich Soldat werden wie du und alle anderen. Was auch sonst?», antwortete ich mit gewissem Stolz.

«Ja, für einen Händler hast du wohl nicht die richtige Natur, und als Handwerker scheinst du mir auch nicht zu taugen, und was ich von Lyssipos hörte zieht es dich auch nicht unbedingt auf die Akademie in Athen», scherzte mein Vater und fuhr in ernsterem Ton weiter.

«Das ist eigentlich auch nicht mein Punkt. Ich wollte es nur aus deinem Munde hören, dass es das ist was du willst. Aber um in die Solddienste von Antialkidas oder einem anderen Herrscher zu treten wirst du mehr lernen müssen als du hier bei mir lernen konntest. Unser Dienst hier sind Patrouillen, Polizeiaufgaben, Vorfelderkundung, und wenn es hoch kommt einmal ein Scharmützel, und im Ernstfall verbarrikadieren wir uns in der Stadt vor Stratons Truppen bis Antialkidas sein Heer herangeführt hat. Aber was du lernen musst ist wie man sich in einer Phalanx verhält, wie man seine Reiterei mit den Infanterietruppen koordiniert, die Taktik der Schlacht und des Krieges. Auch wie man furagiert und Versorgung heranschafft. Nur dann wirst du für einen Soldgeber wertvoll werden, und in Friedenszeiten dein eigenes Kommando bekommen und im Krieg ins Strategen Zelt gerufen werden. Wenn du nicht wertvoll bist, dann bist du entbehrlich und stirbst mit den anderen in der Phalanx, oder auch nicht, und du stirbst erst beim nächsten Mal.»

«Und wie soll ich mehr lernen? Wo soll ich hin?», fragte ich wissbegierig.

«Du solltest zu deinem Onkel. Er drillt die neuausgehobenen Truppen in einer Garnison weiter im Westen, an den Füßen des Hindukusch. Du kannst dort deinen Dienst tun, und wirst auch Sold erhalten. Nicht viel natürlich, aber er wird dich offiziell als Infanteristen ausbilden, und er hat auch die Zeit dir Strategie und Taktik beizubringen. Ich habe ihm bereits geschrieben, und erwarte sein Schreiben wann du aufbrechen kannst.»

«Gut, wer wird noch mitkommen aus Taxila?»

«Im Moment keiner. Diesseits des Khyber Passes ist es zu friedlich, und auf der anderen Seite scheinen die Reitervölker aus dem Norden gerade eine Pause einzulegen. Antialkidas spart sein Gold für das was da kommen mag. Vielleicht sieht es anders aus, wenn sich die Vedischen erheben, oder Straton begierig auf die Einkünfte von Taxila und der Straße ist, oder mehr vom Flusshandel abhaben will. Aber ehrlich gesagt sehe ich hier nichts auf uns zukommen was eine Vergrößerung der Truppen bedürfte. Antialkidas ist weise, wenn er sein Gold spart. Er kann deine Freunde auch nächstes Jahr in Sold nehmen. Soviel ich gehört habe taugen sie auch weder zum Händler noch zum Gelehrten.»

Mein Vater lachte ein bisschen in sich hinein bei dieser letzten Ausführung, und damit war auch alles gesagt. Auch wenn es mich überraschte war ich eigentlich froh, dass etwas Neues in meinem Leben passieren sollte.

Phillip sah den Hydaspes als erstes von einer Anhöhe aus. Um diese Jahreszeit ein breiter Fluss der silbern im Tageslicht glänzte. Es war der größte Strom, den ich bis dahin gesehen hatte. Einige Boote fuhren flussabwärts. Wir machten hinter einer kleinen Bergkuppe halt. Mein Vater, Phillip, Plautes, Harpalos und ich legten alles Militärische ab, zogen die Kaufmannskleidung an, unter der man ein Schwert und einen Dolch verstecken konnte, und mein Vater nahm einiges vom Gold und Silbermünzen an sich. Der Rest unseres Trupps ritt weiter auf dem

Bergkamm. In drei Tagen sollten wir uns bei Alexandria Bukephalia, dort wo damals Alexander in der Schlacht sein Pferd verlor, wieder treffen. Gemeinsam mit der restlichen Patrouille wollten wir dann auf die andere Seite des Hydaspes übersetzen und bis Nikaia ziehen, um dort wieder den Fluss zu überqueren.

Als wir rechts um die Bergkuppe und halb den Hang herunter geritten waren, sahen wir einen kleinen Platz mit Holzverschlägen und einen Fähranlegeplatz. Dort warteten offensichtlich mehrere Personen. Wir zählten sechs Männer, wovon drei vor Dreck starrten. Mein Vater stieg vom Pferd.

«Wer von euch ist der Fährmann?»

Ein kleiner, sehr schmutziger, und nur mit einem Lendenschurz bekleideter Mann antwortete.

«Der Fährmann ist mit der Fähre drüben. Ich bin sein Neffe. Wenn ihr mitwollt dann gebe ich Zeichen. Die drei hier wollen auch hinüber, aber für drei Reisende ohne Ladung fährt er nicht. Für Acht fährt er auch ohne Ladung.»

«Was ist der Preis?», fragte mein Vater knapp.

«Eine Drachme pro Kopf, zwei Drachmen für ein Pferd. Wenn ihr Waren habt müsst ihr mit meinem Onkel verhandeln.»

«Keine Waren, aber ich muss meine Gefährten fragen ob für sie der Preis in Ordnung ist», log mein Vater und trat ein paar Schritte zu uns vier zurück, verkündete uns seinen Plan und tat dabei so als würde er sich mit uns beratschlagen. «Also, wir sind eine Reisegruppe. Ich und Lysander sind Händler aus Taxila, und suchen Gewürzlieferanten. Auf Einkaufstour hat man keine Waren dabei, und nie das ganze Geld.»

Er wandte sich an Phillip. «Plautes, Harpalos und du, ihr drei seit Söldner auf dem Weg zu Straton. Die besten Lügen sind nah an der Wahrheit.»

So erklärte er es dem fremden Mann im Lendenschurz und fügte hinzu.

«Wir wollen einen Rabatt auf zwölf Drachmen! Wir haben weniger Gepäck als andere Reisende auf unseren Pferden!»

«In Ordnung – ich gebe Signal.»

Damit ging der kleine schwarze Kerl in den Holzverschlag, und kam wieder mit einem langen Stock, an dem ein großes rotes Tuch hing. Er wedelte so lange bis auf der anderen Seite ebenfalls mit einer Fahne gewedelt wurde. Eine halbe Stunde später war der Lastkahn da. Das Beladen dauerte nicht sonderlich lange. Der Fährmann führte die Pferde nacheinander über den Anleger in die Mitte des Kahns und dann konnten die Leute aufs Boot. Wir saßen am Rand auf einem kleinen Holzpaneel. Der Neffe des Fährmanns und zwei weitere Gehilfen begannen das Boot ins Wasser zu schieben wobei sie bis übers Knie im Ufermatsch wateten. Der Fährmann steuerte das Boot mit einem großen Ruder, und die Strömung übernahm den Rest. So steuerten wir auf die andere Seite etwas flussabwärts einen kleinen Anleger an. Einer der anderen Passagiere fragte uns nach unserem Ziel.

«Unterschiedlich», antwortete mein Vater. «Mein Sohn und ich wollen nach Sangala, und dann die Handelsstraße weiter nach Osten. Die drei hier werden uns wohl, wenn möglich schon in Nikaia verlassen, falls dort eine Garnison von König Straton stationiert ist. Sie sind Söldner und auf der Suche nach einem Herrn.»

«Warum reist ihr denn nicht auf der Straße von Taxila aus?»

«Ich hatte noch eine geschäftliche Sache auf dem Markt zu regeln. Unsere drei Begleiter hier haben es nicht eilig, und wir sind bereits seit Alexandria am Kaukasus zusammen unterwegs. Es hat ja so seine Vorteile nicht allein zu reisen. Und ihr? Wo geht es bei euch hin so ganz ohne Waren und Gepäck?»

Die Drei waren sichtlich erstaunt und unvorbereitet über diese Frage, bis einer das Wort ergriff.

«Wir sind von hier aus dem Markt, und haben auf der anderen Seite öfter zu tun. Wir sind Zimmerleute.»

«Ganz ohne Werkzeug unterwegs?»

«Unser Werkzeug haben wir gleich an unserer Arbeitsstelle etwas den Fluss hinauf im Landesinneren gelassen. Wir waren nur kurz Zuhause.»

Die Überfahrt ging schnell, wir legten an, holten unsere Pferde von Bord, und fragten den Fährmann noch wo man den Fluss hinauf etwas zu essen bekommen könnte.

«Nicht weit von hier. Zwei Stadien flussabwärts ist ein Fischerdorf. Dort könnt ihr sicher den Fischern etwas abkaufen», antwortete er. Und tatsächlich der frische Fisch war gut gewürzt und die Hirse machte uns satt. Wir saßen an einer Bank unter freiem Himmel vor unseren Schalen und aßen.

«Seltsame Zimmermänner», setzte mein Vater an.

«Ja, sahen gar nicht wie Handwerker aus, und die sind normalerweise auch zu Fuß unterwegs. Die drei sind auch recht flott nach Norden aufgebrochen», erwiderte Phillip.

«Richtig Phillip. Wir sollten unsere Augen offenhalten. Wenn wir gegessen haben reiten wir in ihre Richtung, vielleicht sehen wir sie ja nochmal. Dann können wir einmal genauer nachfragen wo sie so arbeiten.»

Nach unserem Mahl machten wir uns auf, und ritten flussaufwärts den Weg nah am Fluss entlang. Nach ungefähr zwei Stunden ließ sich Harpalos, der vorausritt langsam zurückfallen, und Plautes ritt voran.

«Ich glaube ich habe einen von unseren Zimmermännern kurz dort vorne auf dem kleinen Hügel gesehen. Er versteckte sich hinter einem Baum und ritt weiter als er uns gesehen hat», verkündete Harpalos.

«Gut gemacht. Versuche ihn zu flankieren, wir reiten langsam weiter. Schnapp ihn dir, wenn du kannst.»

Harpalos ritt rechts ab vom Fluss weg in schnellem Trab, so dass er den Hügel rechts umreiten konnte. Wir anderen ritten gemächlich hintereinander her auf dem schmalen Weg, der durch viel Laubwerk gesäumt war. Als wir die Spitze des kleinen Hügels erreichten sahen wir hangabwärts die nächste Stadie als fast freie Fläche vor uns, bevor der Weg in einem Wald verschwand. Plautes konnte nicht sehen, ob im Wald jemand auf uns lauerte. Gut sichtbar auf dem Hügel machten wir eine kurze Rast, um Harpalos mehr Zeit zu geben, sollte unser «Zimmermannsfreund» dort im Unterholz auf uns warten. Nach etwa einer halben Stunde ritten wir weiter in den Wald hinein. Plötzlich trat aus dem Unterholz ein lächelnder Harpalos auf den Weg.

«Hier im Gebüsch liegt ein Zimmermann, der es vorher sehr eilig hatte zur Arbeit zu kommen!»

Wir anderen lachten als wir einen der drei von der Fähre gefesselt und geknebelt neben dem Weg hinter einem Gebüsch liegen sahen. Schnell verließen wir die Straße, um etwas weiter in den Wald zu verschwinden. Plautes band den Gefangenen an einen Baum, dann nahm ihm Harpalos den Knebel aus dem Mund.

«Wer hat euch beauftragt uns zu verfolgen, und an wen berichtet ihr? Wo sind deine beiden Kumpane?», raunte mein Vater.

«Ich weiß nicht wovon ihr redet! Ich habe meine Gefährten verloren, weil ich dringend scheißen musste. Sie wollten da nicht dabei sein und sind schon mal vorausgeritten», erwiderte der angebliche Zimmermann und spuckte aus.

Mein Vater nahm die rechte Hand des Gefangenen, drückte sie mit dem Handrücken gegen den Baum neben dessen Ohr, und mit einer blitzschnellen Bewegung zog er seinen Dolch und trennte den kleinen Finger des Mannes ab. Mit seinem Ellenbogen presste er gegen den Kiefer des Gefangenen, so dass dessen Schreie etwas erstickt wurden. Mit ruhiger, aber lauter Stimme fragte er ihn noch einmal.

«So Zimmermann ohne Schwielen an den Händen, wer hat euch beauftragt? Wo sind deine beiden Kumpane und an wen melden sie jetzt, dass wir hier sind? Wir können gerne so weitermachen, aber dir werden bald die Finger ausgehen.»

Das Gesicht des Mannes war schmerzverzerrt, und er atmete schnell und stockend. Nackte Angst war jetzt in seinen Augen zu sehen.

«Wer uns beauftragt hat weiß ich nicht. Wir wurden von Nikaia zu dem Markt in den Bergen geschickt. Dort zeigte einer der Vertrauten des Dorfvorstehers auf dich. Wir sollten Bescheid geben, wenn du auf dieser Seite des Flusses bist. Die Fährleute sind ebenfalls bezahlt, so dass du nur herüber, aber nicht mehr zurückkannst. Wir haben eine Ansprechperson in jedem Ort von hier bis Nikaia, aber ich kenne sie nicht. Unser Anführer kennt die Kontaktpersonen. Er hat das Geschäftliche geregelt. Mehr weiß ich nicht!»

«Der mit der lustigen Zimmermannsgeschichte?», fragte Phillip.

«Ja der!»

Mein Vater wandte sich ab von ihm, sah Plautes an, welcher einen Schritt auf ihn zu ging, und ihm mit einer kurzen Bewegung seines Dolches die Kehle durchschnitt. Ein Schwall Blut quoll aus seinem Hals, ein gurgelndes Geräusch aus seinem Mund, dann noch mehr Blut, dann nichts mehr.

«Jemand will mich oder uns also Tod sehen oder gefangen nehmen. Da ich kein Lösegeld wert bin, und keine Geheimnisse kenne will mich also jemand Tod sehen. Kann eigentlich nur Stratons Mutter sein», sagte mein Vater fast im Flüsterton und fügte dann in seiner üblichen Amtssprache hinzu.

46

«Wir könnten versuchen noch weiter südlich eine andere Fähre zurückzunehmen. Aber die nächste Fähre ist über zwei Tagesritte südlich, dann verpassen wir unsere Kameraden in Alexandria Bukephalia. Und auch dann können wir nicht sicher sein, dass diejenigen uns nicht einholen. Wenigstens wissen wir jetzt was gespielt wird. Ich schlage vor wir nutzen die Zeit, um uns einmal hier auf dieser Seite des Flusses um zu sehen, und überqueren den Hydaspes nördlich von Nikaia. Wir reiten ab jetzt abseits der Wege!»

Wir ritten eine halbe Stadie weiter im Landesinneren, wobei jeweils einer von uns vorausritt. Dabei versuchten wir von erhöhten Punkten den Fluss im Auge zu behalten, um mögliche Übergangspunkte zu erkunden, und vor allem, um Ausblick nach feindlichen Reitern zu halten. Wir kamen langsam voran, und an diesem Tag sahen wir weder die beiden anderen von unserer Überfahrt noch andere Personen außer Bauern, die zwischen ihren kleinen Hofstellen und Feldern hin und her gingen. Das Nachtlager schlugen wir spät auf einem leicht erhöhten Platz unter einem großen Baum auf. Es wurde eine kalte Nacht, denn wir machten kein Feuer. Am nächsten Tag sahen wir zwei Reitergruppen von circa zwanzig Mann die Straße nach Süden reiten, eine kehrte im Laufe des Nachmittags auch wieder zurück Richtung Norden, Richtung Nikaia, wo auch wir hinwollten. Nun war klar, dass es keinen Aufstand der Vedischen geben würde. Wir unterließen alle sonstigen Erkundungen, da mein Vater nun einzig einen Angriff durch Stratons Truppen auf Taxila, während seiner Abwesenheit oder gar nach seinem Tod befürchtete. Obwohl wir langsam vorankamen, erreichten wir an diesem Abend einen Hügel im Südosten von Nikaia, unweit der großen Handelsstraße, von wo man die Stadt noch sehen konnte, oder besser gesagt die Rauchsäulen der Herdfeuer in der Abenddämmerung. Wir schürten diese Nacht ein Lagerfeuer.

«Sie werden uns hier nicht vermuten, und uns sicher nicht für so dumm halten ein Feuer zu machen», lachte Plautes.

Mein Vater nickte, und übernahm das Wort.

«Morgen werden wir uns sehr früh aufteilen. Phillip nimm meinen Sohn mit. Wir anderen gehen einzeln. Sie suchen eine Gruppe von fünf Reitern, weder einen noch zwei Reiter. Ich erkunde den östlichen Stadtrand, Plautes den südlichen, Harpalos das Gebiet zwischen Nikaia und dem Fluss. Phillip und Lysander umreiten die Stadt nördlich, schwenken dann zum Fluss, und erkunden die Fähre, die etwa einen halben Tagesritt nördlich an einer Flussbiegung liegt. Der Fluss macht dort eine neunziggrad Schlaufe, gleich flussabwärts befindet sich die Fähre. Schlagt ein Lager auf einem Hügel auf, und erwartet uns dort. Wartet bis morgen Mittag, falls es einer heute nicht bis zum Lagerplatz schafft. Morgen Mittag wollen wir übersetzen. Achtet vor allem darauf ob ihr ungewöhnlich viele Pferde oder Soldaten seht. Wenn Straton angreifen will braucht er Pferde, und zwar mehr als er bisher hatte.»

Am nächsten Morgen brachen wir sehr früh auf, und ritten in getrennten Gruppen. Ich und Phillip brachen als erste auf querfeldein nach Norden, und schwenkten dann nach Westen auf die große Handelsstraße in Richtung

Nikaia. Etwa zwei Stadien vor den Stadttoren nahmen wir einen Trampelpfad nach Nordwesten, der uns um die Nordmauer der Stadt in einiger Entfernung herumführte. Nikaia war nicht größer als Taxila, hatte aber starke Mauern, da es nicht auf einer Anhöhe lag wie meine Heimatstadt. Es war eine Grenzstadt mit einer Garnison, und so erspähten wir vor dem östlichen Tor Wachen, und an der nördlichsten Ausbuchtung stand ein Wachturm, der besetzt war. Ansonsten entdeckten wir nichts Ungewöhnliches. Wir ritten von dort nach Westen bis zum Fluss, und folgten dann der Straße flussaufwärts.

Phillip hatte zur Eile angetrieben bis wir beim Fluss waren. Ab da ging es gemächlicher Richtung Norden.

«Phillip, mein Vater hat nicht erwartet, dass wir auf unserer Route etwas entdecken, oder?», wollte ich mich bestätigt wissen.

«Nein, unser Job ist es das Lager in der Nähe der Fähre vorzubereiten und zu sichern, und die Kameraden einzusammeln», antwortete Phillip pflichtbewusst.

«Dein Vater kennt Nikaia aus seiner Zeit bei Straton. Pferde wären eher im Süden auszumachen, wo Plautes ist. Dein Vater und Harpalos werden die Straße im Auge behalten und sehen, ob es etwas Ungewöhnliches gibt – viele Soldaten, wenig Soldaten, viel Handwerker oder Furage Trupps. Das kann alles auf Kriegsvorbereitungen hinweisen. Wenn man weiß worauf man zu achten hat entgeht einem so etwas nicht. Man kann eher ein Heer verbergen, als den Tross und die Fourage.»

«Warst du eigentlich auch in der Garnison westlich von Alexandria am Kaukasus zur Ausbildung?», fragte ich ihn.

«Nein – ich war in Alexandria in Ägypten zur Ausbildung!»

«Wie das? Das ist ja mindestens drei Wochen entfernt!»

«Ich weiß es nicht genau, aber es sind mehr als drei Wochen, selbst mit dem schnellsten Pferd! Ich wurde dort geboren. In Ägypten gibt es Ägypter und Griechen. Und die Griechen regieren seit Alexander. Die Ptolemäer sind ein starkes Geschlecht und regieren Ägypten gut, und nicht zum Nachteil der Griechen dort. Leider war meine Mutter eine Hure, zwar eine griechische, aber eben eine Hure. Das Beste sei, dachte ich, ich geh in Solddienst. Die Ptolemäer sind gut bei Kasse, können auch zahlen, wenn mal eine Schlacht verloren geht, und außerdem sind sie nicht sonderlich kriegslüstern.»

«Und wie bist du dann bis hierhergekommen?», fragte ich erstaunt.

«Naja, die Ptolemäer haben eigentlich nur eine Grenze. Ganz im Osten des Mittelmeeres wo die Phönizier ihre Hafenstädte errichteten und auch die Juden wohnen. Dort war die Grenze zum Reich der Seleukiden. Aber das ist mittlerweile in viele einzelne Teile zerfallen. Ansonsten konzentrieren sich die Ptolemäer auf ihre Flotte, und das ist auch besser so. Ich wurde also dort stationiert, und zwar in einem östlichen kleinen Grenzposten. Eigentlich sollten wir die Armenier fernhalten, die aus dem Nordosten anrückten. Im Osten war nur die Wüste. Leider kamen von dort die Parther. Sie sind es auch, die uns hier im Osten von den anderen Hellenen abschneiden. Ich war also dort mit fünfzig Mann in einem kleinen Vorposten stationiert, und wir warteten eigentlich alle nur darauf woanders hin versetzt zu werden, oder wieder heim nach Alexandria zu kommen. Es war stinklangweilig. Tja bis eines schönen Morgens Staubwolken am Himmel zu sehen waren, und zwei Stunden später waren wir von allen Seiten von Berittenen umringt; sicher über dreihundert Reiter. Für Infanterie in einer so heißen Gegend ohne Deckung keine Chance zu entkommen. Unser Kommandant hat nicht einmal versucht zu kämpfen, und ich kann es ihm nicht einmal verdenken. Allein die Tatsache, dass wir uns dort ohne Reiterei und somit ohne Chance auf Verstärkung befanden, war fahrlässig. Sie hätten uns in zwei Wochen ausgehungert, und jede Flucht wäre im Pfeilhagel oder an Wassermangel zum sicheren Tod für uns alle geworden. Unter griechischen Söldnerheeren ist das eigentlich kein Problem. Man ergibt sich, und darf in der anderen Armee wieder ganz unten anfangen. Kein Grund gute Soldaten zu töten, wenn diese auch für einen kämpfen können. Aber die Parther hatten keine Verwendung für uns. Sie haben eine fast ausschließlich berittene Streitmacht, und bis auf die fünfzehn kretischen Bogenschützen wartete auf uns alle die Sklaverei. Was soll ich sagen: Östlich von Persepolis gelang mir die Flucht. Baktrien lag näher als Ägypten, und ich wollte so weit wie möglich von den Parthern weg. Also bin ich bei deinem Vater gelandet. Der östlichste griechische Kommandant, so weit weg von den Parthern wie möglich. Denn Straton und seine Buddhisten liebende Mutter schmecken mir nicht. Ich will griechisch Leben, und dein Vater ist ein guter Kommandant. Sehr erfahren, und der Grenzdienst gefällt mir besser als die

Phalanx. Weißt du, die Sarissa ist schwer, und sie wird immer schwerer, wenn der Gegner sich nähert. Ich mag nicht unbeweglich in einer Reihe stehen bis es auf mich kommt. Nein, ich habe den Wert eines Pferdes unter meinem Arsch zu schätzen gelernt.»

«Aber im Grenzdienst gibt es keinen Ruhm, keine Beute keine Schlachten!», unterbrach ich ihn.

«Der Ruhm ist immer was für die Könige und Heerführer. Beute? Beute gibt es genug, und ständig. Du warst doch in dem Dorf dabei? Und es gibt einige Möglichkeiten an Gold zu kommen. Besser ein beständiger sicherer Fluss, als ein kurzer Schwall nach langem Warten. Und Schlachten? Viele Schlachten werden schon zuvor entschieden durch den kleinen Krieg, Gold und Spionage. Die Schlacht ist dann nur noch die Exekution des Unvermeidlichen, und das elende Sterben in der Phalanx. Noch schlimmer ist es, wenn eine Schlacht einen unerwarteten Ausgang nimmt. Dann wird meistens noch mehr gestorben. Aber ja, dann gibt es auch Ruhm und Beute! Aber ich bin hier zufrieden. Dein Vater ist ein guter Kommandant. Erfahren, fair und großzügig, und vor allem gerissen», erklärte mir Phillip.

«Kennst du meinen Onkel, der bei Alexandria am Kaukasus die Garnison mit Rekruten hat?»

«Ja, er hatte mich sogar damals zu deinem Vater geschickt. Ich war ja ein Flüchtling, und bin über den Hindukusch gekommen. Ich wollte bei ihm anheuern. Er behielt mich erst einmal einen Monat bei sich, um mich zu testen. Aber dann teilte dein Onkel mir mit er bräuchte nur Frischlinge. Er meinte für so eine verdorbene Soldateska wie mich wäre der Grenzdienst hier genau das richtige. Recht hat er gehabt, haha!»

«Und wie ist er so? Ich meine ich kenne das Soldatenleben nur von hier. Ist es denn dort ganz anders? Und wie ist mein Onkel? Ist er streng?»

«Ja, er ist streng, sehr streng sogar. Aber er ist nicht grausam oder unverhältnismäßig. Außerdem versteht er sehr viel von seinem Handwerk. Wie du in der Phalanx stehst, oder bei der Leichten Infanterie kämpfst können dir viele beibringen. Ebenso die grundlegenden Dinge der Kavallerie. Aber er weiß viel mehr über das Zusammenspiel der Truppenteile, über Geografie, Truppenversorgung, und nicht zuletzt über die Truppendisziplin und Führung als alle anderen, die ich bisher getroffen habe. Bei ihm kannst du viel lernen, wenn du willens bist und dich verständig zeigst.»

«Hört sich nicht nach viel Spaß an.»

«Haha – wird es auch nicht sein, erstmal, aber wo immer Söldner sind bleibt der Spaß nicht lange aus. Da macht auch die Garnison von deinem Onkel keine Ausnahme. Und er selbst auch nicht!»

Etwas verunsichert, und zugleich etwas erleichtert über meine nahen Zukunftsaussichten ritt ich weiter, und wir sprachen über Belanglosigkeiten und Mädchen in der Mittagshitze. Es war ein sehr heißer Tag, und wir machten nur kurz Pause als wir den Fluss erreichten, um uns zu erfrischen. Von der Nacht ohne Feuer hatten wir ordentlich Mosquito Stiche abbekommen, und wir starrten vor Dreck und Gestank. Nach einem kurzen Bad ritten wir jedoch schnell wieder auf, und erreichten vor Sonnenuntergang einen Hügel von wo wir die Fähre am anderen Ufer erkennen konnten. Wir entzündeten ein Feuer, so dass uns unsere Kameraden sehen würden, wenn sie uns in der Nacht erreichen sollten. Soweit nördlich dürften uns unsere Verfolger nicht suchen.

Bei Einbruch der Dunkelheit war Harpalos zu uns gestoßen. Er kam wie ein Gespenst aus der sich anbahnenden Nacht und erschreckte mich sehr als er auf einmal hinter mir mit seiner dunklen Stimme sprach.

«Na, zwei Patrouillen Reiter unvorsichtig im Feindesland?»

Phillip lachte kurz, und dann schlief ich ein. Am nächsten Morgen weckte mich mein Vater. Weder er noch Harpalos hatten Anzeichen für übermäßige Aufrüstung gefunden. Keine großen Pferdekoppeln, keine Fourage oder Waffenlieferungen die aufgefallen wären.

«Ich denke unser Job ist erledigt. Sobald Plautes zu uns gestoßen ist, setzen wir über, und treffen nur mit leichter Verspätung auf unsere Kameraden in Alexandria Bukephalia. Die nächste Zeit werden wir am Fluss verstärkt patrouillieren, und ich werde mir etwas für den Informanten einfallen lassen müssen. Mein Geld nehmen, und auch das von Straton! Da wird er mir doch allzu leicht reich!», sagte mein Vater und zwinkerte uns zu.

Als Plautes bis kurz vor Mittag noch nicht da war schickte mein Vater Phillip und mich zum Fährplatz die Fähre zu holen. Er und Harpalos wollten nach Plautes Ausschau halten. Wir ritten zum Fährplatz, der verlassen war, sahen aber die Fähre an der anderen Seite flussaufwärts liegen. Eine Fahne, die vermutlich einmal gelb gewesen sein musste, steckte im Matsch. Phillip schwenkte sie missmutig. Doch nach einiger Zeit erkannten wir eine rote Fahne, die auf der anderen Flussseite beim Boot geschwenkt wurde, und die Fähre setzte sich offenbar in Bewegung.

Wir saßen zu zweit auf einem umgefallenen Baum. Phillip erwartete die Fähre, die gleich anlegen sollte während ich versonnen in die Richtung meines Vaters und Harpalos blickte. Beide waren bereits aufgesessen, und wollten losreiten, als sie Halt machten und sich nach Süden zur Straße hinwandten. Nach einigen Augenblicken sah ich auch Plautes auf sie zureiten, und gab Phillip Bescheid, der bereits mit dem Fährmann verhandelte, welcher die Taue am Anleger festmachte. Wir blickten beide in die Richtung der Anhöhe wo Plautes langsam auf meinen Vater und Harpalos zuritt. Und auf einmal kam Bewegung in die Szene. Plautes hob seinen linken Arm, der einen Bogen hielt, spannte und schoss einen Pfeil auf meinen Vater. Es sah aus als wäre mein Vater getroffen, und ich war perplex und konnte nicht glauben was ich sah. Mein Vater und Harpalos ritten auf Plautes zu, der einen zweiten Pfeil auf die Sehne legte und nochmals schoss. Diesmal schien er Harpalos zu treffen der bereits auf wenige Meter an ihn herangekommen war, und sein Schwert gezogen hatte. Obwohl ein Pfeil in Harpalos Leib steckte holte er kraftvoll aus und hieb von oben mit seinem Schwert auf den sich duckenden Plautes ein. Sein Hieb erwischte Plautes wohl nicht tödlich. Mein Vater war trotz seiner Verletzung an Plautes herangeritten, der nun auf der linken Seite seines Pferdes hing. Mein Vater durchbohrte ihn mit seinem Schwert. Ich hörte einen Schrei kurz nachdem das Schwert ganz im Leib von Plautes versenkt war, und dann einen zweiten von Phillip. Ich weiß nicht was er geschrien hat aber er wollte, dass ich auch auf mein Pferd springe und los reite, um meinem Vater und Harpalos zu Hilfe zu kommen. Wir spurteten los, und nach ein paar Augenblicken sahen wir zwei Dinge. Zum einen sahen wir aus dem Dickicht zwischen Anhöhe und Straße weitere Bogenschützen heraustreten, die meinen Vater und Harpalos mit Pfeilen eindeckten. Zum anderen sahen wir auf der Straße im Süden jetzt aus Richtung Nikaia kommend eine Gruppe von Reitern, etwa im selben Abstand zur Anhöhe wie wir. Phillip stoppte sein Pferd. Ich wollte weiter und war im Begriff an ihm vorbeizureiten, aber er fasste meine Zügel, schrie mich an, und zerrte mein Pferd und mich mit zurück Richtung Fähre. Der Fährmann war bereits im Begriff abzulegen und warf das letzte Tau auf den Anleger als wir dort ankamen. Phillip fasste das Seil, sprang mit gezücktem Schwert auf die Fähre und gab dem Fährmann einen Tritt, so dass dieser von Bord ging. Ich zögerte. Mein Vater, mein Pferd, mein Gepäck waren hier, und mit einem Sprung sollte ich das im Stich lassen? Es wiedersprach meinem Innersten, aber doch sprang ich. Phillip band ein zweites Tau an das Anlegertau, und wir trieben so etwa eine viertel Stadie auf den Fluss, und die Strömung wurde stärker. Ich musste ihm helfen das Tau zu halten bis er es am Heck festmachen konnte. Wir blickten wieder Richtung Straße, und sahen Harpalos, wie er einige Pferdelängen vor den Verfolgern davonritt. Etwas weiter hinten war mein Vater. Ich sah noch wie eine Gruppe von vier bis fünf Männern auf ihn einhieb und er fiel. Harpalos ritt ins Wasser gefolgt von Männern mit Schwertern und Bögen. Die Bogenschützen hielten an und schossen ihre Bögen ab. Harpalos war auf seinem Pferd bereits bis zur Brust im Wasser als ihn ein weiterer Pfeil in die linke Schulter traf. Das Pferd schwamm auf unser Boot zu, verfolgt von fünf anderen Pferden. Es war eine komische Szene, da Pferde beim Schwimmen immer komisch aussehen. Das ist seltsamerweise das Bild, welches mir am stärksten im Kopf geblieben ist. Harpalos schwamm die letzte Strecke hin zum Boot und ich ergriff seinen rechten Arm, und half ihm ins Boot während Phillip, das von der Strömung gespannte Tau mit einem Hieb kappte. Das Boot nahm sofort Fahrt auf, und die Pfeile der Bogenschützen verschwanden mit einem harmlosen Plumps im schnellfließenden Wasser des Hydaspes.

Kapitel 4 – Neue Sichtweisen

Phillip übergab mir das Ruder als wir endgültig aus der Reichweite der Pfeile gekommen waren. Die Fähre trieb rasch flussabwärts.

«Versuche in die Mitte des Flusses zu kommen, dorthin wo die Strömung am stärksten ist. Wir wollen so schnell wie möglich weg von hier!», rief Phillip mir zu während er sich bereits über Harpalos beugte. Ich konzentrierte mich auf das Ruder. Der Pfeil war dank des Lederpanzers, den Harpalos unter seinem Gewandt trug nicht tief in seiner Schulter eingedrungen. Phillip gelang es ihn herausziehen. Aber der Pfeil den er als erstes abbekommen hatte steckte in seiner rechten Seite unterhalb der Rippen, und er war abgebrochen. Harpalos blutete stark, und Phillips Miene ließ nichts Gutes vermuten.

«Harpalos, was war los? Was war mit Plautes? Was ist da geschehen?», schrie Phillip und hielt dabei kniend sein Gesicht fest in seinen Händen.

«Es war nicht Plautes», antwortete Harpalos unter Schmerzen. Seine Stimme klang rau und schwach. «Er hatte Plautes Pferd und Plautes Gewänder, aber es war wohl irgendein Kreter. Plautes ist tot, und ich werde ihm wohl bald folgen. Ich konnte den Kommandanten nicht retten. Der Hinterhalt galt ihm, nur deshalb konnte ich entkommen.»

Phillip setzte sich zu Harpalos, der stark blutete und legte seine Hand auf dessen Unterarm. Harpalos wurde

58

ruhig, stöhnte und sprach über die Schönheit der Welt, und die Dinge, die er mit Phillip erlebt hatte. Ich war wie abwesend und steuerte das Boot in der Mitte des Flusses. Das Boot fuhr schnell in der Strömung. Nach einigen Minuten füllten sich meine Augen mit Tränen, und das glitzern der Sonne im Fluss blendete mich. Ich sprach kein Wort, auch nicht als Harpalos nach einer halben Stunde mit einem Stöhnen seinen letzten Atem aushauchte. Phillip nahm ihm seine Waffen, und sein wenig Geld ab.

«Noch eine Stunde flussabwärts, dann sollten wir etwas nördlich von Alexandria Bukephalia anlanden. Ab da müssen wir schnellstmöglich zu Fuß weiter. Wir müssen einen Vorsprung haben, sollten sie uns verfolgen, denn sobald wir das Boot verlassen sind wir ohne Pferde bedeutend langsamer als unsere Verfolger.»

Ich nickte nur, und Phillip übernahm das Ruder. Ich setzte mich ins Boot und starrte weiter wortlos aufs Wasser. Nach einiger Zeit steuerte Phillip das Boot an das rechte Flussufer, und suchte einen passenden Anlegeplatz. Ich stieg als erstes vom Boot ins knietiefe Wasser, und zog das Boot noch etwas weiter ans Ufer, wo die Strömung geringer war. Phillip legte Harpalos noch zwei seiner eigenen Münzen auf die Augen, und wir stießen das Boot wieder in die Strömung.

«Wir können ihn nicht beerdigen, wir müssen schnell weiter», setzte Phillip an, ohne mich dabei an zu sehen. Mir schien er wollte noch etwas sagen, entschied sich dann aber anders. Ich marschierte wortlos hinter Phillip her. Keiner von uns hatte Lust zu reden. Auf unserem Marsch Richtung Alexandria Bukephalia gingen wir so gedeckt wie möglich, und blickten uns oft um, aber es gab keine Anzeichen, dass wir verfolgt wurden. Alexandria Bukephalia erreichten wir erst nach Einbruch der Nacht. Auf der Straße, die wir noch vor der Dämmerung erreicht hatten, machten wir etwa eine Stadie vor der Stadt nochmals eine Pause. Wir waren beide erschöpft von unserem Marsch.

«Lass uns einfach in der Herberge von Alexandria Bukephalia übernachten», schlug Phillip vor. «Dort machen wir immer halt auf unseren Patrouillen. Wir werden dort die Ersatzpferde bis Taxila erhalten und falls alles gut geht heute mit unseren Kameraden zusammentreffen. Alle werden morgen so früh wie möglich aufbrechen wollen. Der Verlust deines Vaters muss so schnell wie möglich in Taxila gemeldet werden. Antialkidas muss persönlich einen Nachfolger für den Kommandanten, deinen Vater bestimmen. Halt dich einfach an mich bis wir wieder in Taxila sind, dann sehen wir weiter.»

Nach der letzten Stadie sahen wir schon am Ortseingang Lysippos Wache stehen. Wir wurden schnell in die Herberge gebracht, und Phillip berichtete was geschehen war. Essen und Wein wurde uns unaufgefordert bereitgestellt. Ich nickte zu den Ausführungen Phillips wann immer mich ein fragender Blick traf. Phillip wurde über jede Kleinigkeit befragt. Wie erwartet wurde beschlossen, am Morgen früh aufzubrechen, und darüber hinaus noch in der Nacht einen Melder Richtung Taxila zu schicken. Ich sprach dem Wein schnell und hastig zu und fiel bald in einen tiefen und glücklicherweise traumlosen Schlaf. Am nächsten Tag gaben wir den Pferden die Sporen, und kamen dennoch erst am übernächsten Mittag in Taxila an.

Lykurg befand sich im Haus des Kommandanten und bestätigte, dass der Melder am Vortag eingetroffen war, und die Meldung bereits weiter an Antialkidas ausgeschickt wurde. Ich ging in meine Kammer und legte mich auf mein Lager. Erschöpft und paralysiert vegetierte ich reglos dahin. Ich schwor natürlich Rache an Straton und seiner Mutter. Am Abend klopfte Phillip an meine Tür. Ich starrte ihn ausdruckslos an.

«Lass uns etwas trinken gehen», befahl er.

«Ja.»

Wir gingen in die nächste Weinschänke und bestellten Wein. Er war gut gewürzt mit viel Honig und Nelken. Ein schwerer Wein. Den ersten großen Krug tranken wir wortlos, und rasch kam der zweite Krug.

«Was wirst du tun? Wirst du zu deinem Onkel gehen?», brach Phillip das Schweigen.

«Ich weiß es nicht. Was kann ich denn tun? Ich will, dass diejenigen bezahlen, die für den Tod meines Vaters verantwortlich sind.»

«Du solltest gehen, und zwar bald. Allein kannst du nichts gegen Straton ausrichten. Es wird bald einen neuen Kommandanten geben und du wirst das Haus des Kommandanten verlassen müssen. Außerdem solltest du möglichst schnell den Besitz deines Vaters zusammentragen. Der neue Kommandant wird versuchen so viel wie möglich als allgemeinen Besitz des Kommandanten und nicht als Privatbesitz zu deklarieren. Nimm dir ein, besser zwei Pferde, das Geld, das im Haus ist, und Waffen mit und mach dich schnellstmöglich auf den Weg.»

Ich trank meinen zweiten Krug aus, und schwieg. Der Schankwirt brachte den dritten Krug. Ich trank zur Hälfte aus, und antwortete dann lakonisch.

«Morgen breche ich auf.»

Phillips Miene erhellte sich etwas, da ich die Worte wiedergefunden hatte. Vielleicht amüsierte ihn auch nur, dass ich bereits lallte.

«Kennst du denn den Weg?»

«Naja – die Königsstraße nach Westen. Und wenn ich ein hohes Gebirge sehe werde ich einmal nach dem Weg fragen.»

«So, oder du nimmst dir einen Führer, der den Weg bereits kennt! Wenn du nichts dagegen hast würde ich gerne mit dir kommen», sagte Phillip ruhig und grinste dann breit.

«Warum das denn?», fragte ich überrascht. «Ich dachte du magst den Grenzeinsatz?»

«Ja, aber zum einen ist dein Vater nicht mehr da, und ich weiß nicht wer der nächste Kommandant sein wird. Ich habe gerne bei deinem Vater gedient, aber im Gegensatz zu den anderen Soldaten habe ich keine Bindung an Taxila, oder an Indien. Die anderen sind alle hier oder in Baktrien auf der anderen Seite des Khyber Passes geboren. Für sie ist das hier die Welt! Ich will nochmal das Meer sehen, auf dem wir Griechen die Welt erkundet haben, und vielleicht sehe ich Delos, und besuche Delphi – wer weiß?»

Phillip war beim letzten Satz unwillkürlich aufgestanden, setzte sich aber sofort wieder, um in leiserem Ton fort zu fahren.

«Außerdem, auch wenn mir keiner einen direkten Vorwurf macht, bin ich der einzige Überlebende neben dir. Das macht mich nicht gerade zum Helden. Du hast ja gehört wie sie mich in Alexandria Bukephalia gelöchert haben. Und sobald ein neuer Kommandant eingesetzt ist, werde ich immer derjenige bleiben der davongekommen ist. Auch wenn ich nichts falsch gemacht habe, es wird an mir kleben wie Pech.»

Wir betranken uns schrecklich, und wenn ich mich recht erinnere besuchten wir auch noch das Freudenhaus an diesem Abend. Am nächsten Morgen erwachte ich spät, erst um die Mittagsstunde. Nachdem ich mich gewaschen und etwas Wasser getrunken hatte übergab ich mich nochmals, und trank wieder Wasser. Dann ging ich in die Kammer meines Vaters, kippte seinen Tisch um und drehte das lose Tischbein ab, in dem das Gold versteckt war, welches mein Vater für sich beanspruchte. Es war nicht sonderlich viel, aber ich würde mir im nächsten Jahr auch als Rekrut einen extra Wein am Abend leisten können. Ich packte einige meiner und meines Vaters Waffen. Mein Schwert, zwei Dolche, den Helm und den guten Brustpanzer meines Vaters, einen guten Rundschild, und jeweils zwei Hopliten und zwei Reiterlanzen ein. Außerdem nahm ich noch die gute Jagdlanze meines Vaters mit. Aus meiner Kammer holte ich außerdem meine guten Gewänder und rollte darin Lanzen, Schwerter und Dolche ein. Mein Pferd musste als Packpferd dienen. Dann ging ich zum Stall, und wollte das Lieblingspferd meines Vaters holen. Der Stallknecht, ein kleiner dunkler Inder, war nicht bereit es mir heraus zu geben.

«Das ist Pferd von Garnison! Pferde alle bleiben hier bis neuer Kommandant da», stammelte der Inder.

«Geh mir aus dem Weg, ich nehme das Pferd meines Vaters mit, es gehört jetzt mir», widersprach ich ihm deutlich.

«Das ich nicht zulassen. Es ist meine Aufgabe, dass…»

In dem Moment schlug ich meine Stirn gegen seine Nase. Er taumelte nach hinten, und ich schlug ihm nochmals ins Gesicht. Es war eigentlich zu viel des Guten, aber meine Geduld war an diesem Tag schwach ausgeprägt. Ich legte dem Pferd, einer großen hellbraunen Schönheit, die Zügel um, und die Reitdecken auf, und führte es hinaus. Der kleine Inder kam mit blutender Nase hinter mir her und machte einen großen Radau. Just in dem Moment traten Phillip und Lykurg von rechts um die Ecke auf den Platz vor dem Stall.

«Oha! Hat dich ein Pferd getreten?», fragte Phillip.

«Nein – dieser Dieb hat Pferd der Garnison gestohlen! Ich ihn daran hindern, und er hat mich geschlagen! Ich verlange Gerechtigkeit!», schrie der Inder.

«Das würde aber ein komischer Prozess werden in dem ein Pferdeknecht, der von einem Pferd getreten wurde, recht bekommt vor einem der sein Erbe an der Leine führt! Ich glaube nicht, dass ein griechisches Gericht, welchem ich ja in Abwesenheit des Kommandanten vorsitzen müsste, hier anders verfahren könnte als zu lachen», bemerkte Lykurg und lächelte erst dem Stallknecht zu und dann mir.

Der Stallknecht verstand seine Lage und ging unter Flüchen, die wir nicht verstanden zurück in die Stallungen. Wir gingen zusammen in das Kommandantenhaus.

«Solange noch kein neuer Kommandant in der Stadt ist bin ich berechtigt Befehle zu geben», erklärte Lykurg. «Ich werde Phillip in die Garnison deines Onkels versetzen. Das heißt er wird dich begleiten. Ihr werdet morgen aufbrechen. Ich werde deinen Vater vermissen!»

«Wird er auch gerächt werden?», fragte ich ihn.

«Im Moment wird es das wichtigste sein unsere Situation zu sichern. Also auf offensive Aktionen von Straton gefasst zu sein, und uns auf Verteidigung einzustellen. Aber ich glaube nicht an eine Offensive von Straton. Ich glaube an eine persönliche Racheaktion, wahrscheinlich durch Stratons Mutter.»

Mir schien Lykurg überlegte kurz, ob er sich weiter erklären sollte, und entschied sich dafür.

«Lysander, du solltest wissen, dass dein Vater Stratons Mutter Agathokleia nähergestanden hat als es für Soldaten und Königinnen üblich ist. Als dein Vater das Königreich Stratons verlassen hat war es für sie auch eine persönliche Kränkung. Die Wut dieser Frau könnte auch dich treffen. Dein Vater hatte immer den Verdacht, dass deine Mutter damals vergiftet wurde. Deshalb reise schnell ab, und lass deine Rachegelüste ruhen. Antialkidas wird dir außerdem kaum bei deiner Rache helfen.»

Ich starrte ihn an. Lykurg fuhr fort, aber ich hörte ihm nicht mehr wirklich zu.

«Für Antialkidas wird es wichtiger sein an der östlichen Grenze seines Reiches Ruhe zu halten. Es ist die einzige Grenze, die wir zu anderen Griechen haben, und die Parther und die Stämme aus dem Norden auf der anderen Seite des Hindukusch machen uns Sorgen.»

Am Abend ging ich nochmals mit Phillip trinken. Wir tranken übermäßig viel und schnell. Wir waren beide froh über die Aussicht wegzukommen von den Geschehnissen der letzten Woche. Wut über die verräterischen Dorfbewohner, über unsere Gegner auf der anderen Seite des Flusses, und zuletzt natürlich auch über unsere eigene nicht eben heldenhafte Rolle machte die Aussicht auf einen neuen Lebensabschnitt sehr attraktiv. Ich konnte den Verlust meines Vaters noch gar nicht richtig fassen. Mein Leben war bisher ein Kinderleben gewesen. Ich musste mich um nichts kümmern, und lebte in den Tag hinein. Jetzt realisierte ich, dass mein Vater mir eigentlich nichts vererbt hatte. Wir hatten immer mehr als genug. Ein Haus, Sklaven, Pferde, genug zu essen, aber all das gehörte der Garnison, und nicht meinem Vater privat. Außer dem bisschen Geld, einigen Waffen und zwei Pferden hatte ich nichts. Naja, eine Stelle als Rekrut bei meinem Onkel. Meine Möglichkeiten waren also eher beschränkt.

Die Nacht war kurz gewesen. Bereits zwei Stunden nach Sonnenaufgang ritten wir Richtung Westen auf der großen Handelsstraße, die einige auch Königsstraße nannten und die von Taxila aus nach Nordwesten verlief. Von Sonnenaufgang konnte aber eigentlich keine Rede sein. Es regnete in einem feinen, aber stetigen Niesel und so war nicht allzu viel Verkehr. Wer konnte wartete einen Tag in einer Herberge ab. Unsere Sachen waren gut verpackt und mit einem zusätzlichen Öltuch umwickelt auf meinem Pferd verstaut. Ich ritt auf dem großen hellbraunen Pferd meines Vaters. Phillip hatte für seine Versetzung auf Anweisung Lykurgs ein Pferd aus dem Stall der Garnison zugestellt bekommen. Es war klar, dass er es behalten würde, schließlich würde niemand außer Lykurg wissen, dass er es hatte, und wir mussten davon ausgehen Taxila nicht so schnell widerzusehen.

Kapitel 5 – Jenseits von Gandhara

Am Nachmittag nach einem stillen Ritt machten wir eine Pause am Rande eines kleinen Wäldchens. Wir hatten beide wenig Hunger, und unser Proviant sprach uns nicht an, abgesehen vom Wasser in unseren Schläuchen. Da uns niemand zu einem bestimmten Zeitpunkt erwartete, hatten wir keine Eile. So schliefen wir noch eine Runde unter den Bäumen, wo es noch einigermaßen trocken geblieben war. Die einzige Gefahr sahen wir darin, dass unser Proviant irgendwann zur Neige gehen würde. Aber ohne Warenlast kam man schnell voran, und für die Händler gab es am Ende jeder Tagesreise eine Herberge. Die erste Herberge nach Taxila war allerdings nichts Berühmtes. Ein simples Haus und Stallungen aus Holz, wobei man sich aussuchen konnte ob man im Haus oder bei seinen Pferden schlafen wollte. Wir schliefen wie die meisten bei unseren Pferden, und was wir uns damit sparten gaben wir doppelt für Wein aus.

Am nächsten Tag brachen wir sehr früh auf, und überquerten mit einer kleinen Fähre den Haro. Die Luft war noch frisch und es lag ein nebliger Schleier auf der Wasseroberfläche des Flusses. Es tat uns und den Pferden gut auf der Fähre kurz durch zu atmen und so ritten wir im Anschluss zügig weiter in westliche Richtung mit dem Ziel bis zum Abend das Ufer des Indos zu erreichen, und somit eine Herberge auszulassen. Das Wetter klarte etwas auf, aber die Straße war noch sehr matschig deshalb ritten wir, wenn möglich meist neben der Straße. Der Boden wurde immer sumpfiger, und die Vegetation immer dichter. Für den beschwerlichen Ritt belohnte uns am Abend der Blick auf eine große Herberge, die direkt an der östlichen Indos Flussseite gebaut war. Eine aus Stein gemauerte Herberge mit einem großen Gastraum. Wir waren vom langen Ritt erschöpft, nahmen nur noch unser Gepäck mit ins Zimmer, und ließen uns Essen, Wein und Wasser aufs Zimmer bringen. In der Nacht hörten wir wiedereinsetzenden Regen auf das Dach unserer Unterkunft prasseln.

Morgens erkundigten wir uns nach der nächsten Fähre. Diese lag nur einen Steinwurf flussabwärts. Auf unserem Weg den Fluss entlang nahm ich die gewaltigen braunen Wasser des Indos, die sich raumeinnehmend das Land teilten zum ersten Mal bewusst wahr. Der Fährplatz war ein solider Anleger, mit einem Pier aus Stein, und einem überdachten Platz, an dem die Ladung zur Verschiffung untergestellt werden konnte. In der Hütte spielten zwei Männer auf einem klapprigen Tisch Schach. Der eine war der Fährmann, der andere erhob Zoll für Antialkidas.

«Heute wird es keine Überfahrt geben», erklärte der Fährmann in einem deutlichen, aber nicht unfreundlichen Tonfall. «Der Fluss ist zu stark. Direkt oberhalb dieser Stelle vereinigen sich die Läufe des Indos mit dem Kabul Fluss, und dort hat es geregnet. Ihr müsst morgen wiederkommen. Welche Ladung habt ihr?»

«Nur wir und drei Pferde, keine Waren», sagte Phillip.

«Wohin wollt ihr?»

«Zur Garnison nach Alexandria am Kaukasus», antwortete ich.

«Seid ihr Soldaten? Dann muss ich eure Papiere sehen!», mischte sich der Zöllner ein.

Phillip zeigte ihm den Marschbefehl den Lykurg ausgestellt hatte, und ich reichte ihm das Schreiben meines Onkels. Wir reservierten unsere Plätze, und der Fährmann gab uns Bescheid wir sollten möglichst früh am nächsten Morgen wieder hier sein, da es einen regen Andrang geben werde, denn er konnte bereits seit drei Tagen den Fluss nicht befahren. Schließlich ließ er uns noch einen Blick auf die Fähre werfen, die etwas flussabwärts angebunden in der Strömung trieb. Es war ein großes solides Boot.

Zurück in der Herberge, bestellten wir uns erst einmal Hühnchen und Wein. Wenn wir schon warten mussten, dann wollten wir es uns auch gemütlich machen. Dabei kamen wir mit ein paar Händlern ins Gespräch. Die meisten reisten von Indien nach Persien, manche auch nur bis nach Alexandria am Kaukasus. Alle berichteten sie hätten Gewürze dabei, und beklagten sich über die steigenden Zölle. Es war schon Nachmittag geworden als ich und Phillip nach draußen gingen, um unseren Wein wieder loszuwerden.

«Weißt du Lysander, eigentlich könnten wir uns etwas dazuverdienen», bemerkte Phillip herausfordernd. «Der Zöllner hat bereits unsere Papiere gesehen, und wird uns nicht kontrollieren. Und wir werden uns nicht kontrollieren lassen. Wir könnten für die Händler ein bisschen Ware mit hinübernehmen. Fällt doch keinem auf! Und das Geld von Antialkidas landet ja sowieso bei uns – nur eben viel zu wenig! Das Problem ist nur, dass wir uns nicht die Taschen mit Pfeffer vollmachen können. Wir müssten jemanden finden der mit Perlen, oder Edelsteine handelt.»

«Ja nur glaube ich, dass sie es uns nicht erzählen werden. Warum sollten wir nicht einfach auf der anderen Seite damit davonreiten?», warf ich ein.

«Eine noch bessere Idee!», lachte Phillip, überlegte kurz und schlug dann vor.

«Aber wir könnten etwas kaufen, und doch keinen Zoll zahlen. Dann können wir es später mit gutem Gewinn wieder abschlagen.»

«Gute Idee», musste ich zugeben. «Aber es müsste eben etwas Kleines sein, das wir gut mitnehmen können. Für Edelsteine habe ich allerdings nicht genug Gold.»

«Lass uns doch nochmals reingehen und wir sehen was es gibt», ergänzte Phillip euphorisiert.

Wir sprachen einige Händler an. Einige zeigten uns sogar Edelsteine, aber sie wollten darauf lieber Zoll zahlen als sie uns für die Überfahrt aus zu händigen. Mein Gold war gerade genug, um Perlen zu kaufen. Phillip hatte sogar noch weniger, und Edelsteine waren unerschwinglich für uns. Ich verhandelte bereits mit einem Händler über einige seiner Perlen, wobei es mir schwer viel bei seiner Preisverhandlung durchzublicken. Einige kleine waren teurer als große, wegen irgendeiner bestimmten Form und Farbe, und ich hatte schon die Lust daran verloren, als Phillip mich antippte. Ich entschuldigte mich und ging mit Phillip an einen anderen Tisch, wo bereits ein Händler auf uns wartete. Es war ein sehr dunkler Inder mit fast bläulich glänzenden Augenliedern. Dabei war er größer als die meisten Inder, und vor allem fetter als die meisten, die ich bis dahin zu Gesicht bekommen hatte. Er musste wohl aus den südlichen Gebieten stammen. Er begrüßte mich freundlich.

«Ihr benötigt also kleine Waren zum leichten Transport? Neben Perlen empfehle ich euch natürlich Edelsteine. Aber wenn Edelsteine zu teuer sind – nehmt Muscheln und Duftstoffe!»

Anscheinend war nicht nur Pfeffer im Westen Mangelware, sondern neben Perlen auch Muscheln, Edelsteine, und dieser Duftstoff, gewonnen aus einer bestimmten Pflanze ein beliebtes Gut. Dieser Händler erklärte mir auch den Unterschied von Karneol-, Granat- und Onyx-Perlen. So verhandelte ich daraufhin mit ihm um eine Perle von je einer Sorte, sowie etwas von diesem Duftstoff. Er überredete mich besser zwei Paare zu nehmen, da oftmals Perlen für Ohrringe paarweise leichter zu verkaufen seien. Ich nahm zwei Onyx-, und zwei Granatperlen, und etwas weniger von dem Duftstoff. Phillip entschied sich für zwei Perlen und einige Muscheln.

Wir hatten zwar nicht mehr viel Geld, aber wir dachten an diesem Nachmittag nur an den Gewinn, den wir damit machen würden, und ließen es uns weiter gut gehen. Wein am Morgen war vermutlich nicht die beste Idee gewesen. Als wir am nächsten Tag noch unsere Überfahrt bezahlen sollten wurde uns klar, dass unser Geld kaum noch für Herbergen und Proviant auf unserer weiteren Reise reichen würde. Etwa vierzehn Tage hatten wir berechnet. Also noch mindestens elf Tage, da wir an unseren zwei Reisetagen die Wegstrecke von drei Tagen gemacht hatten. Aber der Weg vor uns würde steiler und beschwerlicher werden. Obwohl wir früh am Anleger in Attock Khurd eintrafen, waren bereits einige Händler da, aber wir bekamen noch einen Platz auf der ersten Überfahrt. Der Fluss war zwar nicht mehr so wild wie am Vortag, aber die Strömung war weiterhin sehr stark. Das Boot bewegte sich schnell in der Strömung, und wir mussten uns gut festhalten, um nicht von unseren Plätzen an der Reling herunterzufallen. Der Fährmann musste ordentlich gegen die Strömung ankämpfen, um noch vor dem Zulauf des Shahidan Khwar auf der westlichen Seite anzulegen. Auf der anderen Seite machten wir uns als erstes auf, und folgten dem Fluss auf seiner westlichen Seite nach Norden. Von dieser Seite sahen wir die großen Zuflüsse des Indos auf der anderen Seite, bis wir unversehens dem Kabul Fluss folgten. Kleinere Zuflüsse, von denen es viele gab, waren mit Brücken überspannt, und wir kamen gut voran. Das Terrain stieg immer mehr an, und es wurde kühler.

Nach drei weiteren Tagen erreichten wir Gandhara. Es war eine große befestigte Handelsstadt, und seit dem Fall von Baktra Sitz des Königs. Hier residierte Antialkidas. Die Stadt lag in einer Ebene umringt von Bergen, und von hier aus ging der Khyber Pass über den Spin Ghar nach Alexandria am Kaukasus. Dem hiesigen Fluss konnte man ab hier nicht mehr folgen, denn der Darya-ye-Kabul toste in wilden undurchdringlichen Schluchten im Norden. Am Stadttor mussten wir unsere Schreiben vorzeigen, dafür blieb auch die Zollkontrolle aus, aber wir unterließen die Unterhaltung mit den Wachen, da wir beide kein Interesse daran hatten hier über die Vorfälle, und unsere Reise befragt zu werden. Gandhara hatte einige Herbergen zu bieten. Wir stellten unsere Pferde und unser Gepäck in der billigsten unter, und gingen dann in ein Gasthaus, wo wir dem Essen trauten, und das gut besucht war. Unsere neu erworbenen Schätze und die Schwerter nahmen wir allerdings mit, da wir doch befürchteten man könnte sie uns stehlen. In Gandhara wurden alle nur erdenklichen Waren angeboten, aber die Preise für Proviant und Reiseutensilien wie Kleidung und Schuhe waren exorbitant hoch. Und unser erster Versuch einige unserer Perlen oder Muscheln mit Gewinn zu verkaufen scheiterte. Man bot uns sogar weniger als unseren Einkaufspreis. Das senkte natürlich unsere Stimmung. Wenn wir ehrlich waren hatten wir beide keine Ahnung über die Preise von Perlen, geschweige denn von Muscheln und Duftölen. Wir kauften wenig, und nur das Nötigste ein.

Als wir am nächsten Tag früh den Khyber Pass passierten, hatte es aufgehört zu regnen, und auch in dieser Höhe hatten wir gemäßigte Temperaturen. Nur nachts wurde es kalt in den Ställen der Herbergen. Dafür war die Landschaft anfangs überwältigend, mit imposanten Bergen, großzügigen Tälern. Die kühle Luft vermittelte ein Gefühl von grenzenloser Weite. Die Passstraße wurde aber bald schmal und steinig, und schlängelte sich teils an den Hängen der Berge entlang, teils durch kleine Täler. So lag für uns stets der Ausblick auf die raue zerklüftete

Gesteinslandschaft frei. Alles war grau und braun, und nur an wenig Stellen wuchs ein Baum. Die Büsche hingen kärglich an den Felswänden. Aber wir hatten mittlerweile Sonnenschein, und so verzauberte uns auch diese Landschaft. Der Pass mit seiner Luftveränderung und der andersartigen Landschaft drang in mein Bewusstsein.

Es war das erste Mal, dass ich wieder etwas klarer im Kopf wurde, und mir wurden die Geschehnisse der letzten Wochen bewusst. War ich vor einigen Wochen noch ein wohlbehüteter Junge ohne Pläne, Pflichten und Nöte, so war ich jetzt letztlich auf mich allein gestellt. War mein nächster Lebensabschnitt zwar bereits vorbestimmt gewesen, so hatte ich doch immer noch so etwas wie eine Wahl und einen Rückzugsort in Taxila und meinem Vater gehabt. Und notfalls hatte ich in ihm immer noch einen Fürsprecher, Ratgeber und einen Versorger gehabt. Nun aber war ich für mein Auskommen selbst verantwortlich, und das Wenige, was ich von meinem Vater mitnehmen konnte war ein Notgroschen und etwas Ausrüstung. Bei meinem Onkel hatte ich einen nächsten Anlaufpunkt, aber ich kannte meinen Onkel nicht, und meine Zukunft nach meiner Ausbildung bei ihm war vollkommen offen. Ich war noch in einem Alter in welchem man der Zukunft, vor allem der Ferneren, prinzipiell offen und sorglos, ja sogar etwas träumerisch gegenübersteht. Aber meine finanzielle Situation verunsicherte mich. Ich konnte und mochte mir einfach nicht vorstellen arm zu sein. Das wurde mir bewusst als wir am Nachmittag des ersten Tages jenseits von Gandhara am Khyber Pass schon ein gutes Stück vorrangekommen waren.

«Was werden deine Pläne sein?», sprach ich Phillip an.

«In Alexandria wirst du wieder Soldat unter Antialkidas sein. Wenn du Glück hast mit demselben Lohn. Ich fürchte, dass unser «Perlenhandel» uns nicht reich machen wird, zumindest nicht in Antialkidas Reich. Vielleicht zahlt ja jemand in Ägypten ein Vermögen für die kleinen Dinger, aber sollten wir die Perlen unterm Hindukusch auch nur fürs selbe Gold verkauft bekommen, wenn uns der Durst plagt, dann können wir froh sein!»

«Die Perlen zu kaufen war eine gute Idee, aber wir sind eben keine Händler. Keine Ahnung von Preisen, Qualität, und keine Ahnung wo der Markt für Perlen ist. Ich war eben nie ein vermögender Mann, oder weltgereister Händler. Immer ein Soldat und ein Lump!», gestand Phillip.

«Ach Lysander, seitdem wir nach Westen unterwegs sind, und den Indos überschritten haben denke ich nach. Es fühlt sich ganz gut an in diese Richtung zu reiten! Ich war froh als ich nach meiner Flucht bei deinem Vater im östlichsten Winkel der Griechenwelt Aufnahme und Sold gefunden habe. Aber jetzt da er nicht mehr ist, und mein Auskommen hier ein anderes sein wird sehne ich mich nach dem Westen. Lysander, ich will wieder nach Westen wo die griechische Welt groß ist! Die Inder gehen mir auf den Geist! Ich mag ihre Religion nicht, nicht die Buddhisten und noch weniger die Vedischen. Ich mag auch ihr Äußeres nicht so, die kleinen dunklen Typen, vor allem aber mag ich ihre Frauen nicht mehr. Und ich habe diesen Dauerregen und den Dschungel satt! Und weißt du was dem Ganzen die Krone aufsetzt? Der Wein! Er ist zu teuer und taugt nichts! Lysander: Ich träume vom Mittelmeer. Das ist unser Ort! Der Ort von und für Griechen! Dort ist Odysseus gefahren und die Argonauten sind von dort ins Schwarze Meer gesegelt. An den Küsten gibt es den herrlichsten Wein, und Brot aus dem Getreide, das die Athener unserer Welt geschenkt haben. Es gibt Delos mit seinen Tempeln und das Orakel von Delphi und Olympia! Und du solltest einmal in deinem Leben Alexandria sehen – das Alexandria in Ägypten! Das ist eine Stadt. Dort kannst du eine Woche durchfeiern und hast immer noch nicht alle Stadtteile gesehen, die man Vergnügungsviertel nennt. Und es gab Frauen – ach so viele wunderschöne Frauen! Und alle für ein paar Drachmen die deine!»

«Warst du denn jemals in Delos, Delphi oder Olympia?», wollte ich wissen.

«Nein... Ich bin nie aus Alexandria hinausgekommen bis ich zur Armee gekommen bin. Und von da an habe ich nur den Sand im Sinai gesehen. Dann die Flüsse Euphrat und Tigris, endlose Steinlandschaften, Wüsten, noch mehr Steine, dann diese Steine hier, dann den Indos und dieses Indien! Aber glaub mir – es ist anders dort drüben am Meer. Du kannst morgen in Alexandria ein Schiff besteigen und bist in einer Woche in Athen, in einer weiteren Woche bist du im Schwarzen Meer, oder in Sizilien, Italien oder an den Säulen des Herkules. Die Welt ist anders dort. Hier ist alles riesengroß, und trotzdem kannst du nirgends hin. Dort ist die Welt klein, und in einem Tag hast du alles hinter dir gelassen und du fängst ein neues Leben an!»

Phillip hatte ein bisschen vor sich hingeträumt, und damit hatte er meine Sehnsüchte geweckt.

«Natürlich möchte ich einmal Delos sehen und Troja, und Athen! Aber vergiss nicht: Zwischen Indien und Ägypten liegen die Parther, und wie du schon gesagt hast Steine und noch mehr Steine. Um nach Ägypten, oder auch nur nach Armenien zu gelangen bräuchten wir einen Sack voll Perlen! Wir bräuchten ein weiteres Pferd, also zwei für jeden, eine Menge Proviant, Ausrüstung, und Geld für Zoll, und vielleicht den Schutz einer Karawane», unterbrach ich rüde Phillips Traum.

«Du hast schon recht. Wahrscheinlich müsste ich drei Jahre Sold sparen und keinen Schluck Wein trinken, um das Geld zusammenzusparen. Auf meiner Flucht bis Baktrien wäre ich fast verhungert, verdurstet und erfroren. Dabei war ich schon weit hinter Susa als ich geflohen bin», stimmte Phillip mir nun in ernsterem Ton zu.

«Und ich muss auf jeden Fall meine Ausbildung machen. Ich bin auch noch zu jung, als dass ich im Westen angeheuert würde. Und in meiner Rekrutenzeit werde ich vermutlich so wenig Sold erhalten, dass ich fünf Jahre sparen müsste, um überhaupt bis nach Susa zu kommen», fügte ich halbernst hinzu.

«Wir müssten Glück haben! Einen Schatz finden – eine alte Goldtruhe von Alexander, und dann könnten wir mit Stil in Alexandria einziehen!»

Wir mussten beide herzlich lachen bei dem Gedanken, und quatschten noch eine Weile weiter. Dabei war auch das leere Gefühl im Magen, das wir mittlerweile hatten besser zu ertragen. Am Ende des zweiten Tages nach dem frühen Aufbruch in Gandhara hatten wir bereits wieder den Kabul Fluss erreicht. Er hatte hier eine kleine Ebene geschaffen, und wir machten eine Rast an seinem Ufer. Wir konnten sehen wie er im Osten im gewaltigen Bergmassiv verschwand, und von seinen tiefen Schluchten verschluckt wurde. Am Abend des dritten Tages unserer Etappe nach Gandhara erreichten wir Adinapur. Hier wo der Kabul Fluss und der Kunar Fluss sich vereinigten war eine noch größere Ebene entstanden, und ein Geäst von kleinen Flussadern hatte das Schwemmland zwischen den kahlen Bergen in eine grüne Oase verwandelt. Trotz unserer angespannten Proviantsituation und unseres leeren Geldbeutels mussten wir uns hier von den letzten Tagen erholen, und vor allem den Pferden eine Rast zugestehen.

Von Adinapur würden wir nur noch vier oder fünf Tage bis nach Alexandria am Kaukasus benötigten. Wir besorgten uns wie schon die letzten male die billigste Unterkunft. Nachdem wir die erste Nacht wie die toten im Stroh neben unseren Pferden geschlafen hatten machten wir am nächsten Morgen unsere nötigsten Besorgungen, und streiften dann durch das große und erstaunlich schöne Adinapur und seine weitläufigen Gärten. Wir hatten beide ein Stück Brot in der Hand und sahen die schönen Gasthäuser, Handwerkerhäuser, und reichen Handelshäuser. Es gab sogar Teiche und kleinere Wasserspiele in den größten der Handelshäuser. Der Verkauf von Proviant, Handwerks- und Handelswaren brachten hier reiche Einkünfte. Adinapur war ein Ort, den niemand umgehen konnte, wollte er von Indien in den Westen. Als wir einmal durch die ganze Stadt geschlendert waren war es bereits früher Nachmittag geworden. Wir setzten uns in eine billige Gastwirtschaft am östlichen Ende der Stadt vor den Toren. Die Gastwirtschaft lag auf einer kleinen Anhöhe direkt am Fluss, und man konnte die Straße von Gandhara kommend beobachten. Es reisten meist Gruppen von Händlern an, sowie kleine Karawanen, die sich oft in jeder Stadt neu bildeten und den Händlern Schutz boten. In einer kleinen Gruppe sahen wir auch den Händler, der uns am Indos die Perlen verkauft hatte. Wir waren beide nicht gut auf ihn zu sprechen.

Ich sprach, ohne nachzudenken. «Wir sollten uns unser Gold wiederholen, und ihm dafür ein bisschen von unserem Stahl geben.» Phillip fuhr auf wie vom Donner gerührt.

«Lysander! Wenn du plünderst bist du ein guter Soldat, aber wenn du einen Händler ausraubst und sie dich schnappen, dann geht`s dir wirklich an den Kragen!»

«Phillip, überleg doch einmal – man müsste ihn nur allein erwischen. Hier oben gibt es keine Zeugen. Ein kurzer Stoß mit dem Schwert, wir legen ihn abseits des Weges unter die Steine, und bis ihn jemand in Südindien vermisst ist er schon längst verwest. Und wenn wir erst einmal in der Garnison sind, sind wir sicher und können dort erstmal verschwinden», verbesserte ich ihn.

«Und du Lysander würdest ihn dann niederstrecken? Hast du denn schon einmal einen Mann getötet? Hört sich einfacher an als es ist. Vor allem, wenn man nicht in einer Schlacht ist», beendete Phillip das Gespräch bevor ich noch etwas Dümmeres sagen konnte.

Wir schwiegen einige Zeit, um dann wieder einmal über die Schönheit der Berge zu sprechen. Ich liebte die Berge seit dieser Zeit. Ich erkannte sie als Grenze zwischen den Welten, und wer in ihnen wandert würde irgendwann in einer anderen Welt ankommen, vielleicht in einem anderen Leben.

Kapitel 6 – Ein Weg nach Alexandria

Der Weg führte uns am nächsten Tag immer noch zwischen Bergen hindurch, jedoch war er nicht mehr so steil. Mit unseren frischen Pferden kamen wir gut voran und gegen Mittag erreichten wir einen erhöhten Punkt, an dem der Weg direkt am Fluss entlangführte. Der Fluss war klar, und wir entschieden uns für eine Rast. Wir schliefen in der Sonne ein, wurden aber kurze Zeit später von Hufgeklapper geweckt. Es war eine Reisegruppe von vier Händlern. Jeder hatte mindestens zwei weitere Pferde beladen mit Handelswaren dabei. Unter den vier Händlern befand sich auch der dunkle Inder, der uns die Perlen verkauft hatte. Die Gruppe hielt ebenfalls an unserem schönen Rastplatz an und wir wurden freundlich begrüßt vor allem von unserem dunklen Freund. Ein schlechtes Gewissen hatte er offenbar nicht. Wir tauschten uns etwas über den bisherigen Weg vom Indos hierher, über Gandhara, Adinapur, das Wetter und die Straße aus. Vor allem die Straße hier hoch hatte unserem Freund wohl zugesetzt. Und er verweilte noch bei uns als seine Kollegen schon wieder aufgebrochen waren.

«Eines meiner Pferde hat sich den linken hinteren Huf verletzt. Gestern Abend auf der letzten Wegstrecke nach Adinapur», erzählte uns der Inder. «Der Pass war wohl einfach zu viel für den alten Gaul. Obwohl er schon dreimal mit mir nach Alexandria am Kaukasus gezogen ist, werde ich ihn wohl dort zusammen mit meinen Waren verkaufen.»

«Für ein lahmes Pferd wirst du wohl nur noch beim Metzger einen ordentlichen Preis bekommen», bemerkte Phillip.

«Ach er sieht sonst gut aus, wer ihn nimmt soll ihn haben. Ich brauche ein paar Tage bis ich meine aktuellen Waren verkauft und neue Waren eingekauft habe. Bis dahin heilt die Verletzung sicher soweit, dass es nicht weiter auffällt. Vielleicht kann ich ihn ja der Garnison verkaufen. Manchmal findet man dort einen dummen Käufer, der nicht richtig hinsieht, weil es nicht sein Geld ist. Oder ihr könnt mir dabei helfen? Wir bescheißen die Armee, und teilen uns die Differenz zum Metzgerpreis. Soll auf jeden Fall nicht euer Schaden sein meine Freunde!», gab der Inder rundheraus Preis.

Phillip sah mich an und runzelte leicht die Stirn und legte seinen Kopf etwas zur Seite. Ich erwiderte mit einem kaum merklichen Kopfnicken. Die Inder haben den Zusammenhalt und das Gemeinschaftsgefühl der Griechen immer unterschätzt. Ohne Worte hatten wir uns entschieden, dass das Maß voll war für diesen hier. Ich war nie stolz auf diese Tat.

Nachdem auch der Inder sich genügend ausgeruht hatte zogen wir drei weiter. Der Weg stieg links eines Hügels hoch, fern eines hier tosenden Flusses, der sich hier in einer kleinen Schlucht abseits des Weges schlängelte. Am oberen Rand des Hügels konnte man den Weg in beide Richtungen weit überblicken. Beim Aufstieg ließ sich Phillip etwas zu mir zurückfallen und flüsterte mir zu.

«Oben auf der Hügelkuppe – warte auf seiner Rechten bis ich losschlage.»

Als wir den Hügel hochritten konnte ich vor Aufregung kaum das Wasser halten. Ich war zu nervös zum Reden, so dass ich mich etwas zurück fallenlies und mich darauf konzentrierte Phillip und den indischen Händler von hinten im Blick zu behalten. Phillip plauderte locker dahin. Auf der Hügelkuppe war der Weg breit angelegt, breit genug für drei Reiter nebeneinander und ich schloss auf. In diesem Moment sagte Phillip zum Händler.

«Sieh nur dort ganz vorne hinter der nächsten Biegung steigt Rauch auf!»

«Wo? ich kann nichts erkennen», erwiderte der Inder und beugte sich etwas vor auf seinem Pferd. Phillip zog mit der Rechten sein Schwert und schwang es unvermittelt in hohem Bogen in Richtung des Kopfs des Inders. Der reagierte jedoch und wich auf meine Seite aus. Sein Pferd scheute und ging vorne hoch. Phillip hatte ihn trotzdem an der linken Schulter getroffen. Ich hatte ebenfalls mein Schwert gezogen, aus Reflex und meine Finger krampften um den Schaft. Das Pferd des Händlers drückte mich und meinen großen Braunen zur Seite und der Körper des Inders drückte gegen den meinen. Er schrie auf und fluchte in seiner uns unverständlichen Sprache. Er wollte ebenfalls einen langen Dolch ziehen, den er im Gürtel stecken hatte. Aber nachdem mein Pferd etwas abgedrängt worden war, reagierte es wie es der Schlacht Drill meines Vaters ihm eingeprägt hatte und stemmte sich nach links. Ohne zu überlegen stieß ich mein Schwert nach dem Inder. Ich erwischte ihn erst leicht an der Brust, dabei hob er instinktiv seinen linken Arm. Erneut stieß ich zu, ein Rauschen in meinen Ohren übertönte alles. Ich fühlte das Gewicht des Schwertes nicht mehr, und traf ihn diesmal unter seiner linken Armbeuge. Mein Schwert ging tief, aber sein Pferd und er mit ihm wichen jetzt zur anderen Seite aus, wo Phillip ihm, in seinen Steigbügeln stehend, sein Schwert von oben unterhalb seines linken Nackens bohrte. Der Inder schrie aus den tiefen seiner Lunge einen langgezogenen Schmerzensschrei. Währenddessen bohrte Phillip sein Schwert noch tiefer in den Körper des dicken Inders. Unter seinen Schrei mischte sich ein gurgelnder Laut, und dann verstummte der Schrei. Mit aufgerissenen Augen schaute der Inder erst mir in die Augen, drehte sich dann zu Phillip und sackte zusammen. Langsam glitt er von der rechten Seite seines Pferdes, das nun nach vorne flüchtete. Mit jedem Satz des Pferdes hing er schiefer darauf, und nach dem dritten Satz viel er endgültig herunter. Sein Reittier preschte weiter den Weg entlang. Wir leiteten unsere Pferde dorthin wo er am Boden lag. Er blickte immer noch entsetzt in unsere Gesichter. Dann verdrehte er die Augen und seine Gliedmaßen zitterten schauerlich. Phillip stieg ab, und zog sein Schwert aus dem Leib des Inders als dieser aufgehört hatte zu zittern.

«Wir schaffen ihn einfach links neben den Weg außer Sichtweite. Den Rest erledigen die Geier», schlug Phillip vor.

Da der Kerl aber sogar für uns beide zu schwer zum Tragen war, hatte ich den Einfall ihn auf sein verletztes Pferd, das eher ein Pony war, zu hieven. So ging Phillip mit dem verletzten Pferd, und dem dicken toten Inder rechts in die felsige Landschaft. Nach ungefähr fünfzehn Minuten tauchte er wieder auf.

«Ich habe das meiste von unserem Gold wieder und etwas von seinem Gold. Das trug er bei sich», strahlte Phillip. «Aber ich habe keine Perlen oder Edelsteine finden können.»

Als wir die Lasten des verletzten Pferdes und das des zweiten Lasttieres durchsucht hatten kam uns ein schlimmer Verdacht. Die wertvollsten Gegenstände mussten in einer Tasche an seinem Reittier befestigt gewesen sein. Das hatte uns mittlerweile eine gute halbe Stunde voraus, und war ohne Reiter unterwegs. Wir verteilten eiligst die Lasten auf unsere und das verbliebene gesunde Pferd des Inders, und versuchten das andere Pferd einzuholen. Was soll ich sagen? Wir haben das Pferd nie wiedergesehen. Und wir fanden weder Perlen noch die schönen Rubine, die wir bei ihm gesehen hatten. Jedoch hatten wir ein weiteres Lastpferd erbeutet, was gut war, einige schöne Muscheln und Korallen, und Duftöle. Darüber hinaus zwei kleinere Säcke Pfeffer, und Stoffballen mit denen wir nicht wirklich etwas anzufangen wussten. Als es dunkel wurde, und wir das Pferd immer noch nicht gefunden hatten blieb uns nichts übrig als ein Lager aufzuschlagen. Wir rasteten unter einigen großen Bäumen, wo bereits einige Lagerfeuer gebrannt hatten, und genügend Holz herumlag, um ein schönes Feuer zu machen. Nach einer Herberge war uns eh nicht die Stimmung. Den ganzen Nachmittag hatten wir erfolglos mit der Suche nach dem Reitpferd des Inders verbracht. Jetzt mussten wir uns erst überlegen wie wir weitermachen sollten.

«Wo hast du den Inder abgelegt?», wollte ich wissen.

«Hinter einem großen Felsbrocken. Die Stelle ist von keinem Punkt der Straße aus einsehbar. Das verletzte Pferd habe ich gleich daneben notgeschlachtet. So läuft es nicht herum und erregt Aufsehen, und wenn sich jemand über die Geier wundert sieht er erst einmal den Kadaver des Tieres. Dass das Reitpferd mit den schönen Perlen davon ist, ist eine Schande! Was machen wir denn mit dem ganzen Mist, der uns da in die Hände gefallen ist? Wir können doch nicht bepackt mit lauter Handelswaren als Soldaten nach Alexandria kommen? Das fällt doch auf!» Phillip runzelte die Stirn.

«Ja das ist ein Problem!», stimmte ich zu. «Das zweite Pferd solltest du nehmen. Mit zwei Pferden zu reisen ist unauffällig. Wir können jeder einen Sack Pfeffer nehmen und die Muscheln und Öle können wir auch verstecken. Aber was machen wir mit den Stoffballen?»

Letztlich teilten wir das wenige Gold, die Öle, und jeder nahm einen Sack Pfeffer und eine unauffällig kleine Rolle von seinem besten weißen Stoff. Den Rest vergruben wir an Ort und Stelle, um das Zeug letztlich nie wieder zu sehen. Wir waren eben keine sehr guten Räuber. Nachdem wir alles geregelt hatten merkte ich erst wie aufgeregt ich gewesen war seit wir den Inder getötet hatten. Ich wurde etwas ruhiger nachdem wir die verräterischen Stücke los waren, und wir tranken aus dem Weinschlauch, den wir an einem der Pferde gefunden hatten.

«Das war also der erste Mann, den du getötet hast?», bemerkte Phillip nach einiger Zeit des Schweigens so beiläufig wie es ihm möglich war.

«Eigentlich hast du ihm ja den Todesstoß verpasst», verbesserte ich ihn.

«Wohl ja, aber du wirst noch merken, in einer Schlacht oder einem Scharmützel ist es oft so chaotisch, dass man hinterher nicht mehr weiß wen man getötet hat, und wer eigentlich schon sterbend auf einen zugewankt kam und man ihn nur noch mit seiner Lanze aufgefangen hat. Du hast ihm einen Stich unter die Armbeuge versetzt, an dem er wahrscheinlich gestorben wäre. Die ersten beiden Hiebe – meiner wie deiner waren nur Kratzer – aber dein zweiter Stich hätte ihn getötet außer er hätte schnell einen guten Wundarzt gefunden. War es schwer zuzustoßen?»

«Erst war ich sehr aufgeregt. Aber nach meinem ersten Stoß, als ich gespürt habe, dass mein Schwert ihn getroffen hatte war alles weg, und ich kam mir viel kräftiger und schneller vor. Außerdem spürte ich mein eigenes Gewicht nicht mehr!», antwortete ich, ohne groß nach zu denken.

«Ja, das ist die Raserei im Kampf. Sie macht uns stärker und löst die Angst und die Anspannung. Leider ist sie nicht von unbegrenzter Dauer, das wirst du merken, wenn du einmal länger in einer Phalanx stehen musstest. Und der Gegner kämpft mit derselben Raserei. Aber wichtig ist, dass du es in dir hast! Es gibt genügend die nicht wagen den ersten Stoß zu machen, glaub mir! Man kann sich manchmal wundern wer alles in seinem ersten Gefecht die Nerven verliert und sich nicht traut zuzulangen. Meist sind diese Soldaten dann schnell unter den Toten, oder auf der Flucht wegen Desertion», erklärte mir Phillip und nahm einen demonstrativ großen Schluck aus dem Weinschlauch. Ich tat es ihm gleich.

Die Nacht schliefen wir abwechselnd, und der andere hielt Wache. Morgens brachen wir früh auf, und ritten die folgenden vier Tage zügig weiter, ohne uns mit den anderen auf dem Weg zu unterhalten. Wir mieden auch die Herbergen, und das Wetter war uns gnädig. Es verschonte uns mit Regen oder Kälte. Wir lebten von dem was wir und der Inder an Proviant hatten, deshalb mussten wir die Pferde auch länger grasen lassen, da wir ihnen kein gutes Futter in der Herberge kaufen konnten. Der Weg ging die letzte Strecke immer am Fluss entlang und im Norden sahen wir die großen schneebedeckten Gipfel des Hindukusch. Der erhabene Anblick der Berge machte großen Eindruck auf mich und die Reisetage gingen schnell dahin. Am letzten Tag verließen wir den Lauf des Flusses und ritten nordwärts bis zum Darya-ye-Pamaher, der sich hier mit dem Ghorband vereinte.

Alexandria am Kaukasus erreichten wir am frühen Abend des fünften Tages nach unserem Aufbruch von Adinapur. Die große Handelsstraße führte mitten hinein in das östliche Stadttor. Das Stadttor wurde von Soldatenbewacht. Phillip ignorierte den ebenfalls anwesenden Zöllner und sprach laut und übertrieben aufgeregt die Soldaten an.

«Wir müssen umgehend zu Thrasyllos, dem Kommandanten dieser Garnison. Ich bin aus der Garnison in Taxila mit Nachricht hierherbeordert, und dies hier ist Thrasyllos Neffe, der sich zum Dienst meldet! Wo finden wir ihn?»

Der eine Soldat war etwas verdutzt, antwortete aber umgehend.

«Die Straße geradeaus bis zur Agora. Dann rechts und geradeaus. Wo eigentlich ein Stadttor sein sollte ist der Eingang zur Garnison. Dort müsst ihr euch wieder melden.»

«Danke Kamerad!», erwiderte Phillip.

Noch ehe der Zöllner auch nur den Mund aufmachen konnte, hatten wie aufgesattelt und folgten dem beschriebenen Weg durch die Stadt. Es war durchaus möglich, dass einer der Begleiter des indischen Händlers doch nach ihm suchen würde. Außerdem, waren ein Sack Pfeffer und Duftöle für Soldaten schon eigenartiges Reisegepäck, deshalb war es besser eine Inspizierung durch den Zöllner zu umgehen. Alexandria am Kaukasus war eine große Stadt mit guten starken Mauern. Wir ritten über die gepflasterte Straße zur Agora wo geschäftig gehandelt wurde, und nahmen die große Straße nach rechts. Auf dieser Straße waren kaum noch Händler und Handwerker zu finden, dafür mehr Gastwirtschaften und einige Dirnen, die den vor den Spelunken herumlungernden Männern eindeutige Angebote machten. Wie angekündigt, befand sich hier anstatt eines weiteren Stadttors das Tor zur Garnison, links und rechts von zwei höheren Türmen bewehrt.

Die Wache vernahm unser Begehr ohne jegliche Regung, nickte schließlich und teilte uns mit, dass der Kommandant Thrasyllos im letzten Haus auf der linken Seite zu finden sei. Wir könnten die Pferde erst einmal hinter diesem Haus anbinden, und später in die Stallungen bringen. Abgestiegen führten wir unsere Pferde an zehn Häusern gleichen Aussehens vorbei und blieben vor dem letzten stehen.

«In einem von diesen Baracken wirst du die nächste Zeit verbringen. Und fluchen wirst du!», lachte Phillip.

«Warum wirst du nicht hier wohnen?», fragte ich erstaunt.

«Sicher nicht! Nur Rekruten müssen hier sein. Die Soldaten, die hier freiwillig wohnen... naja du wirst schon sehen.»

Als wir die Pferde an einem Balken hinter dem Haus anbanden, vernahmen wir bereits aus dem Inneren des Hauses eine sehr energische Stimme, konnten jedoch von hier nicht ins Haus schauen. Die beiden Wachen vor der Tür beobachteten uns bereits. Bevor wir zurück zur Tür gingen ermahnte mich Phillip nochmals.

«Nimm Haltung an, und rechne nicht mit einem allzu familiären Empfang.»

Wir meldeten uns bei der Wache vor der Tür und mussten eine Weile warten. Von Innen war wieder die gleiche sehr laute Stimme zu hören die ohne Unterbrechung redete. Oder brüllte sie eher? Nach einer guten Weile kamen zwei Soldaten mit gesenkten Blicken heraus, und wir traten ein. Es war ein geräumiges Zimmer an dessen linkem Ende ein großer Tisch stand und dahinter ein kräftiger Mann mit langen schwarzen Haaren und einem schwarzen gestutzten Vollbart, beides mit grauen Strähnen durchzogen. Mein Onkel trug über seiner Tunika ein ledernes Wams.

Kapitel 7 – Rekrut

Mit dröhnender Stimme, die ans Schreien gewohnt war, sprach Thrasyllos uns an.

«Phillip!!! Was willst du denn hier? Hat Ares denn kein Einsehen und lässt einen Nichtsnutz wie dich immer noch ein Schwert tragen? Ich dachte ich hätte mich klar genug ausgedrückt, dass ich dich hier nicht brauchen kann! Und was bringst du mir da für einen verweichlichten Rotzbengel an? Wir sind hier kein Gymnasium, und ich bin kein Philosoph! Die Wache sagte mir du hast eine Nachricht – also her damit und zurück zu meinem Bruder, und das ganze zackig. Deinen Wein kannst du draußen bei den Dirnen trinken! Ein Wunder, dass Apollon dein Ding noch nicht abfallen lassen hat so wie du damit umgehst!»

«Kommandant, meine Nachricht ist eine traurige. Dein Bruder ist bei einer Patrouille gefallen. Und der Rotzbengel hier ist dein Neffe Lysander, der bei dir als Rekrut ausgebildet werden soll», antwortete Phillip.

In diesem Moment ging Hermes durchs Zimmer. Immer wenn das passierte schwiegen die Menschen, die anwesend waren. Als Phillip meinem Onkel den Tod meines Vaters eröffnete wurde mir sein Tod nochmals bewusst und ich hatte einen großen Klos im Hals herunterzuschlucken. Die Stille währte eine gefühlte Ewigkeit. Dann ergänzte Thrasyllos bestimmt aber ohne das Dröhnen.

«Wachen! Schließt die Tür, ich will nicht gestört werden!»

Als die Türe geschlossen war, sank er in seinen Stuhl.

«Setzt euch!», wies er uns an und zeigte auf Stühle, die an der Wand standen. Wir nahmen die Stühle, stellten sie an den Tisch und setzten uns. Mein Onkel stand wortlos auf, ging in eine Kammer hinter seinem Schreibtisch und kam mit Wein und Bechern wieder zurück. Er schenkte uns allen ein, sah mir in die Augen, dann Phillip und forderte knapp.

«Erzähl!»

Phillip gab einen groben Bericht über die Patrouille und den Hinterhalt, in den wir geraten waren. Den letzten Teil unserer Reise berichtete er detaillierter, und mein Onkel hörte an dieser Stelle sehr genau zu, und blickte ab und zu kurz auf mich. Als Phillip seinen Bericht beendet hatte bemerkte mein Onkel.

«Und du hast es mal wieder geschafft deinen Hals aus der Schlinge zu ziehen!»

«Und den deines Neffen!», entgegnete Phillip.

Mein Onkel trank seinen Becher leer, und wir ebenso. Er schenkte nach und holte noch einen Schlauch Wein. Dann sah er mich lange an bevor er mit leicht stockender Stimme sprach.

«Das letzte Mal als ich dich gesehen habe Lysander hast du dir noch in die Hosen gemacht und warst auf dem Arm deiner Mutter. Dein Vater war immer schon wagemutig, und leider nicht nur im Kampf. Als er deine Mutter kennenlernte und damit Stratons Mutter Agathokleia verärgerte, mussten wir beide zu Antialkidas übertreten. Etwas was ich nie bereut habe, denn den Buddhismus empfand ich schon bei Menander als zu viel. Aber ich wusste, dass Agathokleia nicht ruhen würde. Sie ist im Hass ebenso schrankenlos wie in der Liebe. Aber dein Vater liebte eben deine Mutter, und ließ sich nicht beirren. Als sie starb habe ich ihn zum letzten Mal gesehen. Ich hatte damals schon den Verdacht, dass Agathokleia ihre Finger im Spiel hatte. Ich riet ihm er solle weg von der östlichen Grenze und diesem ganzen undurchdringlichen Wust dort. Wir haben die Inder dort nie verstanden und sie uns nicht. Vielleicht hat Menander es verstanden sie zu regieren, aber alle anderen sind gescheitert. Entweder wurden sie selbst wie Inder oder es war eine kraftlose Herrschaft ohne Durchdringung. Hier um Gandhara haben wir es hinbekommen, und ich sagte zu deinem Vater, dass wir ihn hier brauchen! Die Yuezhi und die Saken drängen an unsere nördlichen Grenzen, und haben uns schon viel Land beraubt. Und dahinter sind die Parther, die uns von den übrigen Griechen trennen. «Hier», habe ich ihm gesagt. «Hier ist unser Schlachtfeld! Gegen die Reiter aus dem Norden und Westen müssen wir uns behaupten! Dann können wir uns immer noch um den Osten kümmern und mit starkem Rückhalt wieder nach Pataliputra. Dann könnten die Schätze Indiens uns gehören.» Aber dein Vater liebte den Osten und Indien. Auch wenn er immer griechisch blieb, so glaube ich er wollte nichts wissen vom Westen, und von einer großen griechischen Einheit. So wie es derzeit aussieht, sehe ich allerdings auch schwarz. Die Parther sind stark und haben große Gebiete zwischen uns und Ägypten unter ihrer Kontrolle. In Asien sind die Armenier und die anderen Völker nach dem Zusammenbruch der Seleukiden halb griechisch halb parthisch, und vor allem lauter kleine eigenständige Satrapen. Das schlimmste ist allerdings, dass im äußersten Westen diese Römer unser Hellas und Mekedonien unterjocht haben und der seleukidischen Macht bei Magnesia den Todesstoß verpasst haben, und überall mitsprechen wollen. Ach, es ist ein Trauerspiel!»

Thrasyllos hielt kurz inne als wäre er allein im Raum, doch fuhr er gleich weiter. «Aber ich schweife ab. Ich habe deinem Vater zugesagt aus dir einen Soldaten zu machen, und das werde ich! Phillip! Was wird mit dir? Gehst du zurück nach Ägypten? Die einzig sichere Gegend momentan für einen Griechen der nichts taugt im Krieg!»

«Das würde ich gerne Kommandant, aber ich stehe noch in den Diensten des Antialkidas, und in Taxila benötigt man meine Dienste momentan nicht, deshalb dachte ich, unterstütze ich euch hier ein bisschen bei der Sicherung der Nordgrenze gegen diese Saken und die anderen lustigen Reitervölker. Denn als ich das letzte Mal hier war konnte sich ja keiner auf einem Pferd halten von deinen Patrouillen Reitern», gab Phillip herausfordernd an.

«Hast du ein Pferd?»

«Ja Kommandant! Sogar ein Ersatzpferd!»

«Dann bist du willkommen bei einfachem Reitersold», stimmte Thrasyllos zu. «Leider hast du recht, dass unsere

Kavallerie nicht mehr die eines Alexanders ist. Lass uns darauf trinken!»

Er schenkte uns allen ein, und nachdem wir einen Schluck für die Götter vergossen hatten tranken wir aus.

Wir tranken noch öfters aus, und ich habe keine Erinnerung mehr wie ich auf mein Lager gekommen bin. Aber das Erwachen am nächsten Morgen war schrecklich. Ein Soldat stand vor mir und brüllte mich an. Er trat mich, ich solle endlich aufstehen. Ich kippte mir draußen etwas Wasser ins Gesicht und wurde weiter angebrüllt. Irgendwie gelangte ich in die Ausrüstungskammer wo ich ein Lederwams, Schuhwerk mit vielen Riemen, einen Helm, ein Schwert und eine riesige Lanze aus Holz, sowie einen kleinen Schild mit einem Riemen daran in die Hände gedrückt bekam. Dann ging es auf den Platz hinter den Häusern, wo bereits einige Soldaten standen und mein Onkel noch lauter rumschrie als der Soldat, der mich geweckt hatte.

«Das ist Terillos. Er wird euch zeigen wie Alexander erst die Griechen und dann die Perser besiegte. In eurer Hand habt ihr eine Sarissa. Die Lanze, welche aus der Phalanx die unüberwindliche Maschine machte, die diese Erfolge ermöglichte!»

«Aufstellung in Fünferreihen! Die Rekruten bilden den rechten Flügel», brüllte Terillos.

Ich hatte keine Ahnung was zu tun war, aber ich hielt mich an die bereits gedienten Soldaten. Als ich mich irgendwo aufstellen wollte, wurde ich von einem Soldaten kurzum ans Ende verwiesen, wo ich in der zweiten Reihe einen Platz fand.

«Die ersten drei Reihen halten ihre Sarissa nach vorne gerichtet. Die beiden folgenden richten ihre Sarissen im dreißig- und sechziggrad Winkel nach oben!», ordnete Terillos an.

Das Ergebnis bildete eine Lanzenwand nach vorn und auch nach oben über den ersten Reihen.

«Wenn der Vorderste fällt wird aufgerückt! Die ersten drei Reihen stoßen nach allem was feindlich aussieht. Alle Reihen dahinter haben ihre Sarissen nach oben zu richten, so dass die Lanzen eine effektive Abwehr gegen Pfeile schaffen. Wir demonstrieren das einmal.»

Die Phalanx war mitten auf dem Exerzierplatz aufgestellt. An der Mauer waren einige Kreter locker gegen das Mauerwerk gelehnt. Sie traten jetzt vor.

«Legt an! – Los!»

Auf uns Rekruten am rechten Ende ging ein Pfeilhagel aus Geschossen mit abgerundeter Holzspitze herab. Tatsächlich verhedderten sich einige der Pfeile in dem Wald aus Lanzen, und fielen zu Boden, einige wurden abgelenkt und flogen irgendwohin, allerdings trafen durchaus auch einige ihre Ziele. Ein Rekrut schrie auf.

«Ahhh – mich hat ein Pfeil getroffen!»

«Was denkst du denn wo du dich befindest?», entfuhr es Terillos. «Im Garten der Hesperiden und dich erwartet ewige Jugend? Wenn ihr in der Phalanx steht geht es für viele von euch direkt in den Hades! Und es geht schneller, wenn du in der vordersten Reihe stehst, also ab mit dir nach vorne! Jetzt durchzählen!»

Die Phalanx wurde nun in der Mitte zwischen rechtem und linkem Flügel getrennt. Der rechte Flügel ging zu-

rück, und der linke schwenkte, so dass er diesem gegenüberstand.

«So meine Täubchen!», grinste Terillos. «Das ist der
Anblick, den ihr in der Schlacht haben werdet. Euch
gegenüber wird ein Feind in einer wie auch immer gearte-
ten Phalanx stehen und auf euch zugehen – oder rennen.
Im besten Fall rennt er weg, aber darauf würde ich nicht
zählen. Pfeile und andere Gegenstände werden von oben
auf euch einprasseln, und die Feinde werden gegen euch
anlaufen. Wir zeigen euch das einmal. Eure Aufgabe ist es
zu versuchen den Gegnern mit der Lanze einen Stoß zu
versetzen. Viel Erfolg! Wer getroffen ist geht nach hinten
aus der Phalanx.»

Die Lanzen hatten natürlich genauso einen stumpfen
hölzernen Kopf wie die Pfeile, aber es waren immer noch
recht lange schwere Stangen. Die kleinen Schilde hingen
uns um den Hals und verdeckten mehr schlecht als recht
unseren Oberkörper. Mir war das Gewicht der Lanze
jetzt schon fast zu viel, und ich hatte die Lanze bis jetzt
nur gehalten. Die altgedienten Soldaten gingen langsam,
aber bestimmt auf uns zu. Einige von uns Rekruten hatten bereits etwas Übung in diesem Spiel, und ich sah, dass
sie versuchten einzelne Gegner mit ihrer Sarissa zu treffen. Es war ein wildes Stechen, und ich war hauptsächlich
damit beschäftigt meine Lanze über dem Boden zu halten. Ich versuchte dort vorne wo meine Lanze ja in der
zweiten Linie endete irgendetwas zu erwischen. Da wurde
mein Vordermann getroffen. Er ging in die Knie und
dann nach hinten durch unsere Beine weg. Ich musste
vorrücken, und auf einmal waren die Lanzenspitzen vor

meinem Gesicht. Ich hantierte unbeholfen mit meiner Lanze und erblickte mein Gegenüber. Ich wollte ihm natürlich eine verpassen, und dachte das wäre auch nicht weiter schwer. Ich ging etwas in die Knie, um mehr Schwung zu haben und stieß meine Lanze in Richtung seines Helmes, da darunter je sein Schild hing. Als ich ein wenig ausholte hob ich meinen linken Arm etwas an und just in dem Moment bekam ich einen der Holzstümpfe mit ordentlich Karacho in die Rippen unter dem linken Arm. Mir blieb die Luft weg, und ich übergab mich an Ort und Stelle. Irgendjemand schrie: «Nach hinten durch – und sofort aufrücken!»

Ich krabbelte durch die Beine meiner Kameraden nach hinten durch. Dort erwartete mich mein Onkel. Der schrie mich an.

«Wo ist denn deine Sarissa du Blindgänger? Drei Runden um den Hof, und zwar im Laufschritt!»

Meine Lanze hatte ich natürlich sofort fallengelassen, und sie lag jetzt unter den Füßen meiner Kameraden. Ich sah, dass bereits einige dabei waren den Hof zu umrunden, und gesellte mich zu ihnen. Nach meinen drei Runden war das Gefecht gelaufen, und wir Rekruten hatten eine ordentliche Abreibung bekommen. Mittlerweile war ich ordentlich durchgeschwitzt, und meine Rippen schmerzten.

Wir mussten aber sofort wieder Aufstellung nehmen. Terillos stellte sich mit einem anderen altgedienten Soldaten in die Mitte zwischen den beiden Phalangen, und zeigte uns einige Tricks, wie das Schlagen auf die gegnerische Lanze, oder das Zielen auf das Knie des Gegners.

Dann ging das Spiel von Neuem los, wie zu erwarten mit dem selbigen Ausgang. Das Ganze spielten wir sicherlich sechs oder sieben Mal bis es Mittag wurde. Am Schluss konnte ich die Sarissa bereits am Anfang kaum mehr über dem Boden halten.

Beim Mittagessen saßen wir im Schatten der Mauer. Es gab so etwas wie einen Getreideeintopf mit Gemüse, und ich trank reichlich Wasser. Nach der Mittagspause rief Terillos die Rekruten zu sich. Wir nahmen Marschaufstellung mit unseren Holzlanzen, schulterten sie und marschierten zum hinteren Tor hinaus in die Ebene nördlich von Alexandria. Als wir gegen Abend wieder zurückkamen hatte ich Blasen an den Füßen, und meine Schulter tat so weh, dass ich die Sarissa bei der Abgabe erst einmal auf den Boden fallen ließ, was mir weitere drei Runden bescherte. Abends lernte ich die anderen aus meiner Baracke kennen. Die meisten waren etwas älter als ich. Wir waren zu zwölft in einem der neun Häuser, die nicht dem Kommandanten gehörten. Alle Rekruten waren irgendwie mehr oder weniger griechischer Abstammung. Die meisten jungen Männer stammten aus Baktrien, oder eher aus der Gegend um Gandhara, nur einige wenige aus Indien, also Baktrien wie ich. Die Jungs aus dem nördlichen und östlichen Baktrien konnten zum Teil schon einige Geschichten von den Saken oder den Parthern erzählen. Viele waren bereits einmal auf der Flucht gewesen, und der Krieg hatte sie nach Alexandria am Kaukasus gespült. Während der nächsten Wochen waren die Abendunterhaltungen meist eher kurz, da der Dienst jeden Tag derselbe war. Vormittags Phalanx, nachmittags marschieren. Ich holte mir eine ordentliche Sammlung blauer Flecken, und meine Füße bildeten eine schöne dicke Schicht Hornhaut. Manchmal kam abends Phillip bei mir vorbei, und wir gingen noch in die Stadt auf ein Glas Wein, aber ich verabschiedete mich meist früh, weil Hypnos seinen Tribut forderte und ich auf mein Lager wollte. Nach einem Monat trat Terillos nach der Mittagspause auf und rief.

«So – heute auch die Rekruten Sarissen abgeben und Schwerter empfangen!»

Wir empfingen Schwerter, und behielten die kleinen Schilde, die uns immer recht dämlich über die linke Schulter herunterbaumelten.

«Wenn ihr einmal keine Sarissa mehr in der Hand habt kann das zwei Gründe haben», fuhr Terillos fort. «Entweder die Schlacht steht schlecht und ihr kämpft im Nahkampf um euer bisschen Leben, oder wir haben gewonnen. Nehmen wir ersteres an, dann werdet ihr den Schild fest in die Linke nehmen, und das Schwert in die Rechte. Euer Gegner wird mit großer Wahrscheinlichkeit einen größeren Schild haben. Deshalb geht jetzt immer ein Rekrut mit kleinem Schild und ein altgedienter mit dem Hoplon, der Ausrüstung unserer Schildträger, die Hypaspistes zu einem Paar zusammen. Als Schildträger schützen wir die Flanke unserer Phalanx. Erst mit Schild und Lanze, und dann, wenn es sein muss auch mit Schild und Schwert. Das ist die Kampfweise wie die Spartiaten sie gegen die Perser bei den Termophylen angewandt haben. Mit eurem kleinen Schild seid ihr also eindeutig im Nachteil!»

Das bekam ich dann auch zu spüren! Mit dem kleinen Schild war man einem Gegner mit Hoplon gegenüber fast chancenlos. Das Holzschwert traf mich einige Male schmerzhaft. Nach einiger Zeit tauschten wir Schilde, und die Altgedienten brachten uns möglichst viel bei. Auch wenn dieser Drill schmerzhafter war als die Märsche und das Lanzenstechen, so war es doch bei weitem amüsanter, und hier packte mich auch der Ehrgeiz! Mit dreien meiner Stubenkameraden, Philomenos, Eumenes und Hippias trainierte ich oft noch in der Abendsonne. Zuletzt erlernten wir den Kampf als Schildträger mit der Lanze. Hier kämpften wir wie die alten Griechen in der Phalanx mit Schild und Speer im Nahkampf. Als Flankenschutz, was ja hier unsere Aufgabe war, trainierten wir auch die Abwehr von Reiterei und Streitwagen, auch wenn seit Gaugamela wohl keiner mehr ernsthaft auf die Idee gekommen war Streitwagen gegen eine griechische Phalanx einzusetzen. Die Arbeit mit dem Schild war hier sehr viel wichtiger, denn als Schildträger war man dafür verantwortlich neben Lanzen und Schwertern, auch Pfeile für sich und seinem Nebenmann abzuwehren. Auch wenn die Kampfkunst in der klassischen Phalanx interessanter und vom soldatischen Standpunkt für mich reizvoller erschien, so überzeugte die Effektivität der makedonischen Phalanx. Wenn man dieser lanzenstarrenden Walze aus nächster Nähe gegenüberstand, musste es schwer sein im Ernstfall nicht die Nerven zu verlieren.

Mit dem Drill war ich kräftiger, und ausdauernder geworden. Nach etwa fünf Monaten war mein Ausbildungsumfang in infanteristischer Hinsicht komplett. Er umfasste die makedonische Phalanx, Märsche im Kampf als Schildträger und den Schwertkampf. Phillip war oft zu Pferd auf Patrouille gewesen, und eines Abends als ich mit Philomenos, Eumenes und Hippias abends noch mit Schild und Schwert übte, besuchten mich Phillip und mein Onkel.

«Lysander! Ich sehe du bist nicht mehr ganz die Rotznase, die hier im Frühjahr aufgeschlagen ist. Morgen wirst du in der Frühe ein richtiges Schwert, einen Reiterschild und eine Reiterlanze in Empfang nehmen. Du wirst mich auf Patrouille begleiten. Phillip wird ebenfalls dabei sein. Er hilft dir beim Packen. Wir werden einige Zeit unterwegs sein.»

Ich freute mich auf etwas Neues, sah aber in die bedröppelten Gesichter meiner Stubenkameraden, die die nächsten Tage wieder der alltägliche Drill erwartete. Meine Sachen waren schnell gepackt, so blieb noch Zeit mit Phillip in der nächstbesten Schänke Wein und Brot zu bestellen.

«Oh Lysander, ich freue mich wieder ein vertrautes Gesicht aus Taxila neben mir reiten zu sehen! Das wird herrlich werden, auch wenn der Kommandant mitreitet», bemerkte Phillip.

«Ist es denn so schlimm bei Thrasyllos?», wollte ich wissen.

«Nein nicht schlimm. Ich mag ihn ja gerne und er ist ein sehr guter Kommandant, aber bei ihm kommt oft der Spaß zu kurz.»

«Warum kommt er denn überhaupt mit?»

«Es ist Erntezeit, und wir werden Tribut einholen. Das ist immer eine heikle Geschichte. Und klassischerweise wird zur Erntezeit an den Grenzen geplündert, das heißt wir werden an den Grenzgebieten zu den Saken und Parthern entlangreiten, und sehen ob sich etwas tut. Das ist Chefsache. Bisher war es das Jahr über recht ruhig, aber darauf darf man nicht wetten. Interessanter ist warum er dich mitnimmt. Bisher hast du nur die infanteristischen Grundlagen gelernt. Aber Thrasyllos wird dich auch in Taktik und Strategie unterrichten, und das tut er am liebsten vom Rücken eines Pferdes, oder am Abend mit einem Stock im Sand am Lagerfeuer. Da freu ich mich selbst schon drauf, da kann ich noch einiges lernen.»

«Wie lange werden wir denn unterwegs sein?», fragte ich neugierig.

«Genau kann man es nicht sagen, aber wir drehen die große Runde. Das heißt erst einmal runter nach Alexandria in Arachosia, oder Gondophareia wie es die Inder gerne nennen. Es liegt recht hoch, und die Stadt und das umliegende Gebiet sind daher sehr staubig. Im Sommer unerträglich heiß, und im Winter saukalt. Um diese Zeit ist es aber erträglich. Unsere Route führt uns anschließend ein wenig weiter nach Demetrias, was die Perser Lashkar Gah genannt hatten, zwischen den Fluss Etymandros und den Fluss Arghandab. Um den

Arghandab gibt es gute Ernten. Der Etymandros ist breit und kommt aus dem Hindukusch, aber er fließt in eine Wüste und versandet dort wahrscheinlich einfach irgendwo. Für uns nur eine Grenze, und eine gute dazu. Eine trostlose verlassene Mondlandschaft. Von dort geht es wieder in den Norden, nämlich den Etymandros Fluss hinauf in den Hindukusch. Schöne Gegend! Wir reisen dann erst Richtung Baktra. Das ist weit weg und gehört uns nicht mehr, aber auf dem Weg dorthin haben wir einige Smaragdminen. Alexander hatte dort in Baktra sogar einige Zeit sein Hauptquartier, und es war die Hauptstadt von Baktrien wie du weißt. Aber jetzt sitzen dort die Saken, und verhindern unseren freien Zugang auf der Handelsstraße, die von Taxila aus über Alexandria am Kaukasus, durch Baktra nach Merv führt. Die Saken besetzen die Kreuzung, an der sich die Handelsstraße mit der Straße aus Samarkand trifft. Wir werden also über den Hindukusch gehen, und am anderen Ende nach Norden Richtung Alexandria am Oxus, welches ebenfalls unter der Herrschaft der Saken ist. Dann nehmen wir den direkten Weg zurück nach Alexandria am Kaukasus.»

Während Phillip die Reise beschrieb trank ich mit Genus meinen Wein und hörte gespannt zu. Die Nacht träumte ich von den Bergen, und auch von den Saken und wie wir ihnen Baktra und den Oxus wieder entreißen würden.

Kapitel 8 – Baktriens Schönheit

Wir waren eine große Gruppe von fast hundert Reitern und hatten nochmals die Hälfte an Pferden nur mit Waffen, Proviant, Zelten und allem anderen Zeug dabei. Am nächsten Morgen ritten wir erst einmal denselben Weg Richtung Süden zum Kabul Fluss, den ich mit Phillip hergekommen war. Hier am Fluss machten wir am Abend die erste Rast. Nachdem mein Onkel seine Befehle für die Nacht erteilt hatte befahl er mich zu sich. Es wurden eben die Lagerfeuer vorbereitet, und einige bereiteten das Essen. Neben Thrasyllos saßen noch einige seiner Offiziere und Phillip beim Feuer vor dem Stabszelt.

«Lysander! Nun hast du eine erste Ahnung was es bedeutet als Soldat in der Infanterie zu dienen», sagte mein Onkel in kühlem Ton. «In einer Schlacht ist das dann nochmal etwas Anderes. Aber bis es dazu kommt ist bereits viel geschehen! Männer haben andere Männer ausgebildet zu kämpfen. Das kostet Geld. Dazu wurden Steuern eingetrieben, geraubt – vielleicht gemordet. Es wurde ein Heer zusammengezogen, mit Proviant und vielleicht Belagerungsmaschinen ausgestattet. Ein Heer ist durch Länder gezogen, hat Landstriche verwüstet, geplündert, um zu überleben, gemordet, um sich zu bereichern, vergewaltigt zum Spaß. Ein anderes Heer ist vielleicht ausgewichen, hat Brücken zerstört, Brunnen vergiftet, Getreide verbrannt, um das eine Heer aufzuhalten.

Aber am Ende wollten beide die Schlacht. Oder einer wollte die Schlacht, und der andere konnte sie nicht verhindern. Dann trifft Infanterie auf Infanterie, und Männer sterben. Danach gibt es meistens ein klares Ergebnis. Aber der Weg dahin ist lange, und ich habe die Politik dabei noch ganz außer Acht gelassen. Das kann sich Jahre hinziehen, und letztlich dauern die meisten Schlachten nur einen Tag. Was sagt uns das deiner Meinung nach?»

«Dass die Schlacht das wichtigste im Krieg ist, das Entscheidende?», antwortete ich leise.

«Falsch! Die Schlacht ist vielleicht das entscheidende Ereignis, aber das was zuvor geschehen ist bestimmt in der Regel bereits den Ausgang der Schlacht. Ausnahmen sind natürlich möglich! Aber es wurden Männer ausgebildet und zu den Waffen gerufen. Da sollte sich ein anderer – vielleicht ein Nachbar - immer fragen: Wie viele Männer, wie viele Pferde, wie viele Maschinen und Schiffe wurden gerufen, und wozu? Allein von der Rüstung kann man bereits den Zweck einer Armee ableiten. Ist die Armee zur Verteidigung, oder zum Angriff? Ist es eine Invasionsarmee zu Land oder ein Expeditionsheer zur See? Ist es eine Armee, die weite Regionen erobern soll, oder eine die Festungen schleifen wird. Das nennt man Aufklärung. Manchmal findet die Aufklärung an der eigenen Grenze vom Rücken eines Pferdes aus statt, manchmal über Informanten, manchmal über Spione. Hast du das verstanden Lysander?», fragte mein Onkel eindringlich.

«Ja, klingt einleuchtend.»

«Und was können wir aus diesen Informationen schließen?»

«Welcher Feind uns mit welcher Armee angreifen wird.»

«Fast Lysander. Wir wissen welcher Nachbar uns mit welcher Armee und welchen Waffen bedrohen könnte. Ob er uns angreift ist dann auch wieder eine Frage der Politik, welche wir außer Acht lassen wollen bei unseren Betrachtungen», entgegnete mir mein Onkel und stellte seine Frage erneut. «Also, was machen wir mit dem Wissen um diese potenzielle Bedrohung?»

«Wir bereiten uns vor!», entfuhr es mir nun.

«Genau Lysander! Wir Militärs bereiten uns vor. Wir errichten Festungen, bilden Männer aus, trainieren Pferde, bestücken Schiffe und lassen Belagerungsmaschinen bauen. Vielleicht sieht dann die Bedrohung durch den Nachbarn etwas anders aus. Dass das Geld hier auch eine Rolle spielt lassen wir ebenfalls außer Acht, denn im Frieden sind es der König und die Politiker, die uns das Geld zuteilen.»

«Das heißt also, dass derjenige der angegriffen wird vorher schlechte Aufklärung betrieben hat?», unterbrach ich ihn.

«Nicht notwendigerweise. Vielleicht wusste der Angegriffene ja um seine Bedrohung, aber hatte nicht die Mittel, um sich zu wappnen. Vielleicht dachte er auch derjenige wäre zwar gut gerüstet aber freundlich gesinnt. Du siehst hier gibt es viele Aspekte, die in die Politik hineinreichen. Aber es hat auch viel mit Geld zu tun. Würde sich einer gegen alle seine Nachbarn wappnen, so hätte er wohl eine Armee, die so groß ist wie die aller seiner Nachbarn zusammen. Dann würde sich ein einzelner

Nachbar wohl sehr bedroht fühlen von dem einen. Aber das ist alles graue Theorie. Was du heute verstehen sollst ist, dass Aufklärung wichtig ist! Ebenso sind Spione hilfreich, um dir sagen zu können wann ein Feind zuschlagen wird. Denn das Überraschungsmoment ist ein enormer Vorteil im Kriege! Soviel für heute! Überlege dir bis Morgen welches die einzelnen Mittel sind, um einer Bedrohung zu begegnen.»

Wir aßen auf und legten uns früh hin. Es ging ab jetzt jeden Tag früh los, und wir ritten lange. An einem Abend fragte mich mein Onkel ohne Umschweife.

«Lysander, was machen wir, wenn wir durch eine Armee mit vielen Infanteristen bedroht werden, die uns auf dem Landweg erreichen kann?»

«Wir verstärken unsere Festungen an der Grenze?», antwortete ich rundheraus.

«Das kann eigentlich nie schaden, aber der Feind könnte einfach daran vorbeiziehen, und mit einer kleinen Truppe die Festung belagern, um Ausfälle zu verhindern. Eine Armee mit starker Infanterie ist vielleicht die größte Bedrohung derer wir uns gegenübersehen können. Wir müssen uns deshalb überlegen was ihr Schwachpunkt ist, und wie wir diesen ausnutzen können. Hast du eine Idee?»

«Die Infanterie ist langsam, deshalb sollten wir ihr mit Kavallerie begegnen.»

«Ach Lysander!», runzelte mein Onkel die Stirn. «Kavallerie ist eine feine Sache, aber gegen eine starke Phalanx wird dir das mutigste Pferd und der beste Reiter nichts nützen, und auch keine Elefanten. Aber ein

Schwachpunkt ist sicher, dass die Infanterie relativ langsam ist. Und nehmen wir einmal an du hast zwanzigtausend Soldaten, die die Grenze überqueren, und dann finden Sie kein Wasser, da alle Brunnen vergiftet sind. Innerhalb von nur drei Tagen – und das sind nicht mehr als fünfhundert Stadien Marschleistung – hast du zwanzigtausend Deserteure, die dich um einen Schluck Wasser anbetteln, und ihren König und Feldherren verfluchen. Bist du in einem wasserreichen Land, dann versuche ihnen den Zugang zu Proviant abzuschneiden. Innerhalb von wenigen Tagen hast du Bettler anstatt Soldaten. Beides ist nicht leicht, aber immer noch besser als eine Schlacht, selbst wenn du überlegen bist solltest es deine Strategie sein. Und wie begegnest du einer Reiterarmee, Lysander?»

«Ich schneide ihr ebenfalls den Zugang zum Wasser ab.»

«Ja, das sollte man prinzipiell immer versuchen, aber die Reiterarmee wird flexibler sein, und auf kurze Distanz wahrscheinlich Wasser finden. Aber die Reiterarmee benötigt viel Futter für die Pferde, sonst wäre die Armee innerhalb einer Woche zu Fuß auf dem Marsch, denn Pferde benötigen viel Futter, um bei Kräften zu bleiben. Und Kavalleristen sind meistens lausige Infanteristen. Deshalb halte deine Vorräte und Soldaten sicher in Festungen, und ziehe dich ansonsten weit zurück. Pferde sind schnell, aber lange nicht so ausdauernd wie Menschen! Der Vorteil der Reiterarmee ist die Geschwindigkeit und die Überraschung. Lass dich nicht überraschen, und setze der Geschwindigkeit die Ausdauer entgegen.

Eine Reiterarmee, die in den ersten Tagen noch keine Beute gemacht, und kaum Proviant zusammengebracht hat wird sich wahrscheinlich wieder zurückziehen. Grundsätzlich musst du einer Reiterarmee zusetzen wann immer es möglich ist, und wenn dir eine Reiterarmee eine Feldschlacht anbieten sollte – mit einer makedonischen Phalanx kannst du dieses Angebot gerne annehmen!»

«Und was ist mit Belagerungsmaschinen und Schiffen?»

«Lysander: Belagerungsmaschinen sind wie Festungen. Sie sind nur so gut wie die Leute auf ihren Mauern, oder auf ihren Plattformen. Ansonsten sind sie schwer zu transportieren, und wenn du das Heer aus Kavallerie und Infanterie bekämpfst und Erfolg hast werden sie auf dem Weg liegen bleiben. Kommt der Feind damit vor deine Festung hast du ein Problem, und hast hoffentlich deinen Ingenieuren vorher Bescheid gesagt welche Maschinen der Feind hat, damit sie die richtigen Gegenmaßnahmen bereithalten konnten. Im Zweifelsfall ist Feuer immer gut gegen Maschinen aus Holz. Bezüglich Schiffe: Ich habe keine Ahnung von Seekriegsführung, aber wenn Schiffe mit zehntausend Soldaten anlanden, habe ich ein Problem. Wenn die Schiffe das nicht schaffen, habe ich das Problem nicht. Damit ich dieses Problem nicht habe, benötige ich Schiffe, einen fähigen Trierarchen, und viel Geld», schloss mein Onkel das Thema und mir war klar, dass er keine weitere Frage mehr von mir erwartete.

«Nun gut Lysander, wir haben jetzt einmal die wichtigsten Szenarien, die uns im Landkriege begegnen können, beleuchtet. Aber wäre der Krieg ein so einfaches

Geschäft wären die Weiber die Strategen. Du weißt doch was uns Platon in seiner Politeia über die Herrschenden und Heerführer im Kriege schreibt?»

«Sie sollen sich die Gegend stets ansehen, wie man sie für den Krieg verwenden könne», zitierte ich meinen Vater.

«Genau!», nickte mein Onkel anerkennend. «Und das werden wir ab morgen machen. Du reitest neben mir und sagst mir was du siehst.»

Ab dem nächsten Tag ritt ich stets neben meinem Onkel her. Zu unserer Rechten waren die hohen Berge des Hindukusch zu sehen. Die größten von ihnen waren schneebedeckt. Wir ritten durch weite Täler, die unbestellt und ohne eine Menschenseele waren. Die Berge muteten wunderschön an, meistens mit weichen Kanten und sanften Abhängen, jedoch praktisch vollkommen kahl. In starkem Kontrast traf unser Blick dann wieder unverhofft auf üppige Oasen in den Tälern. In den größeren Oasen hatten wir kleine Besatzungen stationiert, und für Fourage war gesorgt. Wir trieben auch Tribute ein, was sehr geregelt und unaufgeregt von statten ging. Das lag wohl auch daran, dass die Tribute eher gering waren, und gerade einmal unseren Aufwand deckten.

«Lysander, was sagst du zu dieser Gegend hier?»

«Sie ist nicht gerade eine reiche Gegend. Ein Feind würde sich schwer tun hier genügend Nahrung für eine große Armee und Futter für Pferde zu finden», gab ich an, in der Hoffnung mein Onkel wolle das hören, nach den Ausführungen vom Vortag.

«Genauer!», forderte er.

«Infanteristen hätten es schwer, da es teilweise wenig Wasser gibt. Mit der Kavallerie müsste man schnell an die notwendige Fourage herankommen, denn auf den Hügeln wächst kaum genug Gras für eine Ziege», antwortete ich zügig.

«Schon besser mein Junge, das ist was man über die Täler sagen kann. Jetzt sieh dich etwas weiter um!»

Ich verstand nicht was er von mir wollte, und stammelte etwas über die schön geschwungenen Hügel.

«Lysander – wenn du schöne Rundungen sehen willst geh in ein Freudenhaus, aber erspar mir deine Ausführungen, wenn du keine Ahnung hast.» Seine Miene hatte sich verhärtet. «Du siehst zu deiner Rechten den Hindukusch. Ein großes Gebirge! Es ist mit einer Armee nicht zu überqueren, außer an den Passstraßen, und im Winter eigentlich gar nicht. Das heißt ein Feind müsste hier aus dem Norden oder dem Süden kommen. Im Süden ist eine Wüste, die werden wir noch sehen, und wir werden sie nur spärlich bewachen, denn es gibt keine Notwendigkeit. Wir bewachen deshalb die Pässe und den Norden. Sollte eine Armee hier über das Gebirge kommen, dann sieht man das meilenweit. Es gibt keine Bäume, die Schutz vor unseren Blicken bieten. So würden unsere Angreifer in die Täler kommen müssen, um zu essen. Wahrscheinlich sind sie verhungert bevor wir von ihnen hören. Das heißt wir müssen hier keinen Hinterhalt außerhalb der Ortschaften fürchten, denn wir können das Gelände gut einsehen. Wir benötigen feste Plätze zur Sicherung unseres eigenen Proviants, um ihn einem berittenen Feind vorzuenthalten. Im Winter ist hier alles knietief voller Schnee und weder für uns noch für einen Feind passierbar. Also die einzige Zeit wo nicht die Natur einen berittenen Feind bekämpfen würde ist um diese Zeit, wenn die Speicher einigermaßen voll sind und Beute zu machen ist.»

Mein Blick auf die Landschaft veränderte sich allmählich, und ich erkannte, dass mein Onkel ein militärisch sehr bewanderter Mann war. Phillip ritt meistens hinter uns, um möglichst viel davon mitzubekommen. Wir ritten am Fluss Arghandab entlang, der sich in einem Bett aus weißen Steinen dahinschlängelte. Die Vegetation war üppig, und die Berge zu unserer Rechten wurden etwas niedriger, und irgendwie war es hier nicht ganz so weitläufig und abweisend, obwohl die Berge hier zackiger wirkten.

Alexandria in Arachosia begrüßte uns an diesem Abend als eine kleine Stadt ohne viel Handel, aber dennoch nicht arm. Wir wurden in der örtlichen Garnison gut untergebracht. Es war eine Wohltat wieder einmal unter einem Dach zu schlafen, und es gab natürlich endlich Wein. Aber Phillip und ich mussten auf die große Sause nochmals verzichten, denn mein Onkel nahm mich mit, um bis zum Zusammenfluss der beiden Ströme Arghandab und Etymandros weiterzureiten. Hier offenbarte die Landschaft plötzlich ihre Extreme. Wir ritten an den Berghängen in westlicher Richtung entlang, und es war ein steiniger Weg. Im Norden nichts als steile Steinhänge, im Süden eröffnete sich unversehens eine Sandwüste, getrennt durch den Arghandab, und einige winzige

Stücke Grün zu beiden Seiten des Flusses. Kein Mensch lebte hier, und wir ritten den ganzen Tag, um bei Einbruch der Nacht Demetrias zu erreichen. Erst am nächsten Tag sah ich was für ein üppiges Grün hier am Zusammenfluss der beiden Ströme gedieh. Mein Onkel sprach mit dem Kommandanten der kleinen Besatzung, anschließend gingen wir auf den Markt und aßen viel und lange.

«Hier, Lysander ist unsere Welt zu Ende», sagte mein Onkel mit nachdenklichem Blick. «Der Fluss spendet zwar flussabwärts noch Leben und Ernte, aber er fließt einfach ins Nichts. Nach einigen Stadien leben auch keine Menschen mehr am Fluss. Im Norden nur noch Gebirge, im Süden, Osten und Westen reine Wüste. Dieser Ort ist mir ein Rätsel. Es führt dieser eine Weg über Alexandria in Arachosia hierher. Wir haben ja sogar eine kleine Festung gebaut zwischen den Flüssen. Noch nie, so lange ich hier Dienst tue, oder sich irgendeiner erinnern kann, ist hier jemand hergekommen, der nicht aus Alexandria gekommen ist. Es ist als würde hier die Welt aufhören. Hier könnte man von der Welt vergessen werden.»

Ich empfand ja diese Patrouille sowieso schon als großes Abenteuer durch die große Welt, und der Ort wirkte damals schon sehr exotisch auf mich. Doch den Zauber, den mein Onkel empfunden haben musste als einen Ort des Rückzugs aus seiner Welt, den habe ich damals in meinen jungen Jahren noch nicht begriffen.

Aber ich sollte noch öfters an die Ränder der Welt kommen. Dann dachte ich gerne an diesen Ort zurück wo zwei Flüsse sich entschlossen hatten zusammen ins nirgendwo zu fließen, und dabei noch einmal die Wüste erblühen zu lassen. Ich sollte diesen Ort nie mehr wiedersehen.

Wir verbrachten den Tag geruhsam und genossen die faszinierende Landschaft. Erst am nächsten Tag ritten wir zurück nach Alexandria in Arachosia, wo mein Onkel für zwei Tage in der Garnison zu tun hatte. Dort konnten Phillip und ich uns ein wenig den Vergnügungen der Stadt hingeben. Wir schlenderten über die Agora, und aßen allerlei Spezereien, die dort angeboten wurden. Nach einiger Zeit setzten wir uns vor ein Wirtshaus und begannen Wein zu trinken. Aus dem benachbarten Haus trat ein Mann auf den Platz. Die Menschen hier sahen anders aus als bei uns in Taxila. Sie waren viel heller, auch größer, und hatten in der Regel längere manchmal stark gebogene Nasen. Der Mann war voller Staub, und setzte sich an die andere Seite des großen Tisches.

«Sprichst du griechisch?», wollte Phillip wissen.

«Ja, ich habe es von meinem Lehrer gelernt», sagte der Fremde mit leichtem Akzent.

«Wie heißt du, und was hast du denn sonst noch gelernt, dass du so voller Staub bist?», fragte Phillip weiter.

«Ich heiße Poduka, und ich bin Steinmetz, also Bildhauer.»

Sein Wein kam, und er goss sich eine ganze Menge davon in den Rachen.

«Das scheint ein staubiges Handwerk zu sein, wenn man davon so einen Durst bekommt», scherzte ich.

«Ja das stimmt, es ist eine staubige Arbeit, aber manchmal trinke ich auch, wenn mir das Ergebnis nicht zusagt, obwohl ich alle Anweisungen meines Lehrers befolgt habe. Dann kann man entweder den Stein zerschlagen, oder man trinke ihn sich schön, verkauft ihn für billiges Geld, und beginnt mit dem nächsten Stück», gab Poduka zu unserer Belustigung preis.

«Bildhauer bist du, und hattest einen griechischen Lehrer? Wo war das denn?», fragte Phillip neugierig.

«In Gandhara. Ich bin extra von Baktra nach Gandhara gezogen, um die Bildhauerei bei einem Griechen zu lernen. Wir haben in Baktra zwar noch die schönsten Säulen und Bildnisse, aber seitdem die Saken herrschen gibt es dort keine Bildung mehr. Es wird nichts Neues erschaffen.»

«Bist du denn Sake?», hakte ich nach.

«Mein Vater war Sake, meine Mutter lebte schon immer in Baktra, was meine Mutter ist weiß ich nicht. Ich bin in Gandhara Buddhist geworden. Ich bilde griechische und vedische Statuen ab, und natürlich Buddhas.»

Phillip legte seine Hand freundschaftlich auf seine verstaubte Schulter und fragte mit breitem Grinsen.

«Und was ärgerte dich heute so sehr, dass du dir den Wein eingießt wie ein verdurstendes Kamel?»

«Es ist die vedische Göttin Apsara, die ja auch wir Buddhisten verehren. Ich habe eine Aphrodite als Vorlage, aber mit dem ganzen Kopfschmuck sieht es einfach nicht gut aus, ich kann keine tanzende Apsara nach ihrem Vorbild hauen!»

«Lass mal sehen. Wir trinken noch aus, und dann schauen wir uns dein Problem einmal an», verkündete Phillip lakonisch.

Wir taten genau dies, und ein angetrunkener, verzweifelter Bildhauer ging mit zwei ausgelassenen, griechischen Söldnern in seine Werkstatt. Hier erwarteten uns eine Menge prächtiger Buddha Skulpturen. Man konnte die Kunstfertigkeit der griechischen Schule erkennen. Er war wirklich gut. Dann zeigte er uns seine Apsara. Sie hatte einen herausfordernden Blick, darunter den Torso einer Aphrodite mit ihren zarten Brüsten, und stand auf wild tanzenden Beinen.»

«Seht ihr – es stimmt einfach nicht, es passt nicht zusammen. Aber ich weiß nicht was ich machen soll!»

«Mein Lehrer Lykurg meinte, dass die Kunst sich immer an das Ideal der Natur halten solle», warf ich ein.

«Aber bei einer Apsara ist das nicht gut möglich – sie ist ja kein Mensch, sondern eine Göttin!», widersprach Poduka.

«Ja – aber vielleicht wäre es dennoch nützlich uns einmal ein Beispiel aus der Natur anzusehen!?! Gibt es hier denn keine Freudenmädchen?», schlug Phillip vor.

«Doch gleich die Straße runter und dann rechts hinein, die Straße ist eigentlich voller Freudenhäuser.»

«Also los sehen wir einmal was die Natur uns beibringen kann!», grinste Phillip und war bereits Richtung Straße unterwegs.

Wir gingen beschwingt in die Straße mit den Freudenhäusern. Da es noch nicht sehr spät am Tag war, war nicht sehr viel Betrieb. In der erstbesten Spelunke bestellten wir uns Wein, die Freudenmädchen kamen sofort nacheinander zu uns. Wobei man sagen muss, dass das Wort Mädchen bei den meisten beschönigend war. Phillip bestand dennoch darauf, dass wir die Brüste von allen ansahen. Vorgeblich zur Entscheidungshilfe, um zu entscheiden, ob wir die weiteren Dienste in Anspruch nehmen sollen. Wir kamen im Gespräch mit Poduka überein, dass hier nicht die richtige Inspiration dabei war. Wir tranken aus, und gingen in das nächste Lokal, wo wir genauso verfuhren mit demselben Resultat, nur mittlerweile etwas ausgelassener. Im dritten Lokal begutachteten wir die Oberweiten der Damen. Wir hatten bereits Übung darin sie zu überzeugen, und dass wir ihnen Wein kauften half unserer Argumentation sicherlich. In diesem Moment kam ein Mädchen herein das Brot von einer Bäckerei vorbeibrachte. Sie viel mir sofort auf, und sie war nicht nur schön, sondern hatte auch große runde straffe Brüste unter ihrer Tunika. Ich stieß Phillip in die Seite und nickte zu dem Mädchen rüber. Phillip reagierte sofort.

«Hallo schönes Mädchen! Was machst du denn da drüben während alle deine Kolleginnen hier sind?», erkundigte sich Phillip offensichtlich gut angetrunken.

«Ich bin kein Freudenmädchen! Ich bin ein anständiges Mädchen und trage Brote aus!», verbesserte sie ihn angewidert.

Die anderen Damen echauffierten sich lautstark darüber, und warfen dem Mädchen böse Blicke zu. Phillip reagierte schnell, denn sie stellte den Brotkorb ab, und wandte sich bereits zum Gehen um.

«Aber schönes Mädchen, bitte versteh uns nicht falsch! Es geht um die Kunst! Poduka hier ist Bildhauer, und ist auf der Suche nach göttlichen Brüsten. Wir sind bereits lange auf der Suche, und noch nicht fündig geworden. Mein junger Kunstliebhaber hier neben mir ist allerdings der Meinung, dass du diese göttlichen Rundungen hast, die wir sonst nirgends finden können!»

Die Huren zischten böse, und legten sich noch ein wenig ins Zeug. Phillip legte schnell nach. «Ich persönlich kann mir allerdings nicht vorstellen, dass mein sehr junger und unerfahrener Freund hier weiß wovon er redet.»

Ich wurde trotz dem vielen Wein etwas rot, vor allem da das Mädchen mich mit einem Lächeln und einem durchdringenden Blick belohnte. Die anderen waren Phillip wieder gewogener.

Das Mädchen aber erwiderte: «Natürlich würdet ihr bei mir fündig, und nicht bei den Mädchen hier!» Die Huren wurden mittlerweile richtig sauer auf das Mädchen. «Aber ihr werdet es nie erfahren!»

«Also, es ist schon ein bisschen viel verlangt das einfach so zu glauben», warf Phillip ein und forderte das Mädchen heraus. «Dass ich nicht der Richter in diesem Wettstreit sein kann sehe ich ein, aber mein junger Freund der Kunst soll hier der Richter sein, bei diesem besonderen Urteil des Paris um die Schönheit.»

«In Ordnung, wenn nur er der Richter sein soll, soll auch nur er sie sehen!», bemerkte das Mädchen gewitzt. Sie hatte anscheinend gefallen an dem Spiel gefunden.

«Naja, unser Bildhauer müsste sie natürlich auch sehen, um die Göttlichkeit zu verewigen.»

«In Ordnung, er kann sie sehen, aber nur kurz, und wir gehen da hinten in ein Zimmer.»

Und so machten wir es. Ich hatte mittlerweile schwitzende Hände, und meine Eier schrumpften auf Erbsengröße, und zogen sich in meine Bauchhöhle. Keine Ahnung was Poduka durch den Kopf ging, er sagte zumindest kein Wort während wir nach hinten gingen.

«So mein lieber Bildhauer, dann präg dir das einmal gut ein, denn du wirst es danach nie wiedersehen!» Und dann öffnete sie die Bändel an ihrem Dekolletee, und zog den Stoff nach unten. Poduka war überwältigt, und ich ebenso. Wir starten sprachlos auf diese wunderschönen Brüste, bis das Mädchen Poduka anscheinend einen Wink gab zu verschwinden. Er sah sie sich noch ein letztes Mal an, und stürzte dann davon. Mit einem Lächeln und einem funkeln in den Augen flüsterte das Mädchen.

«Und was sagt nun dein Richterspruch, mein kleiner Grieche?»

Ich weiß bis heute nicht mehr was ich geantwortet habe, oder ob ich überhaupt etwas sagte. Ich weiß auch nicht wie lange wir dort waren, aber es überwältigte mich, und ich lag noch eine Zeit in dem Zimmer nachdem sie gegangen war. Phillip klopfte an der Tür. Er war mittlerweile etwas betrunkener, oder ich nüchterner. Auf jeden Fall wollten wir beide zurück in die Garnison. Auf dem Weg nahmen wir uns noch Essen und Wein mit, und letzten Endes sank ich ebenfalls betrunken auf mein Lager. Tags darauf hatten wir beide übermäßig schlimmen Kater, was bei dem schlechten Wein auch kein Wunder war. Wir spazierten in die Werkstatt von Poduka. Der

Kerl war über und über mit Staub bedeckt und voller Eifer.

«Es ist der Durchbruch! Endlich passen die Brüste zu den tanzenden Beinen! Seht nur seht!» Und wir sahen! Er hatte bereits eine kleine Figur aus Ton hergestellt, und ich erkannte diese großen runden Brüste wirklich wieder. Phillip warf mir einen halb fragenden halb anerkennenden Blick zu. Ich nickte nur leicht. Wir verabschiedeten uns von Poduka, der regelrecht im Arbeitsrausch war, und verbrachten den Rest des Tages am Fluss, um uns vor der nächsten Etappe nochmals auszuruhen.

Kapitel 9 – Baktriens Problem

Bis drei Tagesritte vor Alexandria am Arachosia, blieben wir im großen Tross zusammen. Hier trennte sich die Patrouille auf. Die Lasttiere und alle bis auf vierzig Reiter machten sich auf den Weg zurück nach Alexandria, um die Zölle und Tribute dort abzuliefern. Wir übrigen Reiter ausgestattet mit Proviant für fünf Tage, die ein jeder bei sich trug, machten uns bewaffnet in Richtung Westen auf, um den Hindukusch zu überqueren. Mein Onkel unterrichtete mich bei jeder Gelegenheit die sich bot. Und mittlerweile wusste ich das sehr zu schätzen. Es war das Spannendste was ich je gelernt hatte, oder noch lernen sollte.

«Lysander! Wir überqueren nun den Hindukusch über einen Pass, den wir noch halten. Alexander soll damals bei Winter den Hindukusch überquert haben. Ich bin der festen Überzeugung, dass es heute keine Armee, und vor allem keinen Feldherrn gibt, der dies wagen würde. Wir gehen den Weg jetzt im Spätsommer, danach ist es praktisch nicht mehr möglich. Diese Reise treten wir nur mit einer kleinen Reitertruppe an, und wir haben außerdem kleine Versorgungsposten auf dem Weg. Auf der anderen Seite sind wir eigentlich schon nicht mehr auf unserem Gebiet. Jenseits des Hindukusch herrschen die Saken seit fünfzig Jahren. Es ist eine unruhige Grenze, aber noch beanspruchen wir das Gebirge für uns, und haben auch auf den gegenüberliegenden Hängen einige befestigte Posten. Sie nutzen uns als Frühwarnsystem.»

Wir nahmen den Hajigak Pass durch eine hohe öde Landschaft. Die Masse an braunem Geröll wurde nur hier und da in einigen Senken durch spröde grüne Büsche mit weißen Blüten unterbrochen. Selbst die Pferde weideten hier ungerne. Selbst wo Flüsse die Landschaft durchkreuzten war nur spärliches Grün zu sehen. Umso unrealer kamen mir unsere kleinen Festungen auf den Bergkuppen vor. Sie waren nur mit wenig Soldaten besetzt, und hatten nur den nötigsten Proviant für uns zu bieten.

«Mehr Proviant wäre nur eine Einladung für den Feind diesen Weg zu nehmen», erklärte mir mein Onkel.

Nur ein einziges Tal war sonderbarerweise grün, und wir fanden sogar frische Früchte. Danach folgten wir nochmals dem Pass ins Hochgebirge, bevor wir den Fluss Darya-ye-Payan Deh entlang ritten, der uns langsam in tiefer gelegene Gegenden brachte. Das Gestein hier wurde heller, aber die Landschaft blieb so öde wie zuvor. Erst als der Fluss in eine ruhigere Bahn floss wurde es bewachsener, und wir waren von Tafelbergen umgeben. Der Darya-ye-Payan Deh mündete in den Darya-ye-Oonduz, welcher uns am Gebirge entlang in nordöstliche Richtung führte. Hier stand die letzte Festung entlang des Passes, die im Falle einer Invasion eine Signalkette bilden sollte. Wir folgten nun dem Darya-ye-Oonduz an den Westhängen des Gebirges entlang. Hier waren keine Stützpunkte mehr. Es war umstrittenes Terrain. In kleineren Gruppen erkundeten wir die Westseite des Flusses tief ins Land der Saken hinein. Nach fünf Tagen in der

Wildnis bog der Darya-ye-Oonduz bei Doshi gänzlich nach Norden ab, und entfernte sich vom Gebirge. Erst an dieser Biegung war unsere nächste Festung einschließlich einer kleinen Stadt namens Pol-e Chomri errichtet. Es wurde grüner, und der Fluss verbreiterte sich zu regelrechten kleinen Seen, um die herum viel Ackerbau möglich war. Auch wurde das Land weitläufiger und bevölkerter. Da von hier aus nach Baktra hin bereits gute Wege führten, reihten sich einige größere Festungen nach Norden hinauf. Es war Grenzland, und Überfälle waren hier nicht ungewöhnlich. Man berichtete uns immer wieder von Viehdiebstählen, aber auch Raub und Mord von Seiten der Saken. Auch unsere Soldaten unternahmen kleinere Rachefeldzüge ins Land der Saken, aber nichts veränderte den Status-Quo. Wir ritten weiter bis der Darya-ye-Oonduz mit dem Khanabad Fluss zusammenfloss.

Es war eine lange Reise von fast drei Wochen auf dem Pferd seitdem wir in Richtung des Passes abgebogen waren, und wir hatten nicht viele Annehmlichkeiten gehabt. In einer großen Ebene zwischen den beiden Flüssen begrüßte uns eine große Burg, umrahmt von sanften Hügeln, und guten Straßen Richtung Baktra, nach Westen hin ins Feindesland. Folgte man dem Khanabad Strom, so floss er nur einen halben Tagesritt weiter Norden in den Oxus. Hier machten wir drei Tage Rast, und mein Onkel Thrasyllos ließ sich genau berichten was das Jahr über geschehen war, und es wurden Erkundungsritte in Richtung Baktra und Alexandria am Oxus unternommen, die ebenfalls keinen Tagesritt den Oxus hinunter lagen. Ich nahm nicht an den Erkundungen teil, denn der Befehl lautete nur kleine Gruppen ortskundiger Soldaten mit Offizieren. Die Lage war wie immer gefährlich, aber nicht ungewöhnlich. Der Feind schnitt uns die Handelsrouten nach Westen ab, unternahm Raubzüge, und hatte eine große Anzahl von Reitertruppen zur Verfügung mit denen sie uns bedrohten, die aber momentan nicht zusammengezogen, sondern auf einzelne Ortschaften verteilt waren, um die Versorgung sicherzustellen. Man konnte die Gefahr hier förmlich spüren. Wir selbst hatten hier in der nördlichsten Festung Truppen positioniert, da die fruchtbare Umgebung Reiter und Pferd versorgen konnte. Die Soldaten hier waren an Auseinandersetzungen gewohnt, anders als die Soldaten unten in Alexandria in Arachosia. Nach Osten den Khanabad Strom hinauf bis auf die Höhe von Alexandria am Oxus, das von dort nur durch eine Hügellandschaft von etwas mehr als siebzig Stadien getrennt lag, waren ebenfalls kleinere Einheiten und Befestigungen von uns errichtet. Weiter östlich begann dann wieder die Ödnis. Hier lag die Hauptfront gegen die Saken. Die Saken umspannten uns in weitem Bogen von Westen über den Norden bis in den Nordosten. Der Darya-ye-Oonduz war bis zu seiner Biegung nach Norden unsere Rückzugslinie. Ab dann folgten wir dem Tal des Andarab der hier von Osten in den Darya-ye-Oonduz floss. Eine Straße führte in engen Schluchten in einer großen Schleife nach Osten, um das von den Einheimischen Salang genannte Gebirgsmassiv. Nach dieser letzten großen Anstrengung waren wir südlich des Gebirgsmassivs wieder an unserem Ausgangspunkt, in Alexandria am Kaukasus angekommen.

Den letzten Teil der Reise hatte ich Fieber, und bekam nicht allzu viel mit, nur dass ab Doshi der Weg wohl sicher war. Außer Gold nahmen wir nichts mit. Der Proviant wurde auf die Festungen im Norden verteilt, wobei der meiste Proviant an die Festung beim Zusammenfluss des Darya-ye-Oonduz und des Andarab geschafft wurde.

Als ich wieder gesundet meinen Dienst in der Garnison aufnehmen konnte, veränderte sich auch mein «Stundenplan». Mein Onkel hatte für mich vorgesehen im Norden bei Kunduz eine kleinere Reitereinheit zu übernehmen, sobald ich meine Ausbildung absolviert hatte. Deshalb vernachlässigte ich nun das Training mit der Sarissa, und übte mich nur noch als Schildträger, im Schwertkampf und neu im Reiterkampf mit der Lanze. Von jetzt an unterrichtete mich mein Onkel zusammen mit einigen seiner jungen Offiziere. Der Winter wurde kalt hier am Fuße des Gebirges, und so hatte ich mehr Zeit für den Unterricht. Thrasyllos reiste noch für einige Tage nach Gandhara, um bei Antialkidas Bericht zu erstatten. In der Zeit las ich einige Bücher meines Onkels, die sich teilweise mit Festungen und mit Belagerungsmaschinen, andere mit Schlachttaktik auseinandersetzten.

Mein Onkel kam in schlechter Stimmung von Gandhara wieder. Eines Abends nahm er mich und Phillip mit in eine Schänke. Mit Phillip verband ihn mittlerweile eine Freundschaft, da sie auf unserem Ritt viel über meinen Vater sprachen. Mein Onkel nutzte dazu jede Gelegenheit und genoss die Geschichten aus den Jahren zu hören in denen mein Onkel seinen Bruder nicht, oder nur beim alljährlichen Rapport vor dem König getroffen hatte. In der Schänke berichtete er uns, dass Antialkidas offenbar eine engere Verbindung mit dem vedischen Glauben eingegangen war, oder er auf jeden Fall auf die vedischen Bevölkerungsteile setzen wolle. Die Landschaften nördlich des Salang hielt er auf die Dauer für nicht haltbar.

«Als ich mit Antialkidas darüber diskutieren wollte, erklärte er mir deutlich, dass die Garnisonen nördlich von Doshi nicht weiter verstärkt werden sollen, obwohl ich ihm von unserer prekären Lage im Norden und unseren alljährlichen Verlusten berichtet habe. Ich wollte Geld für mehr Männer. Der König aber will die Gebiete am Dary-a-ye-Oonduz von Doshi bis Kunduz zwar nicht verschenken, aber er will sie auch nicht um jeden Preis halten», knurrte mein Onkel und seine Stirn legte sich in Falten. Beim letzten Satz hatte er sich umgedreht und sprach in milderem Ton weiter, als würde er eine Ahnung das erste Mal laut aussprechen.

«Aber er hat traurigerweise recht mit seiner Einschätzung. Es ist eine schlechte Defensivposition, und die Gebiete kosten uns mehr als sie uns bringen. Von einer Rückeroberung des Oxus Gebiets bis Alexandria am Oxus und Baktra hält er nichts. Außerdem würde sich das Gebiet nur wirtschaftlich auszahlen, wenn wir die Handelswege zurückerobern. Antialkidas verspricht sich mehr von Indien als von Baktrien. Seiner Ansicht nach sind die Parther und Saken zu stark, als dass wir wieder einen Korridor zu den Griechen des Westens errichten könnten, außer diese helfen uns. Aber seine Emissäre aus den westlichen griechischen Gebieten haben nichts in dieser

Hinsicht verlauten lassen. Niemand dort ist bereit gegen die Parther zu ziehen, nicht einmal die Ptolemäer. Die Sorge der Völker im Westen scheint den Römern zu gelten, die sich offenbar bereits Athen und den ganzen Peloponnes untertan gemacht haben.»

Mein Onkel hatte sich wieder uns zugewandt und fügte gewohnt streitlustig hinzu. «Ich kann das aber nicht glauben!»

Wir spekulierten noch lange darüber, ob Antialkidas dann einen Verbund mit den Vedischen gegen Straton und seine Buddhisten Front formieren wolle, oder ob er mit Straton und seiner Mutter ein Übereinkommen zur Einigung der Griechen im Osten erreichen wolle. Aber insgesamt kam bei uns keine große Euphorie über die neue Richtung des Königs auf.

Kapitel 10 – Pfeile

Es lag noch Schnee vor der Festung als wir alarmiert wurden. Die Saken hatten die Festungen bei Kunduz von uns abgeschnitten, und marschierten auf Doshi, unsere große Burg beim Zusammenfluss des Darya-ye-Oonduz und des Andarab zu. Wir setzten uns sofort mit allen berittenen Kräften in Marsch, um durch das Andarab Tal nach Doshi zu gelangen. Unser Ziel war als erstes diese wichtige Festung zu besetzen. In Eilmärschen zu Pferden kamen wir am Abend des vierten Tages dort an.

Die Festung war noch nicht gefallen! Sie lag am rechten Ufer des Andarab, dessen linkes Ufer direkt an den steilen Abhängen der Berge entlangrauschte, und so eine natürliche Barriere bildete. Die Festungsmauern versperrte den Eingang zum engen Tal des Andarab, und eine weitere lange Mauer aus massiven Felssteinen führte von der Festung direkt zum Punkt des Zusammenflusses von Darya-ye-Oonduz und Andarab. Die gegenüberliegende Flussseite begrenzte eine steile Bergwand, die unsere Angreifer besser als jede Festungsmauer abhalten würde. Wir hatten eine sehr gute defensive Position. Die Saken lagerten im ebenfalls engen Tal des Darya-ye-Oonduz nördlich des Zusammenflusses.

Wir mussten die Mauer unbedingt halten, sonst wären wir auf die zweite Linie direkt am Eingang des Andarab zurückgefallen und hätten unsere Offensivstellung damit endgültig verloren, wie mein Onkel richtig feststellte. Er hob seine buschigen Augenbrauen und atmete tief durch und ergänzte widerwillig. «Was unserem obersten Feldherrn nicht ganz so unrecht wäre!»

Dann ritt er an die Ecke zwischen langer Mauer und Festung, erhob sich so weit als möglich in seinem Pferd und verkündete mit dröhnender Stimme.

«Männer, wir können uns darauf beschränken das Tal des Andarab zu sperren und zu halten. Aber hinter dieser Mauer und hinter dieser Armee von Barbaren sind unsere Kameraden in Kunduz, abgeschnitten und ohne Hoffnung auf Flucht und Rettung, wenn wir hier nicht standhalten! Also lasst uns diesen Barbaren zeigen, auf was sie sich einlassen, wenn sie gegen diese Mauer anrennen!»

Die Männer jubelten und hämmerten ihre Lanzen und Schwerter gegen ihre Schilde. Die hier stationierten und aus den nördlicheren Standorten in die Festung geflüchtet Soldaten, waren natürlich froh über unsere Verstärkung. Und wir ankommenden Soldaten waren froh, dass die Festung noch standgehalten hatte, und wir eine Mauer hatten, hinter der wir uns verteidigen konnten.

Ich stieg mit meinem Onkel Thrasyllos, dem Festungskommandanten und einigen Offizieren, sowie Phillip, der meinem Onkel nicht mehr von der Seite wich, und so etwas wie sein Leibwächter geworden war, auf die Mauer. Die Mauer war bereits in die Jahre gekommen und gute drei Mann hoch. Sie stand noch fest, mit einem breiten Wehrgang und einem Tor direkt an der Festung, das stabil instandgesetzt war. Vor allem warteten sicherlich fünfzig kretische Bogenschützen auf der Mauer, die den

Feind momentan auf Abstand hielten. Wir hatten zweihundert berittene Soldaten, und konnten eine makedonische Phalanx aus fast siebenhundert Soldaten und einige fünfzig Schildträger für den Flankenschutz aufbieten.

Auf der anderen Seite der Mauer erkannten wir in etwa fünf Stadien Entfernung auf der rechten Seite des Flusses das Heerlager der Saken. Es waren viele Pferde und Zelte zu sehen, und wir wussten nicht wie weit das Heerlager den Fluss hinunterreichte. Allerdings war uns bewusst, dass wir zahlenmäßig in der Unterzahl waren. An Offensive war da meiner Ansicht nach gar nicht zu denken!

Mein Onkel aber erklärte mir abends in privater Runde mit Phillip seine Einschätzung der Lage.

«Lysander, du musst erst analysieren. Beide Heere haben genügend Wasser. Unser Heer ist klein, und gut für die Defensive aufgestellt mit unserer Phalanx, unseren Bogenschützen, unserer Mauer, und Reitertruppen für Ausfälle und Störaktionen. Wir haben genügend Proviant und Nachschubmöglichkeiten, die mit jedem Tag besser werden, da der Pass schneefrei wird. Die Saken stellen ein großes flexibles Reiterheer. Gut für die Offensive, aber das Tal wird die Pferde nicht lange ernähren. Sie werden zwar Nachschub herschaffen, und wahrscheinlich unsere Kameraden in Kunduz vernichten, aber wenn sie hier keinen schnellen Erfolg haben, werden sie sich mit dem Gewonnenen zufriedengeben. Weiter den Fluss abwärts werden sie eine unserer Festungen als Sperrriegel gegen uns ausbauen, und aus Erfahrung wissen sie, dass wir nicht viel unternehmen werden. Sie haben schon gewonnen!»

Ich starrte ihn erschrocken an, was meinem Onkel nicht entging und er setzte entschlossen nach.

«Aber die Saken sind gierig, gerne würden sie wahrscheinlich die ganze Beute bis zum Khyber Pass schlucken. Es wäre klug, sich auf die hintere Verteidigungslinie zurückzuziehen. Aber das können wir später noch tun. Im Moment geht es darum die Moral unserer Soldaten zu stärken, und den Saken den Schneid abzukaufen, damit sie sich möglichst schnell wieder verkriechen. Es war reine Augenwischerei als ich den Männern gesagt habe, dass wir unsere Kameraden in Kunduz nicht allein lassen können. Sie sind tot, versklavt oder die Glücklicheren auf der Flucht Richtung Westen!»

Bereits am nächsten Tag begriff ich, was es hieß belagert zu werden. In erster Linie Wache schieben! Ich wurde einer Gruppe zugeteilt, und wir erhielten unseren Wachplan. Einmal Festung, einmal Mauer, einmal das rückwärtige Gebiet den Darya-ye-Oonduz hinauf, die als strategische Schwachstelle galt. Glücklicherweise floss der Darya-ye-Oonduz gleich bei der nächsten Biegung durch eine Engstelle, so dass dort zu beiden Seiten die Berge unsere besten Mauern bildeten, und wir nur einen schmalen Weg einer Zehntel Stadie Länge am Nordufer verteidigen mussten. Hier waren bereits Barrikaden angebracht. Das hieß allerdings, um zurück zur Festung zu gelangen, musste man eine kleine Brücke über den Darya-ye-Oonduz sowie eine Brücke über den Andarab in der Nähe der Schnittstelle überqueren. Bisher hatten wir an dieser leicht zu verteidigenden Stelle keine Feinde gesichtet. Die meiste Arbeit hatten unsere Kreter. Öfter einmal versuchten Saken näher an unsere Mauer zu kommen, um zu Spähen und den ein oder anderen Pfeil abzuschießen. Manchmal versuchte auch ein ganz Mutiger in der Nacht über die Mauer zu klettern. Da Wache schieben natürlich langweilig ist und man so schnell unaufmerksam wird, wechselten wir die Wachpositionen oft durch. Wir waren alle überzeugt, dass die Zeit für uns lief, ab und zu erwischte ein Kreter einen Saken mit dem Pfeil und so wurde die Stimmung eigentlich von Tag zu Tag besser. Wir freuten uns über Regen, da wir ein festes Dach hatten und die Saken nur Zelte, wenn überhaupt. Die Versorgung war leidlich gut, mit einem wie manche sagten eklatanten Mangel an Wein, aber dafür genügend Pfeilen, wovon ein jeder von der Mauer bejubelt wurde, wenn er sein Ziel traf.

Ich hatte im rückwärtigen Raum Wachdienst, und schlief in einem der Zelte, die wir dort aufgestellt hatten. Es war eine fast schon milde Nacht in diesem gerade erwachenden Frühling, und ich fror gotterbärmlich. Ich hasste es im Gebirge in einem Zelt zu schlafen, und der Fluss machte alles doppelt klamm. Zitternd und im Halbschlaf lag ich in meinem Zelt und überlegte, ob ich pinkeln gehen sollte oder doch einfach weiterschlafen. Letztlich gewann natürlich der Druck in der Blase, und ich torkelte mit der Decke überm Kopf aus dem Zelt, meine Stiefel nicht geschnürt, so dass die langen Lederbände lose um meine Füße baumelten. Ich ging an den Pferden vorbei, die dort ebenso froren wie ich, obwohl wir ihnen

Decken übergeworfen hatten und pinkelte hinten an die Bergwand. Ich richtete meinen Blick erst die Bergwand hoch als ich einen Einschlag hörte, und dachte es wäre ein Stein gewesen. Dann schaute ich nach rechts unten und sah zu meiner großen Verwunderung einen Pfeil dort im Schotter liegen. Es dauerte einige Augenblicke bis ich verstand, und keinen Augenblick zu früh war ich hellwach. Ich duckte mich vor weiteren heranfliegenden Pfeilen, die an der Felswand abprallten und rannte gebückt zu den Pferden während die losen Bändel gegen meine Schenkel peitschten. Ich sprang auf das erstbeste Pferd, und ritt in Richtung der ersten Brücke. Im Schein der Wachfeuer am Ufer konnte ich erkennen, dass die Wachen von Pfeilen gespickt waren, und Saken auf Flößen bereits angelandet waren, und sich weitere Flöße bepackt mit Saken und ihren Bögen schnell flussabwärts bewegten. Als ich auf der Brücke ankam befand sich ein Floß nur noch einen Steinwurf von mir entfernt, und nur die Dunkelheit verhinderte, dass ihre Pfeile mich vom Pferd holten.

Ich wusste es würde an mir allein liegen, ob es ein Massaker an den Griechen geben würde, oder wir die Saken nochmals zurückschlagen konnten. Würde ich früh genug Alarm schlagen, könnten wir die leichtbewaffneten Saken aufreiben. Würden sie aber auf dieser Seite bis zur Mauer kommen, und nur für ein paar Minuten ein Stück der Mauer halten können, würde sich eine Flut von Saken über uns ergießen, und keiner von uns überleben. Deshalb ritt ich was das Zeug hielt, und nachdem ich die zweite Brücke überquert hatte ritt ich nicht zur Festung, sondern zum linken Rand unserer langen Mauer beim Fluss, wo die Gefahr am größten war. Von hier würde die Alarmkette schneller sein als mein Pferd. Schon von Weitem schrie ich nur die Worte: «Alarm», «Saken» und «Flöße».

Als ich außer Atem an der Mauer angekommen war deutete der Abschnittsoffizier mir, dass er mich verstanden und Alarm geschlagen hatte. Ich ritt weiter die Mauer entlang zur Festung, wo bereits reges Treiben war. Die ersten Berittenen schwärmten aus, und ebenso eine Abteilung Kreter. Andere rannten auf den Wehrgang, um hier zu verstärken. Ich bemerkte, dass ich komplett unbewaffnet war, und außer Stiefeln und Tunika nur eine Decke hatte. Ich ging zum Zeughaus, und versuchte an Waffen zu kommen, was in der plötzlichen allgemeinen Geschäftigkeit erst mal nicht so leicht war. Letztlich hatte ich Beinschienen, einen großen Schild und einen Speer. Beinschienen anlegen und Schuhe schnüren dauerte mit meinen zitternden Händen unerträglich lange. Aber mittlerweile zitterten meine Hände vor Aufregung und nicht mehr vor Kälte. Als ich endlich meine Beinschienen angelegt hatte warf ich meinen Schild auf den Rücken und ritt vor zur ersten Brücke. Auf der anderen Seite belegten bereits einige Kreter und Reiter die ankommenden Flöße mit Pfeilen und Speeren. Die ersten Flöße der Saken kenterten, so dass die dahinterkommenden anlanden mussten. Ich schaute mich um und sah, dass mein Onkel und seine Offiziere bereits dabei waren an der kleinen Ebene neben dem Fluss eine Phalanx zu bilden. Sie schrien und gestikulierten, und die Phalanx bildete sich schnell in einer Tiefe von fünf Reihen. Ich stieg von meinem Pferd ab, und reihte mich zu den Schildträgern auf unserer rechten Seite, die dem Fluss zugewandt war in den Flankenschutz der Phalanx ein. Die Saken hatten mittlerweile ebenfalls eine Schlachtreihe gebildet und schritten nun aus dem Dunkel auf uns zu. Überall wurden Fackeln entzündet, und es flogen Pfeile in alle Richtungen. Ich hielt mich gut hinter meinem Schild verborgen, da mir klar wurde, dass ich keinen Helm aufhatte. Der Befehl zum Vorrücken wurde gegeben und wir setzten uns in Bewegung. Der Pfeilhagel nahm kein Ende und hier und da hörte ich Schreie. Ein Mann vor mir fiel und ich rückte auf. Mein Herzschlag schnürte mir fast die Luft ab, und als ich hinter meinem Schild hervorlugte konnte ich erkennen, dass die Reihen sich bereits auf Sarissen Länge genähert hatten. Die ersten Saken wurden Raub der tödlichen makedonischen Lanzen, und der Schlachtenlärm wurde lauter. Eine Kakophonie aus Schmerzensschreien, Befehlen, Männergebrüll und dem Klirren der Waffen. Unsere Gegner wussten, dass sie gegen die Phalanx frontal unterlegen waren, und konzentrierten sich rasch auf die rechte Flanke. Hier war ich nur wenige Schritte vom Ufer entfernt aufgestellt, und neben mir Reiter und Kreter aufgestellt, die ihrerseits einen Hagel von Pfeilen und Speeren in Richtung der Saken schleuderten. Der erste Schildträger links vor mir erzitterte als ein Sake mit dem Schwert auf ihn einhieb. Der angreifende Soldat wurde von einem Speer von irgendwoher durchbohrt. Bereits einen Augenblick später stieß ein Speer gegen mein Schild. Die Erschütterung war heftiger als ich erwartet hatte. Und plötzlich war es wieder da, dieses Gefühl von Leichtigkeit. Über den Rand meines Schildes erkannte ich einen Saken seinen Speer ein weiteres Mal zielen, und diesmal auf meine Beine. Ich wehrte den Stoß mit dem Schild ab, und stieß mit meiner Lanze nach meinem Gegenüber. Ich erwischte ihn am Hals oder im Gesicht. Auch wenn er nicht tot war, torkelte er in der Reihe zurück und wurde von einem anderen ersetzt. Der stieß die Lanze nach meinem Kopf und im Ducken nahm ich meinen Schild hoch und leitete den Stoß nach oben ab. In einer Bewegung nach links unten nahm ich den Schild und stieß meinen Speer nach vorne, ohne sehen zu können wohin er ging. Aber mein Stoß traf mein Gegenüber unterhalb der rechten Schulter, und der Stoß war kraftvoll. Meine Lanze vergrub sich tief in seinem Fleisch. Ich zog sie wieder heraus, und nahm Deckung hinter meinem Schild. Der nächste Gegner hatte ein Schwert, und er wagte sich einen Schritt nach vorne. Gedeckt von seinem Schild hieb er sein Schwert über mein Schild, und da ich keinen Helm aufhatte spürte ich erst den Einschlag auf meinem Schild, und dann auch auf meinem Kopf. Der Einschlag zog mir in den Nacken, aber ich hatte keine Schmerzen. Ich drückte mein Schild nach oben und stieß meine Lanze von unten Richtung Gegner, und durchbohrte mit ihr seinen Unterleib. Der Sake sackte zusammen, und sein Gewicht entriss mir meine Lanze die tief in ihm steckte. Mein Blut lief mir vom Haupt das Gesicht hinunter und in die Augen. Ich war getroffen und hatte keine Waffe mehr, um mich zu verteidigen. Ich merkte jedoch, dass unsere Reihen vorrückten, und so entriss ich dem sterbenden oder toten Saken sein Schwert, wobei ich in sein von Horror und Schmerz verzerrtes Gesicht sah. In dem Moment stand die Zeit für mich einen kurzen Moment still, bevor der Schlachtenlärm mich wieder ins hier und jetzt zurückholte. Mit dem Schwert in der Hand reihte ich mich wieder ordentlich in die Phalanx ein. Mittlerweile flogen keine Pfeile mehr. Mein Schild wurde erneut von einer Lanze getroffen, und jetzt spürte ich auch wieder das Gewicht meines Schildes. Ich wehrte auch den zweiten nicht sonderlich gezielten Stoß der Lanze ab. In diesem Moment durchbohrte einer meiner Kameraden meinen Gegner mit seiner Lanze. Der aufrückende Sake versuchte seine Lanze in meine Beine zu bohren. Doch ich riss meinen Schild herunter und hieb mit dem Schwert auf den Schaft der Lanze, die dabei zerbrach. Ich nahm meinen Schild wieder etwas höher, und wartete auf das was kommen sollte. Aber es kamen keine weiteren Stöße oder Hiebe. An unserer rechten Flanke hatte der Feind den Rückzug angetreten. Wir setzten nun im Laufschritt nach, und die ganze Schlachtreihe der Saken löste sich auf. Die Offiziere hielten uns an unsere Reihen in Ordnung zu halten. Die zweite Brücke wurde zum Nadelöhr, und dort rieb unsere Reiterei, die an unserer linken Flanke an uns vorbeipreschte, die meisten der Saken auf.

Soweit ich weiß blieb keiner der Feinde, die mit dem Floß gekommen waren in dieser Nacht am Leben. Der Kampf wurde auch an der Festungsmauer ausgetragen, von wo aus, die Belagerer in der Hoffnung auf einen geglückten Überfall und Hilfe von jenseits der Mauer angestürmt waren. Aber als die Belagerer merkten, dass ihr Coup gescheitert war, und sie keine Leitern mehr erwarten durften, die von oben für sie herabgelassen wurden, flauten auch diese Kämpfe schnell ab. Ich stand in kurzer Entfernung vor der Brücke, und sah mir regungslos das Ende der letzten Feinde an, als Phillip mir von hinten auf die Schulter klopfte.

«Junge! Lysander wie siehst du denn aus?»

Ich sah ihn verdutzt an, die Frage nicht verstehend.

«Du läufst ja aus Mann! Wir müssen dich zum Feld Scheer bringen, und zwar sofort!»

Erst jetzt verstand ich, dass er meine Wunde am Kopf meinte, die ich vergessen hatte. Ich wurde mit einigen Stichen genäht, und der Feld Scheer scherzte nur, dass ich jetzt endlich wisse wie ich meinen Scheitel zu kämmen habe. Seiner Beurteilung nach hatte ich Glück, da es nur eine Fleischwunde war, welche zwar stark blutete, aber gut heilen würde. Und er sollte recht behalten. Schon nach zwei Wochen war ich wiederhergestellt. Nur am Tag nach der Schlacht hatte ich ordentliche Kopfschmerzen, und die Wunde juckte die ersten zehn Tage unangenehm.

Leider hatte mein Onkel nicht so viel Glück gehabt. Ein Pfeil hatte sich unter seine rechte Schulter gebohrt, und der Feld Scheer hatte es nicht geschafft die Spitze zu entfernen, die im Knochen steckte. Er musste, wenn er irgendeine Chance haben wollte, zurück nach Alexandria am Kaukasus und sich von einem richtigen Arzt die Spitze herausoperieren lassen. Phillip und ich begleiteten ihn und einige andere Verwundete zwei Tage nach der

Schlacht auf dem Weg zurück nach Alexandria. Als wir abritten jubelten die verbliebenen Kameraden uns zu, und zu meinem Erstaunen riefen sie nicht nur Thrasyllos, sondern auch Lysander. Das machte mich verlegen, und ich fragte Phillip danach.

«Tja Lysander, die Männer haben bemerkt, dass du immer nahe bei Thrasyllos warst, und dachten du bist irgendwie wichtig.» Er grinste höhnisch. «Aber es hat sich natürlich herumgesprochen, dass du Alarm geschlagen hast. Die Männer verdanken dir also ihr Leben. Besten Dank übrigens! Außerdem scheinen die Männer der Meinung zu sein, dass du ganz ordentlich gekämpft hast, obwohl du so ein verhätscheltes Jungchen bist. Und es wird erzählt du hättest fünf Saken auf deinen Speer gespießt bis er voll war, und dann mit einem erbeuteten Schwert nochmal fünf über den Styx geschickt. Trotz Verwundung!»

«Ich habe höchstens drei, vielleicht vier Gegner erwischt. Ich weiß nicht einmal ob ich mit dem Schwert einen Gegner berührt habe!», widersprach ich ihm energisch und wollte noch hinzufügen, dass ich das erbeutete Schwert als Kriegsbeute behalten würde, ließ es aber aus irgendeinem Grund.

«Lysander – merke dir: Es wird nie so viel gelogen wie nach der Jagd, und nach der Schlacht! Und sei froh, wenn andere für dich lügen. Und denk dir nichts – alle, wirklich alle übertreiben, und die Geschichten werden mit jedem Jahr bunter.»

Kapitel 11 – Noch ein Abschied

Thrasyllos, Phillip, ich und die schwerer verwundeten Soldaten ritten so schnell wie möglich nach Alexandria am Kaukasus zurück. Mein Onkel hatte ganz offenbar zunehmende Schmerzen, auch wenn man es seinem harten verwitterten Kriegergesicht nicht ansah, so saß er sehr angespannt auf seinem Pferd. Vier Tage später, also sechs Tage nach seiner Verwundung kamen wir in der Garnison an, und sofort wurde der beste Arzt herbeigerufen. Er operierte die Pfeilspitze auch heraus, aber als der Arzt aus dem Kommandantenhaus trat, teilte er uns mit, dass er keine Garantie abgeben könne. Die Wunde hatte sich bereits entzündet, und es könne so oder so ausgehen, die nächsten Tage würden es zeigen. Am übernächsten Tag war Thrasyllos bei Bewusstsein, und wir konnten ihn besuchen. Er sah fiebrig aus, und hatte glasige Augen, was jedoch auch vom Mohnsaft, der ihm vom Arzt verabreicht worden war, herrührte. Es stand ein kleines Fläschchen auf der Truhe neben seinem Bett.

«Lysander, Phillip! Schön euch zu sehen. Habt ihr Wein? Nein, dann Phillip geh und hohl den Guten hinten aus dem Schrank! Ich rate euch auch etwas von dem Mohnsaft zu versuchen, den der Arzt mir gegeben hat. Er hellt die Stimmung merklich auf.»

Wir nahmen beide eine Dosis von dem Saft in unseren Wein. Der schmeckte dadurch nicht gerade besser, aber der Stimmung war er sehr zuträglich. Und es war ein lustiger Krankenbesuch und es war erst Mittag! Als es dämmerte, und der Mohn schon ein wenig verflogen war, wurde mein Onkel ernster.

«Lysander, was macht denn eigentlich dein Kopf?»

«Naja, hat heute nicht weh getan!», scherzte ich.

«Jaja, das glaube ich gerne, aber es ist eine Eselei ohne Helm in einer Phalanx zu stehen. Selbst ich auf meinem Pferd hinter den Reihen trage immer meinen Eisenhut. Gibt mir mehr Überblick, und schützt mich doch vor den Pfeilen. Naja, meistens zumindest. Geh doch einmal an den Schrank hier hinten, und sieh ins oberste Fach ganz links.»

Ich tat wie mir geheißen, öffnete den Schrank, und sah einen Haufen meist alter Sachen wie Stiefel, Wamse, Beinschienen, Dolche und andere Gegenstände, die ich nicht zu ordnen konnte. Oben links stand ein Spangen-helm. Ich nahm ihn herunter, und ging wieder zu meinem Stuhl am Bett.

«Der, mein lieber Neffe gehörte bereits deinem Groß-vater bevor er ihn mir vermachte. Mir ist er mittlerweile zu schmal mit meinem Bart. Ich weiß nicht ob er schon zuvor in unserer Familie war, oder wann und wo er gefer-tigt wurde, aber es ist ein gutes Stück, trotz der zahlrei-chen Gebrauchsspuren.»

Der Helm war alt, aber auf den zweiten Blick erkannte ich seine Schönheit. Es war ein klassischer Spangenhelm, Eisen mit Messing, und beides so angelaufen, dass er nur leicht metallisch dunkel glänzte. Auf der Vorderseite waren zwei kleine Messinghörner wie die eines Widders angebracht, und in der Mitte hatte er einen langen Pferdeschweif, der einmal schwarz gewesen war, aber nunmehr schwarzbraun ausgeblichen war. Auch fehlte offensichtlich bereits einiges vom Pferdehaar, und wenn man die Kerben und Dellen betrachtete musste man sich nicht wundern weshalb.

«Solange du in einer Phalanx stehst gibt es nichts Besseres als einen Spangenhelm. Du siehst ja welche Wunden er unserer Familie schon erspart hat. Der Überblick ist zwar nicht ganz so gut, aber in einer Phalanx kannst du darauf wetten, dass dein Feind irgendwie von vorne kommt. Also nimm den Helm, und trage ihn! Sonst muss ich ihn am Ende noch dem Trödler verkaufen, oder irgendeinem vedischen Rekruten schenken!»

«Danke Onkel! Der gefällt mir sehr gut, und in Zukunft wird mehr Helm getragen! Das jucken ist unerträglich.»

«Ich weiß!», sagten Thrasyllos und Phillip fast im selben Moment, und lachten.

«Aber nun zu etwas Ernsterem», hob Thrasyllos an. «Der Angriff kam nicht unerwartet, aber früher als gedacht. Ich glaube für dieses Jahr werden die Saken genug haben. Auch wenn die Festung in Doshi stark ist, wird sie ohne den fehlenden festen Willen nicht ewig standhalten. Und dann wird alles bis vor die Tore Gandharas den Saken gehören. Solltet ihr beide keine Lust haben zurück nach Indien zu gehen und in vedischen Tempeln zu beten, oder unter Bodhi Bäumen zu meditieren, habt ihr nur eine Wahl: Geht in den Westen!»

Wir waren beide erstaunt, denn Thrasyllos ermutigte uns praktisch zu desertieren! Und ein entsprechend überraschtes Gesicht machte ich.

«Lysander, du bist der letzte von unserer Sippe, und ich würde es Schade finden, wenn du hier in einem sinnlosen Abwehrkampf fällst, oder die Schmach ertragen müsstest dir von vedischen Priestern ihre obskure Weltsicht an zu hören, und dazu noch brav nicken müsstest. Und glaubt mir, davon sind wir weniger weit entfernt, als ihr vielleicht wahrhaben möchtet! Nein, der griechische Osten ist verloren, weil es keinen starken Führer gibt, der noch an uns glaubt. Deshalb sind die griechischen Länder im Westen die einzige Möglichkeit für euch beide. Lysander, Phillip kennt den Weg, und er ist ein Meister seinen Hintern aus der Gefahrenzone zu halten. Ich dachte ja ich könnte davon profitieren, wenn er bei mir ist. Hat aber nicht funktioniert! Er ist die beste Chance für dich heil durch das Land der Saken und Parther zu gelangen, und er wird dafür sorgen, dass du einen guten Soldherrn findest. Allein wird es keiner von euch schaffen, aber gemeinsam sehe ich eine Chance für euch. Wenn es also für mich nicht gut ausgeht, nehmt diesen Marschbefehl!»

Er gab uns eine Schriftrolle.

«Die besagt, dass ihr über den Shibar Pass nach Westen gehen sollt, um nochmals die Festung, wo der Darya-ye-Oonduz Fluss das Gebirge verlässt, zu überprüfen. Eine durchaus plausible Order. Aber biegt nicht nach Norden zum Darya-ye-Payan Deh Fluss ab, der letztlich zum Darya-ye-Oonduz führt, sondern folgt dem Weg nach Bamyan!»

Das war kein Rat, es war ein Befehl.

«Sollte ich es also nicht schaffen, bereitet mir einen netten Scheiterhaufen, und brecht am nächsten Morgen auf! Mein Gold ist in dem linken oberen Bettpfosten.»

Es schien eine Familientradition zu sein, Gold in den Standbeinen von Möbeln zu verstecken.

«Es ist sowieso nicht viel, aber außer Schriftrollen, alten Rüstungen und Waffen habe ich nichts weiter zu vergeben. Außer einer Sache! Geh einmal ins vordere Zimmer, wo die Schriftrollen sind, und hole die ganz oben rechts», forderte er mich auf.

Ich holte die Rolle, die noch recht neu, und trotzdem schon sehr benutzt aussah.

«Lysander! Du kannst nicht alle meine Schriftrollen mitnehmen, und wie du sicherlich bemerkt haben wirst sind einige davon in der Praxis überhaupt nicht zu gebrauchen! Dein Vater hat mich gebeten aus dir einen guten Offizier zu machen, der seinen Sold ordentlich verdient, und unserer Familie keine Schande macht. Ich denke, ich habe bisher getan was ich konnte. Was dir fehlt ist Führungserfahrung, und die praktische Erfahrung wie man eine Armee aufstellt und vor allem erhält. Führungserfahrung kann ich dir nicht einfach beibringen, und ich habe vielleicht nicht mehr die Zeit. Aber ich mache mir darüber keine Sorgen. Wenn du einen guten Soldherrn findest, und du willst nicht in der Phalanx stehen, sondern im Feldherrenzelt, solltest du ihm etwas bieten können. Ich habe hier niedergeschrieben was ich vom Krieg weiß, und was nicht bloße Theorie ist, sondern praxiserprobt. Es sollte dir helfen vor einem ratlosen König gut dazustehen. Und jetzt müsst ihr mich alleinlassen. Ich muss schlafen, nehmt den Wein mit euch.»

Bedrückt und betrunken verließen wir Thrasyllos. Ich mit einem Helm und einer Schriftrolle unter dem Arm. Phillip mit dem Marschbefehl. In meiner leeren Stube tranken wir den restlichen Wein, obwohl er uns nicht mehr schmeckte.

«Weißt du welches Geschenk uns dein Onkel mit diesem Marschbefehl gemacht hat?», wandte sich Phillip ungewohnt ernst an mich. «Freies Geleit, Pferde und Proviant bis an die Grenzen des Königreiches! Das ist mehr wert als die ein oder andere Drachme! Aber es ist traurig ihn so zu sehen. Als ich ihm das erste Mal begegnet bin, nach meiner Flucht vor den Parthern kam er mir übertrieben streng vor, und ich war froh bei deinem Vater in Taxila unterzukommen. Aber der alte Haudegen ist mir im letzten Jahr ans Herz gewachsen!»

«Er sah nicht wirklich gut aus!», sagte ich mehr zu mir als zu Phillip.

Und so kam es dann auch! Zwei Tage später starb mein Onkel Thrasyllos, und damit mein einzig verbliebener Verwandter. Ich nahm das Gold aus seinem Bettpfosten, ließ ihm einen großen Scheiterhaufen im Hof der Garnison errichten, legte ihm zwei Münzen auf die Augen und entzündete das Feuer. Danach tranken wir mit den Männern der Garnison Wein, und ich hatte einigen gekauft. Aber Phillip und ich hielten uns zurück. Während die anderen am nächsten Morgen ihren Rausch ausschliefen, hatten wir bereits den Rand, der mir durch die Märsche so gut bekannten Ebene im Norden von Alexandria am Kaukasus erreicht. Wir ritten, jeder mit einem zusätzlichen Packpferd, nach Westen in das Tal hinein, und die Berge verschluckten uns, und verschluckten unser bisheriges Leben.

Kapitel 12 – Wohin das Meer dich führt

In den Passhöhen war der Frühling noch nicht angekommen. Wir froren bitterlich, und mehr als einmal wären wir lieber in der Klause geblieben, die uns aufgrund unseres Marschbefehls Unterkunft und Proviant geben hätte müssen. Jeder der Kameraden, die wir dort oben in den Bergen trafen hätte verstanden, wenn wir einen Tag Pause gemacht hätten. Aber wir legten viel Diensteifer an den Tag. Außerdem wollten wir beide so schnell wie möglich aus dem Herrschaftsgebiet von Antialkidas heraus. Auch wenn wir bisher nach Befehl handelten, so nagte doch ein schlechtes Gewissen an uns. Als wir schließlich von der kleinen Festung am Darya-ye-Oonduz Fluss aufbrachen, hatte vermutlich niemand verfolgt, ob wir den Weg rechts nach Norden oder links nach Westen genommen haben. Und ich würde wetten, dass dort niemand jemals nach uns gefragt hat. Als wir den linken Weg Richtung Bamyan einschlugen, wussten wir, dass wir nie wieder das Land hinter uns betreten würden.

Schon am Nachmittag erreichten wir unser Ziel. Zu unserer Überraschung besaß Bamyan keine Festung, es war eine Oase mitten im Gebirge. Hier gingen einige Karawanen hindurch, die nicht über Baktra wollten. Zu dieser Jahreszeit war allerdings noch niemand unterwegs. Wir hatten vorsorglich alles Militärische von uns gut verstaut, und sahen recht zivil aus. Die Herberge freute sich über Kundschaft, und wir fühlten uns ein wenig wie Zuhause in Taxila, da sich hier eine Menge Buddhisten niedergelassen hatten. Wir aßen und tranken, und unterhielten uns ein bisschen mit den Leuten.

Als die Stimmung schon ein wenig gesellig war, setzte sich ein über und über mit Staub bedeckter Mann an einen Nebentisch. Er stürzte ein Glas Wein in sich hinein, wie ich es selten gesehen habe. Ich schaute ihn mir genauer an, und zu meiner Überraschung war es unser Freund Poduka aus Arachosia!

«Was machst du denn hier?», brach es aus mir heraus.

«Freunde – das war der Durchbruch letztes Jahr, nachdem ihr meine Werkstatt besucht hattet. Meine vedischen und buddhistischen Werke verkauften sich grandios! Und mit dem Geld, das ich verdiente, machte ich mich auf die Reise hierher. Ich bin wegen des Steins gekommen!», erzählte Poduka ohne Umschweife als hätten wir uns erst am Vortag verabschiedet.

«Wegen welchen Steins? Es gibt hier überall eine Menge Steine!», bemerkte ich kopfschüttelnd.

«Nein, wegen des Sandsteins der hier auf der Nordseite des Tals liegt. Er ist der beste Stein für die Bildhauerei. Ich habe eine neue Werkstatt, und bilde sogar Schüler aus!»

«Schön für dich! Da solltest du doch deinen zwei alten Freunden einen guten Schlauch spendieren, und wir machen uns einen richtig schönen Abend!», forderte ihn Phillip augenzwinkernd heraus.

So kam es dann auch, und ich wusste nicht mehr wie wir aus Bamyan weg sind. Ich weiß nur, dass ich auf meinem Pferd saß und schrecklich litt. Das Tal, welches wir durchritten, täuschte unsere Wahrnehmung, denn diese Oase war sehr hoch gelegen. Das Tal trennte den Hindukusch von den Koh-e-Baba Bergen, wo der Darya-ye-Oonduz auch entsprang, und uns wurde schnell wieder bewusst, dass wir immer noch hoch in den Bergen waren. Die Wege waren schlecht, und oft noch vereist. Wir begannen unser Gold zu sparen, und in Pfeffer zu zahlen, von welchem wir jeder noch einen guten halben Sack voll hatten. Denn um diese Jahreszeit war bei vielen Wirten der Vorrat bereits knapp, und die Wirte akzeptierten sowohl Pfeffer wie Gold. Nachdem wir einen Tag über einen Pass zogen, folgten wir anschließend den Band-e-Amir Seen. Wir übernachteten an einem der wundervollen blauen Seen, und froren bitterlich unter dem sternenklaren Himmel. Die Straße bog dann Richtung Norden über weitere Passhöhen ab. Wir ritten in großer Höhe. Nicht nur wir, auch unsere Tiere, die wir am Zügel führten, spürten das bei jedem Atemzug. Zu alledem brachte auch noch eine Schlechtwetterfront Schnee und Sturm. Wir sahen kaum die Hand vor Augen und uns blieb nichts anderes übrig als einen Schritt vor den anderen zu machen, um irgendwie zur nächsten Herberge zu gelangen. Die Stoffbahnen, die wir dem indischen Händler abgenommen hatten, wickelten wir uns um die Beine, und um Hals und Oberkörper, wir mussten aussehen wie Lumpensammler. Der Sturm erlaubte uns nicht einmal Pause zu machen, und wir erreichten irgendwie halberfroren eine kleine vor Schmutz starrende Herberge, in der wir auch noch den folgenden Tag verbringen mussten. Aber wenigsten waren wir vor dem Sturm und der Kälte in Sicherheit. Nach zwei weiteren Tagen auf dem nun stark verschneiten Pass ritten wir langsam, sehr langsam in etwas niedrigere Gefilde. Die Herbergen für die Händler hier oben waren klein und schäbig, denn die große Straße ging von Taxila über Gandhara und Alexandria am Kaukasus bis nach Baktra und weiter nach Merv. Aber wir wollten Baktra verständlicherweise um jeden Preis meiden, und nahmen deshalb eine etwas südlichere Route. Wir fragten bei den Wirten nach wessen Gebiet dies eigentlich sei.

«Dieses Gebiet gehört keinem, nur den Händlern. Soldaten haben wir hier seit Alexander nicht mehr gesehen, und ob das hier griechisch, parthisch oder sakisch ist weiß niemand. Wir zahlen niemandem Steuern.»

Nach den hohen zackigen Bergen, die nicht einmal ich mehr gerne sah, kamen die langgezogenen faltigen abfallenden Gebirgszüge, in denen man sich verlieren konnte, und wir hatten den Eindruck nie wieder aus diesem endlosen Gebirge herauszukommen, in dem ein Tal dem anderen wie ein Spiegelbild zu gleichen schien. Wir sprachen wenig, und kämpften uns voran durch die immer noch schneidende Kälte. Dann endlich wurden die Falten der Berge merklich flacher, und es flossen endlich wieder kleine Bäche mit uns ins Tal hinunter. Wir waren sehr weit in den Norden geritten, und befürchteten in sakisches Gebiet zu gelangen. Unser Ziel war es unbedingt eine Stadt auf parthischem Gebiet zu erreichen, da wir vermuteten die Saken würden das Jahr über Jagd auf fliehende Griechen machen. Wir näherten uns an diesem Tag tatsächlich einer Stadt, von der wir erfuhren, dass sie Sar-e Pol hieß, und tatsächlich ein südlicher Posten der Saken war. Grenzstädte wollte wir aber generell vermeiden, da Grenzregionen immer mit verstärkten Kontrollen und Garnisonen einhergingen und wir planten erst im Landesinneren wieder Siedlungen aufzusuchen, um uns Proviant zu kaufen. Und wie ich feststellte, war Phillip ebenso wenig daran gelegen einer parthischen Grenzpatrouille zu begegnen.

So ritten wir also großräumig südlich um die Ortschaft Sar-e Pol herum, um freudig zu entdecken, dass die Straße wieder etwas in südliche Richtung weiterverlief. Wir hatten nicht mehr viel zu Essen, nur etwas Getreide, aber wir hatten genug Wasser, da die kleinen Bäche von der Schneeschmelze gut versorgt wurden. Die Straße folgte letztlich in westliche Richtung durch die menschenleeren, fast kahlen Hänge am Rande des Gebirges. In Mitten dieser Ödnis trafen wir endlich auf eine Siedlung namens Maymana, die zu unserer großen Erleichterung bereits parthisches Gebiet war. Hier kauften wir einem Bauern am Rande des beackerten Landes ein Huhn für gutes Gold ab, und grillten es am Abend, als wir bereits wieder in den Hügeln verschwunden waren, über unserem Feuer. Das gegrillte Huhn war uns an diesem Abend ein Festmahl. Aber insgesamt war unsere Versorgungslage spärlich, und wir wussten nicht wann wir das nächste Mal etwas zu Beißen bekommen würden.

Die südlichen Routen von hier aus hätten uns über Persepolis, das Land zwischen Euphrat und Tigris in Richtung dem Land der Ptolemäer gebracht. Aber das hätte auch bedeutet durch die Wüsten Persiens und Syriens zu ziehen. Hier musste man in die großen Karawanenorte gehen, um nicht zu verdursten, und diese Orte waren unklug für Flüchtende, die möglichst wenig Aufsehen erregen wollten, und teuer waren sie auch. Aber auch unser Weg den Margos Fluss entlang, führte uns direkt in die Wüste, in die Wüste Karakum bei Merv. Erst ab Merv war es uns möglich mit dem Fluss in Richtung Westen abzubiegen, ohne den wir und die Pferde sicher verdurstet wären in dieser ansonsten trockenen und trostlosen Weite. Die Reise entlang des Flusses behagte uns wenig, da wir nicht abseits der Straße reiten und so einer drohenden parthischen Patrouille ausweichen konnten. Entsprechend angespannt war Phillip, und auch ich.

«Weißt du Lysander, wenn wir im Norden in westliche Richtung reiten sind wir weniger lange in parthischem Gebiet, um die westlichen griechischen Königreiche zu erreichen, und wenn wir wieder auf dem Weg nach Westen sind, können wir auch abseits der Wege reiten.»

«Aber müssen wir dann nicht wieder weit nach Süden, um nach Ägypten zu kommen?», fragte ich stirnrunzelnd. Ich war mir sicher, dass Phillip heim nach Alexandria in Ägypten wollte.

«Ach weißt du: Ägypten ist nicht halb so schön wie man meint, und ohne Geld ist Alexandria die Hölle. Ich habe in der Stadt vor übervollen Töpfen mehr gehungert als irgendwo sonst in meinem Leben. Glaub mir in meiner Jugend musste ich mehr Essen stehlen, als ich oder meine Mutter je gekauft haben. Und man kann zwar von dort aus mit einem Schiff überall hin, aber wir haben selbst jetzt nicht genug Gold um weiter als bis nach Kreta zu reisen», überraschte mich Phillip wieder einmal und erklärte seinen Plan genauer, als er mich stutzen sah. «Ich hätte nichts dagegen nach Kleinasien zu gehen. Dort herrschen momentan viele kleine Könige, und es gibt viele interessante Städte. Vermutlich gute Verdienstmöglichkeiten für Leute wie uns! Und wir könnten ja einmal versuchen Delos zu erreichen. Momentan haben wir jeder zwei Pferde, genug Gold, um uns Essen zu kaufen, und man kann ja das ein oder andere Huhn für umsonst mitnehmen. Wir können auch bald wieder Jagen, wenn wir endlich einmal einen Wald zu Gesicht bekommen! Ich habe genug von Steinen, Geröll und kleinen Flusstälern!»

«Na gut! Mir soll es recht sein, ich habe noch genügend Zeit, um mir Alexandria in Ägypten anzusehen», bekräftigte ich Phillips Vorschlag.

Vor Merv wurde das beackerte Land breiter, und wir entschlossen uns auch diese Stadt zu meiden. Es war einmal eine griechische Stadt gewesen. Von Alexander erobert, von Antiochos zerstört und wieder aufgebaut beheimatete sie nun die Parther. Wir schlugen vor Merv einen Weg in westlicher Richtung ein. Bald fanden sich nun zwischen sanften hohen und langgezogenen Hügeln weite grüne Täler und schnell waren auch die Hügel wieder bewachsen. Zwar war es meist Buschwerk, aber die Pferde konnten hier weiden, und wir fühlten uns freier, da wir endlich die Straßen verließen, und die Hänge der

Nebentäler entlangritten, ja endlich nur noch querfeldein in westliche Richtung. Wir versorgten uns ohne größere Probleme bei Bauern in kleinen Ortschaften abseits der großen Straßen mit Proviant, und fanden nun auch wieder Bäume, unter denen man ein schönes Lagerfeuer entfachen konnte, ja ab und zu durchritten wir sogar so etwas wie kleine Wäldchen. Das Geheul von Wölfen war öfters zu vernehmen, so dass wir uns entschieden nachts wache zu halten, und ich glaube manchmal hörten wir auch einen Löwen oder Leoparden. Aber es war bei weitem besser als das beklemmende Gefühl den Margos Fluss entlang. Neun Tagesritte hinter Merv ritten wir einen kleinen nett vor sich hinplätschernden Bach entlang, der plötzlich von einer Hochebene ins tiefer gelegene Tal abfiel. Der Wald wurde dichter, und wir gönnten uns eine Pause am Bach. Nach zwei Stunden beschlossen wir auf die Jagd zu gehen. Die Aussicht auf eine ordentliche Portion Wildbret ließ uns das Wasser im Mund zusammenlaufen. Unsere kurzen Reiterspeere hatten wir im Gepäck als Zeltstangen getarnt. Wir legten unsere Sachen im Lager ab, und ritten nur mit den Speeren ausgerüstet durch die wundervolle Landschaft. Es waren gute graue Felsen mit sattem grünem Bewuchs, durchzogen von Flüssen, kleinen Wasserfällen und Seen. Der Wald war dicht, der Boden mit viel Gebüsch bedeckt, was die Jagd auf Hirsche schwierig machen würde. In einer Niederung war ein Fluss zu einem kleinen See, oder eher zu einem Tümpel geworden, und als wir über den angrenzenden Hang ritten sahen wir eine Rotte Wildschweine, die sich im Morast suhlten.

«Lysander, du reitest links auf dem Kamm entlang, ich rechts davon, wir folgen dem Fluss und attackieren die Rotte so von zwei Seiten», flüsterte Phillip.

Ich ritt wie vereinbart links am Kamm entlang, dann durch den lichten erst leicht grünen Wald am Abhang hinunter, zu dem kleinen Bach, und dann langsam in Richtung der Rotte. Über die Rotte hinweg erspähte ich Phillip auf seinem Pferd ankommen, und bemerkte, dass eine Bache Witterung aufgenommen hatte. In wenigen Augenblicken würde sie quieken, und die Rotte flüchten. In dem Moment gab ich meinem Pferd die Fersen, und preschte los. Phillip ebenfalls. Die Rotte wusste nicht wohin, und zersprengte sich in alle Richtungen. Einige Frischlinge liefen in ihrer Verwirrung erst links, dann rechts, und das war ihr Verhängnis. Jeder von uns erwischte eines der jungen Tiere. Die Bachen grunzten zwar wütend, entschlossen sich dann aber zu unserem Glück und zum Schutz ihres verbleibenden Nachwuchses doch zu einem schnellen Rückzug. Eigentlich war es Schade auf so junges Wild zu gehen, aber wir hatten Hunger, und der wurde an diesem Abend zum ersten Mal seit unserem Aufbruch von Bamyan wieder restlos gestillt. Wir waren mittlerweile wohl über dreißig Tage unterwegs gewesen. An diesem Abend freuten wir uns das erste Mal über unsere gelungene Desertion, und über unsere bisher glückliche Reise.

«Phillip, wo genau befinden wir uns eigentlich?», fragte ich am nächsten Morgen. Das abendliche Mal hatte meinen Tatendrang geweckt. So ritten wir erstmals abwärts ins wahrscheinlich bewohnte Tal. Als wir von den bewaldeten Hängen heruntergeritten waren, erstreckte sich eine weite grüne Ebene vor uns, und von unserer erhöhten Position konnten wir viele Dörfer und Behausungen sehen. Die Luft war auf einmal ebenfalls milder, und es lag noch ein leichter Schleier über dem Boden. Das ganze Tal stand bedeckt von gelben Blumen in voller Blüte und das erste Mal schüttelte ich die Erinnerungen an die Eiseskälte des Gebirges ab. Es war eine milde, eine schöne Gegend, und mit unseren vollen Mägen ritten wir in bester Laune hinab in das erstbeste Dorf. Hier wurde uns plötzlich ein Problem bewusst, wir waren mitten im nördlichen Persien oder jetzt Parthien, und hier auf dem Land konnte natürlich kein Bauer griechisch! Die Leute beäugten uns misstrauisch und redeten aufgeregt, uns war mulmig zu mute. Da kam ich auf die Idee ihnen einmal ein Handvoll Pfeffer zu zeigen, meine letzte, um ihnen klar zu machen, dass wir Händler seien, die den Weg verloren hatten. Die Leute beruhigten sich langsam, konnten aber natürlich immer noch kein griechisch, und wir kein persisch, oder was immer sie dort sprachen! Die Einheimischen wiesen uns in Richtung Südwesten, und ich meinte sie deuteten auf den Ort, der da kommen sollte, wo jemand vielleicht griechisch sprach. Wie ich es verstand, klang der Ortsname so ähnlich wie «Gorgan». Die Richtung sagte uns zu und so ritten wir nach Südwesten. Die Dörfer lagen nicht weit voneinander entfernt, und kurz nach Ortsausgang hielten wir an, um uns zu beratschlagen.

«Lysander, du sprichst nicht zufälligerweise persisch, parthisch oder irgendwas anderes als griechisch?», fragte mich Phillip eher zum Spaß.

«Nur ein wenig Sanskrit. Mein Vater hat es mir beigebracht, um mit den Vedischen zu sprechen. Aber es ist schlecht», antwortete ich.

«Ja und es wird uns auch nicht viel weiterhelfen. Sie werden wohl immer noch merken, dass wir Griechen sind, und als Händler kommen wir nicht lange durch.»

«Phillip, wir sollten doch nicht nach dreißig Tagen erfolgreicher Reise alles aufs Spiel setzen nur um zu erfahren wo wir sind», unterbrach ich Phillip. Nach der Reaktion der Einwohner im letzten Dorf hatte ich meine Meinung geändert.

«Wir haben zwar keinen Proviant mehr, aber unser Magen ist voll, es gibt reichlich Wasser, und wir können jagen. Lass uns wieder in die Berge und entlang der Hügel und im Schutz der Wälder Richtung Westen weiterziehen.»

«Du hast recht, Lysander. Lass uns in der Mitte zwischen den beiden Orten nach links Richtung Wald abbiegen.»

Und so ritten wir bei der Hälfte des Weges scharf nach links durch die Felder und hielten auf die Berge zu. Hier kamen wir deutlich langsamer voran als auf den guten Straßen der Ebene, aber wir fühlten uns wieder deutlich wohler. Wir behielten das Tal im Auge, und das nicht zu Unrecht. Im nächsten Ort, das konnten wir nun erkennen als die Sicht gegen Mittag klarer wurde, war eine Garnison stationiert. Und es kam noch schlimmer, kurz nach

Mittag sahen wir eine kleine Gruppe von etwa fünfzehn bis zwanzig Reitern von dort Richtung Bergen aufbrechen. Nun wussten wir, dass es die richtige Entscheidung war nicht in den Ort zu reiten. Ja, wir bewegten uns in feindlichem Gebiet. Aber im Gegensatz zur Reise am Margos Fluss entlang, konnten wir hier wenigstens ausweichen. Wir ritten noch höher auf den Hügelkämmen, und untersagten uns die Zeit für eine Jagd, oder ein wärmendes Feuer für unser Nachtlager. Am nächsten Tag ritten wir früh los, und machten stumpf Weg in den Hängen. Diesen Abend gönnten wir uns wenigstens wieder ein Feuer, nachdem wir recht sicher waren, dass wir nicht weiterverfolgt wurden. Dennoch lagerten wir in einer stark bewaldeten Senke, um den Schein des kleinen Feuers nicht weithin sichtbar zu machen. Auch hier in den Bergen hörten wir des Nachts Wölfe und andere Tiere, und wache halten ohne Feuer wäre hier wirklich keine schöne Angelegenheit gewesen. Nach zwei weiteren Nächten im Gebirge wollten wir nun wirklich wissen wie es im Tal aussieht, und ritten den Hang in westlicher Richtung hinunter bis wir gegen Mittag freie Sicht hatten. Im Osten lag eine Ortschaft, die wir umgangen hatten. Und von unserer erhöhten Position aus konnten wir in geringer Entfernung von etwa vierzig Stadien einen See erkennen. Phillip schütze mit der einen Hand seine Augen vor der Morgensonne und zeigte mit seiner anderen Hand in die Ferne.

«Lysander, sieh dort im Westen!»

«Ein See, und er scheint dort seine südlichste Ausdehnung zu haben. Das heißt wir können an seinem Ufer entlangreiten!», antwortete ich in der Hoffnung Phillip würde mir zustimmen.

«Ja, und er scheint groß genug zu sein, dass wir Fischer finden. Wir können uns Fisch kaufen!»

«Ohne dass wir in eine Ortschaft müssen. Hört sich nach einem guten Plan an. Allerdings sehe ich dort noch eine Ortschaft genau im Westen. Wir sollten um sie herumreiten.»

In der Ebene Richtung Westen empfing uns erneut ein gelbes Blütenmeer. Die Berge zu unserer Linken waren wunderschön bewaldet, und auf den höchsten Gipfeln lagen noch Schneereste. Wir ritten zügig, aber ohne unsere Pferde zu überanstrengen. Nach etwa zwei Stunden waren wir kurz vor der Ortschaft. Das Stadttor und die Stadtmauer lagen noch ein gutes Stück vor uns als wir nach Norden Richtung See abbogen. Wir waren beide so neugierig auf dieses Gewässer, dass wir in einen leichten Galopp übergingen, und schon eine halbe Stunde später standen wir an den Ufern des Sees. Das Ufer war an den meisten Stellen matschig, und wir ritten mit den Pferden ein wenig in westliche Richtung bis wir eine steinige Stelle fanden. Wir stiegen ab, und Phillip wollte erst einmal einen großen Schluck nehmen, spuckte ihn aber sofort wieder aus.

«Igitt das schmeckt...das schmeckt irgendwie salzig!», rief Phillip aus.

Ich versuchte auch ein bisschen etwas, und ja es war nicht wirklich trinkbar. Und kalt war es auch, aber wir nahmen dennoch ein Bad, denn die Flüsse im Gebirge

162

waren noch kälter gewesen, und wir benötigten ein Bad mindestens so dringend wie etwas zu essen. Vom Wasser aus sahen wir auch was wir für das andere Ufer hielten, und schätzten den See nicht allzu groß ein. Nach einer kurzen Rast ritten wir weiter am Ufer des Sees entlang, und es war eine herrliche Landschaft, aber wir mussten feststellen, dass es nicht so einfach war am Ufer entlangzureiten, denn die Landschaft wurde halb Land halb Wasser, und wir mussten etwas nach Süden reiten, da uns immer wieder kleine Flüsse den Weg abschnitten. Und Fischer fanden wir auch keine an diesem vermeintlich kleinen See, und so verlegten wir uns auf die Entenjagd. Es gab hier unendlich viele Vögel, und so schafften wir es nach vielen tollpatschigen Versuchen letztlich sogar mit einem Speer eine Ente zu erlegen. Einer der Flüsse führte auch trinkbares Wasser, und so konnten wir den Abend auch genießen. Nach einer kurzen Nacht ritten wir früh weiter, und hielten uns in westlicher Richtung, wobei wir bald wieder etwas nördlicher ritten, da wir wieder Wasser sahen. Spätestens jetzt wurde uns klar, dass es ein richtig großer See war.

Phillip lachte plötzlich in sich hinein.

«Ach Lysander, wie konnte ich mich so irren? Der salzige See ist natürlich ein Meer.» Und er machte mich auf den Wellengang aufmerksam.

Von nun an ritten wir dem schmalen, tiefbraunen Sandstrand entlang. Das Wasser schimmerte blau und grün und in allen Schattierungen dazwischen. Ich konnte mich nicht satt daran sehen, da ich das erste Mal in meinem Leben an einem Meer war! Die Größe und Weite überwältigte mich. Gegen Mittag erreichten wir eine kleine Fischersiedlung, die an einem kleinen Fluss gelegen war. Die Küste war hier steinig. Einem Fischer kauften wir ein paar Fische ab. Er verstand uns zwar auch nicht, aber dem armen Tropf war es egal. Als er unsere Goldmünze sah gab er uns zwei schöne große Fische, und etwas Getreide. Mit Gesten machten wir ihm klar, dass wir auf die andere Seite des Flusses wollten, und er wies erst stolz Richtung seiner Fischersiedlung, wiederholte oft und laut den Namen «Babolsar» und zeigte uns schließlich an, dass etwas flussaufwärts eine Brücke war. Es war eine grobe Holzkonstruktion ohne Zöllner oder sonstiges, und wir überquerten die Brücke zügig, ritten noch eine Zeitlang bevor wir am Meer ein Lager aufschlugen. Wir grillten die Fische an Stöcken über dem Feuer, und kochten uns einen Brei aus dem Getreide. Der Brei schmeckte hervorragend, aber wir sprachen beide nur darüber wie lange wir schon kein Brot und kein Öl mehr gegessen hatten. Am nächsten Tag ritten wir den Strand weiter entlang, manchmal auf Sand, manchmal auf Kies, manchmal war es auch steiniger, und wir mussten etwas im Landesinneren reiten, aber wir ritten immer schön nach Westen, bis wir am Abend sahen, dass das Meer hier im Süden von Wäldern und Hügeln eingesäumt war. Die Küste führte uns jetzt nach Nordwesten, trotzdem folgten wir ihr weiter, da wir von Bergen und Wäldern genug hatten. Die Küste war dünn von Fischern besiedelt, die uns bereitwillig für ein paar Münzen mit Fisch und Getreide versorgten, ohne unsere Sprache zu verstehen. Ich genoss die Meeresluft und wir kamen beide wieder zu

Kräften und so stieg auch unsere Stimmung und Zuversicht. Vier Tage später waren wir genau Richtung Norden unterwegs, und die Küste, an der hier das kleine Fischerdorf Lankaran einsam über die See wachte, wollte uns sogar nach Nordosten führen. Das Gebirge jedoch gab ein Tal in Richtung Nordwesten frei, und so entschieden wir uns dieses Gewässer zu verlassen. Wir dachten ja auch, dass es uns sonst im Kreis führte, und wir wieder zurück nach Osten reiten würden. Und mit unserer neuen Zuversicht erwarteten wir bald in griechisches Gebiet zu stolpern. So zogen wir entlang der Hügelkette leicht oberhalb des dünn besiedelten Tals. Aber der Wald endete schnell, so mussten wir weithin sichtbar durch eine satte grüne, aber schutzlose Hügellandschaft reiten. Ohne Essen und Wasser übernachteten wir in einer Hügelsenke. Unsere Stimmung wurde wieder ernster.

«Lysander, wir haben keinen Proviant, kein Wasser, und keine Ahnung wo wir sind!», gab Phillip zu bedenken.

«Ja, die letzten Tage war unsere Reise angenehmer am Meer. Aber ich glaube wir müssen einfach nach Westen, sonst zirkeln wir unser ganzes Leben um dieses Meer. Die grünen Hügel versorgen unsere Pferde gut, und einen Fluss werden wir schon finden wo wir trinken können. Wie eine Wüste sieht es hier ja nicht aus», ermutigte ich ihn und mich.

«Aber wir haben nichts mehr zu essen, und das heißt, dass wir gezwungen sind bald in eine Ortschaft zu gehen, auf die Gefahr hin, dort auf die Parther zu treffen. Das wäre dann das Ende unserer Odyssee durch Asien kurz vor dem Ziel.»

Tags darauf ritten wir in Ermangelung einer vernünftigen Alternative nach Westen durch eine grasige Hügellandschaft, wobei einige Höhenzüge uns leicht nach Norden hin abdrängten. Wir sahen keine Menschenseele, und auch kein Wild, das nicht schon in fünf Stadien Entfernung vor uns das Weite gesucht hätte. Aber wir ritten zügig, und kurz nach Mittag stießen wir auf einen kleinen graubraunen Fluss. Er floss in einer grünen Senke, umgeben von ein paar braunen Hügeln. Wir folgten dem Lauf des Stroms nach Nordwesten. Noch bevor es Abend wurde, durchschnitt der Fluss eine Hügelkette. Zu seiner Rechten und Linken warfen sich schroffe Felsen auf. Jenseits dieser Schneise lag zur Rechten des Flusses eine Stadt, und an deren linkem Rand mündete der Fluss in einen noch größeren Strom. Vom Inneren der Stadt war eine Brücke hinüber zur anderen Seite des großen Flusses geschlagen. Nun konnten wir nicht mehr ausweichen.

Wir mussten in diese Stadt!

Kapitel 13 – Neuer Soldherr

Frühling, ca. 95 v. Chr.

Ich forderte ihn eindringlich auf: «Phillip, als erstes sollten wir unsere Habseligkeiten verstecken. Wir nehmen einzig den verbliebenen Pfeffer und ein paar Münzen mit. Zeig mir, was du noch an Münzen hast?»

«Nur einige Drachmen von Antialkidas, und sogar einen von Straton», erwiderte Phillip.

«Gut, nimm zwei von Antialkidas, und die Münze von Straton mit. Ich habe nur noch Antialkidas Münzen, und nehme ebenfalls drei mit. Den Rest vergraben wir hier. Genauso vergraben wir die Perlen und die Duftstoffe. Wenn wir nur mit Pfeffer und Münzen in die Stadt kommen, dann glaubt man uns vielleicht, dass wir aus Indien stammen. Wenn es eine parthische Stadt ist, geben wir vor ausgeraubte Händler zu sein, denen kann man nicht mehr viel wegnehmen. Für den Fall, dass es eine griechische Stadt ist, nehme ich den Marschbefehl von meinem Onkel mit. Damit ist bezeugt, dass ich griechischer Hipparch, und du sein Leibwächter bist, und wir haben vielleicht eine Chance in Sold zu kommen. Unsere Waffen sollten wir vielleicht auch vergraben, bis auf unsere Dolche. Sonst funktioniert die Geschichte mit den Händlern nicht mehr.»

«Einverstanden!», erwiderte Phillip. «Machen wir das so. Ich hoffe sie lassen uns das Geld, damit wir Brot kaufen können! Ich weiß schon gar nicht mehr wie es schmeckt.»

Wir vergruben ungesehen am rechten Berghang unsere Habseligkeiten nebeneinander, und nur mit etwas Pfeffer, einigen Münzen, einem Dolch, sowie dem Marschbefehl meines Onkels versteckt in der untersten Schicht meiner Kleidung, ritten wir mit unseren Pferden am rechten Ufer des Flusses auf das Stadttor zu. Wie wir später erfahren würden, hatte uns dieser Fluss namens Quarah Su direkt auf das Stadttor von Aslan Duz am Araxes Strom geführt.

Am Stadttor waren Wachen aufgestellt.

«Phillip sind das Parther?», flüsterte ich unauffällig.

«Ich bin mir nicht sicher, aber ich glaube nicht.»

Wir begrüßten die beiden Wachen übertrieben freundlich, und etwas unsicher auf Griechisch. Die eine Wache drehte sich genervt um und ich glaube sie fluchte, wobei sie das Wort «Hellenos» in den Fluch mit einband. Die andere Wache ignorierte uns demonstrativ und schaute weg in die Ferne. Wir tauschten unsichere Blicke, und warteten. Nach einigen Augenblicken erschien ein griechischer Söldner, etwa vierzig Jahre, kahl und mit immens breiten Schultern.

Mit seiner Bassstimme fragte er uns nicht allzu laut, aber sehr eindringlich.

«Griechen, hier am Arsch der Welt, und dann noch aus der falschen Richtung? Erklärt euch!»

Wir tauschten wiederum Blicke, und es war klar, dass ich reden würde, da Phillip von Zeit zu Zeit die Angewohnheit hatte gegenüber mächtigeren Personen den falschen Ton anzuschlagen. Und momentan war jeder mächtiger als wir!

«Mein Name ist Lysander, und das ist mein Gefährte Phillip. Wir kommen den weiten Weg von Alexandria am Kaukasus, und würden gerne erfahren wo wir denn hier gelandet sind?»

Der bullige Glatzkopf sah finster drein, und überlegte. Er überlegte durchaus lange, und wir wurden langsam nervös, aber es kam mir momentan nicht klug vor noch mehr preiszugeben, ohne zu wissen woran wir waren.

«Ihr seid hier in Aslan Duz, im Königreich von Tigranes von Armenien. Ich bin Kleombrotos, und hier macht man was ich sage. Und ich sage, ihr zwei beiden werdet mich jetzt einmal in meine Wachstube begleiten!»

Nach erneutem Blickkontakt und kurzem Nicken Phillips war klar, dass wir machen würden was verlangt war. Von einem Tigranes hatten wir noch nie gehört, aber Armenien klang besser als Persien, und mit einem Griechen würde man schon irgendwie reden können. Die Pferde wurden von einer weiteren Wache, die Kleombrotos mitgebracht hatte weggeführt, und ein weiterer Wachsoldat fragte uns nach Waffen. Wir gaben unsere Dolche bereitwillig heraus, und folgten dann Kleombrotos in eine Tür, die sich rechts hinter dem Stadttor befand, und sofort in eine Wendeltreppe überging. Wir stiegen hoch bis wir in einem Raum direkt über dem Stadttor standen.

«Hier habe ich Südseite, und überblicke Süden und Osten», setzte Kleombrotos an. «Auf der anderen Seite ist nur das Zoll Tor, und die Brücke kann leicht gehalten und kontrolliert werden. Außerdem erwarte ich aus dem eigenen Land keinen Überfall oder Angriff.»

Er musterte uns während seiner Ausführungen genau, und ich folgte diesen, und glaube mich zu erinnern dabei leicht genickt zu haben. Mir kam seine Lageeinschätzung schlüssig vor, wenn man denn wusste, dass auf der anderen Seite des Flusses eigenes Territorium war. Phillip musste anscheinend eine ähnlich blöde Fresse gezogen haben, auf jeden Fall sagte Kleombrotos als nächstes.

«Dann seid ihr also Söldner, vermutlich Deserteure. Woher kommt ihr wirklich?»

Wir beide machten ein erschrockenes, und offenbar noch dümmeres Gesicht, als er fortfuhr.

«Ein Händler hätte mich verständnislos angesehen, und mir, noch bevor ich fertig geredet hätte, erzählt was ihm wiederfahren ist. Ihr aber habt euch diesen Stuss angehört und überlegt, ob es Sinn hat, also seid ihr Söldner, denn sonst gibt es keinen Grund aus dieser Richtung zu kommen. Und auch als Söldner gibt es nicht viele Geschichten, die einen hierherführen. Und dann noch aus Indien. Eine ganz schön bunte Geschichte! Zwischen uns und Indien stehen wahrscheinlich zehntausend Stadien parthisches Gebiet!»

«Es sind sogar über fünfzehntausend Stadien parthisches und sakisches Gebiet, und dann seid ihr erst in Baktrien», bemerkte ich herausfordernd und ergänzte, «In

Indien seid ihr erst, wenn ihr den Khyber Pass überwunden habt.»

Kleombrotos war kurz davor einen militärisch einstudierten Wutanfall zu bekommen, dachte dann kurz über das Gehörte nach, und besann sich eines anderen.

«Wache – du kannst dich entfernen, aber lass uns Brot, Olivenöl, Dürrfleisch und etwas Wein bringen! Zwei Mann bleiben vor der Tür!»

Als die Wache das Zimmer verlassen hatte setzte er sich an seinen Tisch, wobei er seinen langen Dolch auf den Tisch legte.

«Setzt euch, und erzählt mir einmal eure ganze Geschichte, vielleicht lasse ich mich ja überzeugen, dass ihr keine Deserteure der Ptolemäer seid, oder geflohene Gefangene der Parther.»

Ich dachte kurz nach und kam zu dem Schluss, dass die leicht verschönte Wahrheit vermutlich das Beste war und begann sofort zu berichten.

«Wir hatten bei Doshi, am Zusammenfluss von…»

«Halt!», unterbrach mich Kleombrotos. «Berichte es mir militärisch, aber ohne die einzelnen Orte und Flüsse. Ich bin kein Geograph, und kenn mich da drüben in Baktrien oder Indien nicht aus.»

«Gut, also wir hatten eine Abwehrschlacht gegen die Saken an einer Festung, die am Zusammenlauf zweier Flüsse liegt, und bei welcher das Tal des kleineren Flusses außerdem die Passstraße hin nach Alexandria am Kaukasus eröffnet. Wir hatten zuvor große Gebiete im Norden an die Saken verloren, konnten aber eine Finte abwehren und die Festung halten. Der größere Fluss läuft am nördlichen Rand des Gebirges entlang, und ist ebenfalls Teil einer Passroute, die aber schwieriger zu bewältigen ist, und weiter entfernt ist vom Schwerpunkt der sakischen Macht. Wir beide, ich als Hipparch und mein Kamerad als Leibwächter des Kommandanten der westlichen Gebiete des Königreichs des Antialkidas wurden beauftragt den Pass im Winter zu kontrollieren und die Posten in Alarmbereitschaft zu setzen. Wir wurden dabei von einer Überzahl von Saken abgeschnitten, und mussten einen westlicheren Pass nehmen. Wir hatten keine Möglichkeit des Rückzugs, und uns blieb nur die Flucht Richtung Westen.»

Während ich redete, erinnerte ich mich an die Empfehlung meines Vaters, dass eine gute Lüge immer nah an der Wahrheit sei und kurzerhand beendete ich meinen Rapport mit den Worten. «Hier ist unser letzter Marschbefehl.»

Ich übergab den Marschbefehl meines Onkels, und legte außerdem noch ein Goldstück mit dem Abbild des Antialkidas auf den Tisch.

Kleombrotos würdigte die Münze nur mit einem kurzen Blick, und dann las er den Marschbefehl durch, las ihn genau durch.

«Hört sich ja interessant an eure Geschichte, aber dann bist du der jüngste Hipparch, den ich kenne, und ein Trupp von nur zwei Mann soll für so einen Auftrag einen Pass hinaufgeschickt werden?», fragte er uns und forderte Phillip mit einem schnellen, aber eindringlichen Blick auf zu antworten. Schnell ergriff ich entschieden das Wort.

«Ich wurde nach der Schlacht an besagter Festung ob meiner Verdienste zum Hipparchen befördert, und aufgrund unserer hohen Verluste, und der Dringlichkeit wurden wir sofort in Marsch gesetzt. Es war nicht möglich noch mehr Leute zu entbehren, und unser Auftrag lautete ja nur Alarmierung und Meldung.»

«Na gut jüngster Hipparch aller Zeiten. Tu ich mal so als würde ich das glauben, aber erwarte nicht, dass ich vor dir strammstehe. Dann erzähl mal wie ihr es geschafft habt durch das Gebiet der Saken und Parther bis hierher zu kommen!», lehnte sich Kleombrotos massig auf seinem Stuhl nach hinten.

Die Tür ging auf, und es wurde Brot, Olivenöl, Dörrfleisch vom Hammel und Wein gebracht. Phillip der immer noch nervös auf seinem Stuhl hin und her rutschte gingen die Augen über. Kleombrotos gab ihm mit einem Nicken zu verstehen, dass er sich nehmen sollte, und er langte ordentlich zu. Ich hatte ebenfalls Hunger, konnte aber nur ab und zu ein Stück in Olivenöl getunktes Brot essen, und Wein trinken, da ich erzählen musste. Der Wein löste auch meine Zunge, und ich erzählte munter von unserer langen Reise. Kleombrotos hörte aufmerksam zu und unterbrach ab und zu, um Fragen einzuschieben. Ihn interessierte vor allem die parthischen Gebiete, ob wir Rüstungen, oder große Pferdeansammlungen gesehen hätten. Wir erfuhren dabei ganz beiläufig, dass wir am Süd- und Südwestufer des sagenumwobenen Kaspischen Meeres entlanggeritten waren! Als ich zum Schluss unserer Geschichte kam, war ich schon etwas angeheitert und nahm mir mittlerweile trotz Redens ebenfalls vom Dörrfleisch, da ich wirklich Angst hatte, dass Phillip mir nichts übriglassen würde.

«Und dann standet ihr einfach vor meinem Stadttor, und wolltet wissen wo ihr überhaupt seid», beendete Kleombrotos meine Ausführungen.

Er machte eine lange Pause und überlegte während wir weiter aßen.

«So unglaublich es klingt, dass zwei griechische Soldaten den ganzen Weg von Baktrien bis zu uns durch Persien schaffen, so deutet doch alles daraufhin, dass ihr die Wahrheit sagt. Und abgerissen genug seht ihr dafür auch aus.»

Und fürwahr unsere Kleidung war zerschlissen und starrte vor Schmutz, wir waren unrasiert, zerzaust und dreckig wie Bettler.

«Wir bekommen hier nicht viel Nachricht von jenseits der parthischen Gebiete», fuhr Kleombrotos fort. «Unser König Tigranes II ist ein geschworener Freund der Parther, und wir schicken offiziell alle geflohenen Gefangenen zu ihnen zurück. Aber ihr seid ja keine geflohenen Gefangenen der Parther. Dennoch sind die Informationen, die ihr habt, interessant für uns, und ich kann euch nicht einfach eurer Wege gehen lassen. Ihr werdet erst einmal hier in den Baracken der Garnison bleiben. In einigen Tagen werde ich nach Artaxata reiten, zum Palast von König Tigranes. Ihr werdet mich begleiten, und dort wird wohl entschieden was mit euch geschieht.»

Phillip wurde nun doch zu nervös, und fragte.

«Was könnte denn mit uns geschehen?»

«Naja, vielleicht will Tigranes wieder einmal ein paar Köpfe rollen sehen. Wer weiß schon was in Königen vor sich geht. Vielleicht schickt er euch auch den Parthern als Geschenk!?! Aber ich vermute, dass er euch befragen wird solange es ihm gefällt, und euch dann für uninteressant hält. Dann dürft ihr wohl machen was ihr wollt.»

«Wir hatten natürlich gehofft einen neuen Soldherrn zu finden!», hakte ich nach.

Kleombrotos lachte etwas in sich hinein.

«Na sehen wir mal, was der große König für eine Laune hat! Aber macht euch erst einmal nicht zu viele Sorgen. Er ist meistens gar kein so übler Kerl.»

Damit wurden wir entlassen, und in Begleitung einiger Wachen in eine leerstehende Unterkunft gebracht. Wir erhielten nochmals Brot, Olivenöl und Wein, und unser Mahl schmeckte herrlich. Dann schliefen wir, das erste Mal seit langer Zeit, wieder unter einem Dach.

Die nächsten Tage hatten wir Gelegenheit unsere Sachen zu reinigen, und zu flicken. Uns ging es gut, aber bereits nach zwei Tagen wurde uns gehörig langweilig, vor allem da die meisten Soldaten hier Armenier und keine Griechen waren. Neben der Langeweile nagte auch die Ungewissheit an uns, was mit uns geschehen würde. Am fünften Tag besuchte uns des Abends Kleombrotos in unserer Unterkunft.

«So ihr beiden! Habt ihr euch gut erholt? Ich hoffe ja, denn übermorgen brechen wir nach Artaxata auf. Es wird ein Ritt von ungefähr sechs Tagen werden, also packt morgen eure Sachen.»

Ich musste die Gelegenheit ergreifen.

«Kleombrotos, wir haben bevor wir eure Stadtmauer erreicht hatten, unsere Waffen draußen vor der Stadt vergraben. Darunter ist der Helm meiner Familie, ein Schwert, das ich dem Feind als Trophäe abgenommen habe, und gute Beinschienen von meinem Vater. Ich würde diese Dinge gerne mitnehmen. Auch Phillip hat ein paar Sachen, die ihm am Herzen liegen.»

«Na gut, falls der König denkt er kann eure Schwerter brauchen wäre es gut, wenn ihr sie auch dabeihabt. Du Lysander, darfst morgen mit einem kleinen Trupp meiner Männer das Zeug ausgraben und herbringen. Die Waffen nehme ich in Verwahrung. Der Leibwächter, namens Phillip, soweit ich mich erinnere, bleibt hier.»

Von den Wachen, die am nächsten Tag vor mir standen, sprach einer leidlich griechisch.

«Jetzt Waffen holen!»

Ich erhielt einen Esel und eine Schaufel, und drei berittene Wachen, die mich begleiteten. Die Wachen hatten keine Lust den Hang hinaufzuklettern, und begnügten sich damit unten neben ihren Pferden und dem Esel im Schatten zu sitzen und zu faulenzen. Ich verstaute unsere Perlen, das Gold und einige unserer Duftstoffe in meinem Gewand, und brachte unsere zwei Schwerter, die Beinschienen und meinen Helm herunter. Von den Jagdlanzen brach ich die Spitzen ab, und verstaute sie ebenfalls auf dem Esel. Die Schriftrolle meines Onkels trug ich in der Hand, und da sie ja keine Waffe war, forderten diese Barbaren sie auch nicht von mir. Mein Plan ging auf und die Duftstoffe, die Perlen und die letzten paar Münzen gehörten bis auf weiteres uns!

Am nächsten Morgen erhielten wir jeder eines unserer Pferde zurück. Wir fragten erst gar nicht nach dem anderen, sondern waren froh, dass wir das jeweils bessere bekommen hatten. Kleombrotos forderte uns auf neben ihm zu reiten.

«Ich bin zwar schon einige Zeit in Armenien, und spreche ihre Sprache, aber es ist immer noch besser griechisch zu hören! Netter Helm übrigens, wem von euch beiden gehört er?»

Er war sichtlich guter Laune, es war auch ein sonniger warmer Tag.

«Das ist meiner – der Helm meiner Familie», antwortete ich.

«Und wie ein Erbstück sieht er auch aus – der hat mehr Scharten und Dellen als der Ambos eines Hufschmieds! Eure Sachen sind gut verstaut, und wenn es Zeit ist bekommt ihr sie sicher wieder.»

«Du scheinst guter Dinge zu sein Kleombrotos! Darf ich fragen warum?», fragte ich ihn.

«Natürlich darfst du! Erstens ist es ein herrlicher Tag, und ich komme endlich einmal wieder aus dieser miefigen Stadt heraus. Aber außerdem, gehen wir auf eine Hochzeit! Unser König wird die Tochter von Mithridates von Pontos, die schöne, oder auch vielleicht nicht so schöne aber junge Kleopatra, heiraten. Dazu bringe ich euch beide als Beweis, dass ich gute Informationen sammle, sowie eine stattliche Menge Gold und Silber. Ich hoffe, beides zusammen ist gut genug, dass ich beim nächsten

Feldzug dabei sein darf. Ein bisschen was von der Beute aus seinem Feldzug gegen Sophene hätte mir gut gefallen!»

Es war wirklich ein schöner Ritt, und nach der Erholung in den Baracken war ich froh wieder auf dem Pferd zu sein, und unter freiem Himmel. Außerdem rechnete ich nicht damit, dass der König seine Hochzeit mit Griechenköpfen feiern würde, und nahm das als gutes Zeichen. Nachdem wir über die Brücke des Araxes gegangen waren, ritten wir diesen immer flussaufwärts. Wir folgten teils schönen Tälern mit Weinhängen, teils floss der Araxes durch schroffe Gesteinsformationen. Erst ging unsere Reise in südwestlicher Richtung, dann bogen wir nach Nordwesten ab. Doch die Wege waren gut, und wir hatten reichlich Proviant dabei, Phillip und ich kauften bei jeder Gelegenheit noch etwas extra Wein, denn wir dachten man sollte den Wein trinken solange der Kopf noch auf den Schultern sitzt.

Nach sechs Tagen angenehmer Reise auf der wir uns ein bisschen mit Kleombrotos angefreundet hatten, sahen wir zu unserer linken Talseite einen mächtigen Berg aufragen, der auch jetzt noch einen schneeweißen Gipfel hatte. Davor schob sich ein kleinerer Berg, ebenfalls weiß bedeckt, aber noch etwas spitzer zulaufend.

«Das ist der Berg Ararat, mit seinem kleinen Bruder, und geradeaus, vielleicht noch zwei Stunden zu Pferd, ist auch schon die Stadt Artaxata mit dem königlichen Palast!», ließ uns Kleombrotos wissen.

Artaxata lag in einer Schleife des Araxes Fluss, also auf einer Halbinsel. Die Mauern des königlichen Palasts waren stark, und die schöne Festung mit hohen, starken Türmen erbaut. Wir zogen durch das Stadttor, und direkt in die Garnison, die ein Teil des königlichen Palastes bildete, jedoch von den Repräsentativbauten baulich strikt getrennt war. Wir wurden wieder in einer Stube in der Garnison untergebracht, und durften die Garnison nicht verlassen. Aber wo hätten wir auch hinsollen? Bei gutem Essen erholten wir uns am nächsten Tag von der Reise, und blickten über die Mauern auf die atemberaubende Kulisse, des vom Ararat überthronten Araxes Tals. Die Luft war noch frisch, aber kündigte auch hier oben bereits den Frühling an. Morgens darauf kam Kleombrotos zu uns. Er hatte neue Kleidung in griechischem Stil bei sich, sowie meinen Helm und unsere Beinschienen.

«Zieht das hier an. Ihr seid zu einer Hochzeit eingeladen!»

«Was sollen wir dort machen mit einem Helm und Beinschienen? Wache stehen?», wollte Phillip wissen.

«Nein, ihr tut nur so als würdet ihr Wache stehen, aber ohne Waffen. Tigranes will euch seinem Gast präsentieren. Er selbst hat bereits einen umfassenden Bericht von mir erhalten. Ihr steht herum wie Wachen, und wenn die Zeit gekommen ist werdet ihr präsentiert. Also erzählt dasselbe was ihr mir erzählt habt, seid schön artig, und seht ordentlich aus, ihr werdet vor zwei Königen stehen! In einer Stunde hole ich euch ab. Dann gibt es Essen und anschließend gehen wir auf die Feier.»

Phillip und ich schauten uns an, überlegten kurz.

«Eine gute Gelegenheit uns für den Dienst zu empfehlen! Also waschen wir uns ordentlich!», flüsterte Phillip mir schnell zu.

«Auf jeden Fall, Phillip! Und weißt du was ich mir eben überlege? Zu einer Hochzeit sollte man nicht ohne Geschenk kommen! Ich werde mein Paar der Onyx-Perlen mitnehmen, und vielleicht könnten auch die Duftfläschchen nicht schaden. Ich werde die drei kleinsten mitnehmen.»

«Gute Idee! Ich habe leider nur noch das Paar Perlen übrig, die Muscheln sind weg», gestand Phillip.

«Kein Problem Phillip, die Duftfläschchen gehören uns beiden, wir haben ja noch einige dem Händler abgenommen. Lass mich ruhig machen, wie ich Kleombrotos verstanden habe soll ja ich sprechen, wozu sonst der Helm...?»

Eine Stunde später wurden wir von Kleombrotos abgeholt, und nach dem Essen durch ein Tor hinüber zum eigentlichen Palast gebracht. Das Bild war hier ganz anders, es waren überall schöne Säulengänge, und die Wände teils bemalt, manchmal sogar mit Mosaiken versehen. In den meisten Fällen stellten die Wandbemalungen Jagdmotive dar. In den Ecken waren Statuen von Göttern und andere Figuren, die wir nicht kannten, aufgestellt.

«Bleibt einfach bei mir!», befahl uns Kleombrotos.

Wir warteten ein wenig in einem Säulengang im zweiten Hof, bevor wir eine große Treppe emporstiegen. Die großen Räume waren mit Teppichen behangen. Dem glühenden Kohlebecken wurden Kräuter oder Weihrauch beigemischt, so dass sich überall ein schwerer Duft ausbreitete. Im nächsten Raum, in den wir eintraten, sollten wir uns zur Linken neben die Fenster, vor denen schwere Vorhänge angebracht waren, stellen. Also ein Ort wo man eine unbewaffnete Wache gut brauchen konnte. In der hinteren Mitte des Raumes waren drei große Liegen in einem Halbkreis, und in einem Vollkreis darum kleinere Liegen und bequeme flache Sessel aufgestellt. Blumen und Efeu schmückten die Säulen, und an den beiden Türen waren wirkliche Wachen postiert. Riesige Typen mit breiten Schwertern und runden Schilden blickten jetzt schon grimmig und sinnlos ins Leere, obwohl ihr Dienst noch gar nicht richtig begonnen hatte. Dann präsentierten hübsche, und nur wenig bekleidete Dienerinnen riesige Platten mit Brot und Braten, Körbe mit Früchten, Ölkännchen oder eher Kannen. Dann erschienen zwei recht kräftige Diener, und trugen eine riesenhafte Amphore Wein herein, die sie in ein Gestell neben die drei großen Liegen frachteten. Im Hintergrund spielte nun Musik auf. Dann nach einiger Zeit betraten vier noch größere Leibwächter, die nur mit Schwertern bewaffnet waren, den Raum, ihnen folgten die beiden Könige.

Der eine war bereits ein älterer Mann, mit schwarzen Augenbrauen und einem schwarzen Kinnbart, der aber wohl etwas nachgefärbt war, denn ich würde wetten, dass der Bart bereits einige graue Strähnen hatte. Sein Alter war aber schwer ein zu schätzen, da sein Haupthaar unter einer spitzen blauen, mit Sternen bestickten Tiara verborgen war. Seine Statur war eher durchschnittlich, aber sein

Gesicht hatte etwas vogelartiges, das durch den komischen Kinnbart noch hervorgehoben wurde. Sonst trug er ein purpurrotes persisches Gewand, und er blickte mit einem Lächeln auf seinen Finger, an dem offenbar ein neuer Ring hing. Das musste wohl Tigranes sein, denn er gab den Gastgeber, und verdeutlichte dies mit ausladenden Armbewegungen.

Der andere, offensichtlich König Mithridates, war von ganz anderer Natur! Die braunen Locken trug er lang, und auch wenn er schon an die vierzig sein mochte, so war er doch groß gewachsen und von kräftiger gesunder Statur. Seine wilde Lockenpracht wurde mehr schlecht als recht von einem einfachen Diadem gezügelt, einem roten Band, mit einem goldumrahmten Edelsteinknopf auf der Stirn. Er trug ein weißes Gewand mit rotem Saum, ebenfalls persischer Mode entsprechend. Dazu aber einen alten zerschlissenen Mantel von undefinierbarer Farbe. An seinem rechten Oberschenkel hing ein langer breiter leicht geschwungener Dolch mit reichen Verzierungen an Knauf und Scheide. Er war offenbar auch bester Laune, lachte ausgelassen und erzählte dabei wie einer der bereits ein Gläschen Wein getrunken hatte, und noch vor hatte einige zu trinken.

Dann folgte offenbar die Braut, ein Mädchen ungefähr in meinem Alter, also nicht älter als achtzehn. Genauer war das schwer zu sagen, wegen der starken Schminke und dem leichten Schleier, der ihr von den Haaren bis zu den Augen ging. Sie schritt den beiden Königen nach, und das Trio nahm auf den drei großen Liegen Platz. Dann folgte eine ganze Horde von Würdenträgern und hohen Militärs, die sich auf die übrigen Plätze niederließen.

Tigranes schenkte eigenhändig seiner Braut, dem Brautvater und sich ein, und nach einem extragroßen Trankopfer hob er sein Glas und seine Stimme und erklärte das Festgelage für eröffnet. Jetzt als das große Fressen begann, verstand ich auch warum wir vorher essen waren. Mir lief trotzdem das Wasser im Munde zusammen, aber ebenso wie für Kleombrotos und die Wachen war für uns kein Platz an den Töpfen vorgesehen. Nie zuvor hatte ich eine solche Menge an Essen gesehen, und dazu sah es auch noch wirklich köstlich aus. Ich sah mich etwas in der Runde um, und es war eine wirklich bunte Schar hier beisammen. Neben Armeniern und Abgesandten aus Pontos, erkannte ich auch Syrer, Parther, Skythen und einige aus mir nicht bekannten Völkern, und natürlich auch eine ganze Menge Griechen. Es waren Männer mit kriegerischen Gesichtern ebenso wie einige Priester und Gelehrte anwesend. Und auch Frauen waren da, mächtige Frauen, und solche die als Schmuck mächtiger Männer dienten.

Mithridates langte kräftig zu und hatte auch einen ordentlichen Zug am Becher. Tigranes hingegen aß lediglich einen Apfel, und löffelte irgendetwas aus einer eher kleinen silbernen Schale. Beim Trinken hielt er sich sehr zurück! Meine anfängliche Nervosität hatte sich gelegt, und dem Staunen und interessierten Beobachten Platz gemacht, als mich plötzlich Kleombrotos von der Seite anstieß.

«Jetzt mitkommen!»

Ich ging hinter Kleombrotos her, und Phillip folgte mir. Mein zerschundener Helm war unter meinem linken Arm geklemmt, und ich hatte das neue saubere weiße Gewand an, und meine Beinschienen über neuen Lederschnürstiefeln. Kleombrotos kündigte uns an.

«Mein König, hier die Reisenden aus Baktrien!»

Kleombrotos machte einen Knicks, eine Proskynese, und beugte sein linkes Knie bis zum Boden. Ich war überrascht, und nickte nur verlegen mit dem Kopf. Ich glaube Phillip auch.

Tigranes nickte kaum merklich, eigentlich war es nur ein Augenaufschlag, der uns zu verstehen gab, dass wir noch zu warten hatten. Die beiden Könige setzten ihr Gespräch fort.

«.... damit sollte die Sache um Kappadokien geregelt sein», sagte Mithridates und ergänzte. «Mein Freund Gordios kann dann die Einzelheiten regeln. Du weißt, dass man sich auf ihn verlassen kann. Und was denkst du, mein Freund über den Osten? Werden wir diesen Sommer wieder mit so einem regen Handel aus dem Osten rechnen können, wie er uns das letzte Jahr so erfreut hat?»

«Wie es der Zufall will hat der Kommandant meiner Festung in Aslan Duz letzte Woche interessante Neuigkeiten aus dem Osten erfahren. In Gestalt zweier Griechen aus Baktrien! Ich habe sie selbst noch nicht gehört, und bin schon sehr gespannt auf die Beiden», antwortete Tigranes mit stoischer Miene und blickte anschließend auffordern zu uns. Kleombrotos schob sich hinter mich.

Mithridates nutzte die kurze Pause und ergriff in bester Laune das Wort, er sprach nun so laut, dass seine Tischnachbarn am Gespräch teilhaben durften oder mussten.

«Wie schön, dass die Griechen im Osten sich mit der Proskynese immer noch so zurückhaltend zeigen. Einige Soldaten im Westen kommen gar nicht mehr auf vom Boden, weil sie so vielen Römern über den Weg laufen.»

In der nächstliegenden Runde sorgte das für viel Gelächter, aber ich verstand den Witz nicht wirklich, und war mittlerweile auch ordentlich nervös!

«Na, dann erzähl einmal eure Geschichte mein griechischer Jüngling!», richtete sich Mithridates nun an mich.

Die Schamesröte stieg mir ins Gesicht, und bis ich mich versah war Mithridates aufgestanden und hatte mir einen silbernen Becher Wein in die Hand gedrückt. Er setzte sich wieder und schaute mich erwartungsvoll an. Nach einem großen Schluck Wein schaffte ich es endlich meinen Mund aufzumachen.

«Also ich, Lysander, und mein Kamerad Phillip dienten dem König Antialkidas. Noch dieses Jahr vor dem Frühling griffen uns die Saken an, und eroberten alle Gebiete nördlich des Salang Passes. Bei der Festung Doshi schlugen wir eine große Schlacht gegen sie und stoppten ihren Vormarsch, so das Alexandria am Kaukasus hinter seinen Pässen weiterhin sicher ist. Mein Kamerad und ich wurden zur Alarmierung der westlichen Pässe ausgeschickt, aber von einem Trupp Saken abgeschnitten und so mussten wir nach Westen fliehen. Wir ritten über das Bamyan Tal und hohe Pässe zum Fluss Margos, dem wir nach Norden hin folgten. Bei Merv bogen wir dann nach Westen ab, bis zu dem großen Meer, welches wir an seiner Südküste umrundeten, und dann schließlich in Aslan Duz ankamen, und freundlich empfangen wurden. Wir hoffen natürlich hier im Westen einen Soldherrn zu finden, da uns eine Rückkehr unmöglich erscheint.»

Dazu machte ich ein sehr trauriges Gesicht. Bevor jedoch eine noch größere Pause entstand, wollte ich noch unbedingt meine Bestechung anbringen.

«Auch, wenn wir arme Flüchtlinge sind, wollen wir der edlen Prinzessin ein Geschenk zu diesem, ihrem Hochzeitstag machen.»

Damit holte ich die zwei Onyx-Perlen heraus. Ein Leibwächter trat einen Schritt vor, aber die beiden Könige beschwichtigten, und der Prinzessin wurden meine beiden Perlen gereicht.

«Leider sind die Perlen roh und nicht in ein Geschmeide oder in ein Paar Ohrringe eingearbeitet», schickte ich schnell hinterher.

Die Herabsetzung meines Geschenks hätte ich mir sparen können, denn ich sah an ihren Augen, dass ihr die Dinger gefielen! Es waren auch zwei herrliche große Stücke, die zu ihren dunklen Augen passten. Damals wusste ich von so etwas noch herzlich wenig.

«Außerdem haben wir noch einige seltene Duftstoffe aus Indien», fügte ich bereits etwas erleichtert hinzu.

Damit holte ich die drei kleinen Flakons heraus.

«Leider kenne ich mich mit den Duftstoffen nicht aus, aber der Händler, der sie uns verkaufte, meinte sie seinen besonders.»

Tigranes blickte dabei etwas gelangweilt in den Saal, während bei Mithridates auf einmal ein Blitzen in den Augen zu sehen war.

«Dürfte ich dies kleine Fläschchen einmal sehen, das mit der Aufschrift in Sanskrit?»

Ich sah mir die drei Fläschchen an, und ja, nur eines hatte eine Aufschrift in Sanskrit, und ich reichte ihm diese.

«Der junge Grieche aus Baktrien ist aber ein gebildeter Mann, wenn er die heilige Sprache der Inder spricht! Kann er mir denn die Aufschrift auch vorlesen?»

Ich stutzte kurz, und begann dann zu lesen wie mein Vater es mir beigebracht hatte: «Dika...»

«Dichromat! Sehr richtig!», unterbrach mich Mithridates energisch. «Wie erstaunlich, dass man in Alexandria am Kaukasus so gutes Sanskrit erlernt! Wie kommt es?»

Jetzt war ich baff, denn die Aufschrift lautete eindeutig «DIKAIRON».

Entweder musste dieser sympathische König keine Ahnung von Sanskrit haben, oder, wie ich vermutete, hatte er etwas anderes vor. Ich wollte ihm auf jeden Fall nicht wiedersprechen. Das wäre unklug gewesen, da hätte gleich Phillip für uns reden können.

«König Mithridates, ich glaube es herrscht hier ein Missverständnis, ich komme nicht aus Alexandria am Kaukasus, geboren und aufgewachsen bin ich in Taxila, das ist jenseits des Khyber Passes, und dort wohnen eine ganze Menge Vedischer, mit denen wir uns über Sanskrit verständigen. Es gibt dort mehr Vedische, als man zählen kann!», erklärte ich mich und hielt seinen Blickkontakt.

«Erstaunlich! Und ist dir bewusst, du bist nicht der einzige, der bereits bis in Taxila war!», entgegnete Mithridates.

«Ja, auch mein Kamerad Phillip hat mich bereits aus Taxila begleitet, nachdem mein Vater von Stratons Männern auf Patrouille getötet wurde!»

An den Gesichtszügen von Mithridates konnte ich erkennen, dass er gerade sehr erstaunt war, und obwohl ich mir schon dachte, dass der Wein an diesem unbedachten Ausbruch seine Mitschuld trug, hob ich meinen Becher vom Boden auf, und nahm erneut einen tiefen Schluck.

Mithridates grinste in sich hinein, und warf einen sehr kurzen Blick auf Phillip. Dann nahm er mir meinen Becher aus der Hand, füllte ihn nach, und steckte dabei das Dikairon Fläschchen mit einer Handbewegung in seine Tasche, und holte seinen alten zerschlissenen Mantel hervor.

«Nein mein junger Freund, ich meinte eigentlich weniger eine andere Person, als einen Gegenstand! Dieser Mantel gehörte einst unserem Großen Alexander, und er hat ihn bis Taxila, und noch weitergeführt. In Taxila traf er seinen guten Freund Raja Taxiles mit dem er gegen Porus am Hydaspes seine östlichste Schlacht schlug. In diesem Mantel!»

Ich hatte diesen König Mithridates erst vor kurzem kennen gelernt, doch erkannte ich an seiner übertriebenen Gestik sofort, dass es eine Lüge war – die er sich selbst glaubte, so sehr trachtete er nach dem echten Mantel Alexanders. So spielte ich bereitwillig mit.

«Den Hydaspes kenne ich sehr gut König Mithridates, mein Vater fiel an seinem östlichen Ufer, nicht weit von Alexandria Bukephalia. Wir halten Alexander bei uns in großen Ehren, und sein Mantel muss euch lieb und teuer sein.»

Da hatte ich gerade mal wieder die Kurve gekratzt, aber aus irgendeinem Grund konnte ich in diesem Moment nicht mehr aufhören an meinen Vater zu denken.

Mithridates setzte sich wieder auf seinen Stuhl und lehnte sich zu Tigranes über.

«Tigranes, mein Freund! Was hast du nur für interessante junge Leute in deinem Gefolge. Ich muss dich bitten überlass mir Diesen hier! Alexander hatte seinen Taxiles, und ich brauche den meinen! Du würdest mir den größten Gefallen erweisen.»

Dass die Bitte nicht abzuschlagen war, war ja wohl klar. Tigranes, der kaum noch zugehört und durchaus gelangweilt in den Saal gestarrt hatte, blickte erstaunt aber ohne große Regung zu uns herüber. Er nickte zustimmend, und wollte gerade noch ein Stück Apfel herunterschlucken als Mithridates noch nachschob.

«Natürlich nur, wenn mein freier griechischer Freund hier auch willens ist mir zu folgen!?!»

Ich war freudig überrascht, und wusste, dass ich nun schnell reagieren musste.

«Gerne folge ich euch mein Herr, aber bitte lasst auch meinen Kameraden Phillip mit mir mitkommen. Wir haben viel zusammen erlebt, und mich von ihm zu trennen würde mir schwerfallen!»

Nun blickten wir beide zu Tigranes, der sein Apfelstück nun heruntergeschluckt hatte und lapidar antwortete.

«Mithridates, die Freude will ich dir gerne machen! Kleombrotos wird alles in die Wege leiten, und die beiden an Dorylaos überstellen, wenn es dir recht ist?»

«Ganz ausgezeichnet! Darauf noch einen Becher Wein!», verkündete Mithridates in bester Stimmung.

«Nun geht auf eure Plätze und genießt das Fest!»

Kleombrotos tippte mich leicht an, und wir gingen in die hinterste Reihe bei den Fenstern, in der Nähe wo wir vorher dumm rumstanden. Ein Diener brachte drei kleine Hocker, und auch Kleombrotos und Phillip erhielten nun einen Becher Wein. Kleombrotos war eine ganze Weile perplex ob dessen was gerade passiert war.

«Ich weiß immer noch nicht genau was geschehen ist, aber ich glaube es war für uns alle nicht wirklich von Nachteil. Das hoffe ich zumindest!»

Das hoffte ich auch! Die Platten mit Speisen waren viel zu weit weg von uns, aber erst einmal war mir der Wein auch genug. Phillip tippte mich mit seinem Ellenbogen in die Seite und flüsterte nur.

«Sehr gute Arbeit Lysander! Guter Soldgeber! Hätte ich nicht besser hinbekommen.» Er grinste übers ganze Gesicht. Ich war mir da noch nicht so sicher, denn die Geschichte mit dem Dikairon verwirrte mich immer noch. Nach etwa einer halben Stunde erhob sich ein Mann aus der zweiten Reihe direkt neben Mithridates, und schritt auf uns zu.

«Ich bin Dorylaos. Du bist Taxiles, und wie war dein Name nochmal?»

«Phillip.»

«Gut, ich habe nicht sonderlich viel Zeit, aber ich muss einmal mein Wasser abschlagen, und da werde ich euch gleich einmal in Empfang nehmen. Ich bin Mithridates Oberster General und Leibwächter, und ihr untersteht nun meinem Befehl. Kleombrotos war dein Name nicht?»

«Ja.»

«Gut kommt mit, wir holen die Habseligkeiten der beiden, und sie ziehen in unsere Räume. Ich muss morgen früh raus zur Jagd, und wollte heute noch ordentlich einen saufen, also los!»

Wir gingen in unsere Baracke, klaubten schnell unsere Sachen zusammen, und waren nach nicht mehr als zwei Minuten wieder draußen, wo Kleombrotos und Dorylaos warteten.

«Ist das alles?», fragte Dorylaos trocken.

«Nicht ganz, unsere Waffen und unsere Pferde fehlen noch», antwortete ich knapp.

Dorylaos warf einen erwartenden Blick zu Kleombrotos, der sofort verstand, dass er hier momentan der Befehlsempfänger war.

«Die Pferde werde ich sofort in eure Stallungen bringen, und die Waffen gleich mit!», entgegnete Kleombrotos.

«Danke!», sagte Dorylaos kurz.

Bereits im Gehen deutete er auf Phillip und mich. «Kommt!»

Damit verließen wir Kleombrotos, der etwas verdattert dreinblickte, und folgten wortlos Dorylaos zurück in den Palast. Diesmal gingen wir nicht die große Treppe hinauf, sondern in einen ebenerdigen Eingang auf der gegenüberliegenden Seite. Nach dem Eingang eröffnete sich ein niedriger Korridor mit einigen Türen. Am Anfang des Korridors waren zwei Wachen postiert, die offenbar unter Dorylaos Befehl standen. Wir folgten ihm weiter bis ans Ende des Korridors. Er öffnete die letzte Türe, nahm eine Fackel von der Wand und ging hinein. Wir betraten nach ihm den Raum, und Dorylaos sagte nur.

«Nehmt einen Schlauch Wein.»

Phillip nahm einen, und wir verließen den Raum wieder. Als Dorylaos die nächste Tür des Korridors öffnete, deutete er uns an einzutreten und verkündete kurz.

«So meine Soldaten. Ihr werdet heute Nacht hier in diesem Raum bleiben, und wenn euch langweilig wird: Trinkt Wein! Ansonsten werdet ihr den Raum nicht verlassen, auch nicht zum pinkeln, dass verrichtet ihr dann einfach in diese Amphore. Ihr werdet auch mit niemandem reden, außer mit eurem neuen Herrn Mithridates, oder mit mir! Ich komme euch morgen früh abholen. Verstanden?»

«Ja, verstanden!», entgegnete Phillip.

Wir waren allein in der Kammer, und entzündeten erst einmal mit der Fackel eine Öllampe. Phillip schaute sich um und fand auf Anhieb zwei grobe Holzbecher, und schenkte Wein ein.

«Phillip», murmelte ich nach einem ersten Schluck. «Weißt du was mir komisch vorkam?»

«Nein Lysander! Dir kam etwas komisch vor? Ich wüsste nicht was im Besonderen! Ich habe keine Ahnung was die letzte Stunde überhaupt passiert ist!»

«Mithridates hat das Sanskrit falsch gelesen. Es stand nicht DICHROMAT oder was auch immer er sagte auf der Flasche, sondern DIKAIRON.»

«Und darüber machst du dir Gedanken? Man, vielleicht hat er keine Ahnung von Sanskrit, und wollte nur nicht blöd dastehen.»

«Das glaube ich eigentlich nicht, aber ich habe auch keine Ahnung was Dikairon heißt.»

«Naja, erst einmal ist das doch auch egal. Ich denke eigentlich können wir ganz froh sein, wie es ausgegangen ist. Wir sind in Mithridates Diensten, und um ehrlich zu sein ist mir dies viel lieber als in den Diensten von Tigranes zu stehen. Der alte Kauz mit seinem spitzen Hut und noch spitzeren Bart hat mich ein bisschen zu sehr an die Saken erinnert. Da ist mir der Mithridates mit seinem komischen Alexanderumhang doch schon viel lieber. Scheint ein Philhellene zu sein, und saufen kann er auch. Also eigentlich hätten wir es mit einem Dienstherrn doch nicht viel besser treffen können.»

«Aber warum hat uns Dorylaos dann so schnell abgeholt, und warum sollen wir jetzt hier warten, und dürfen mit niemandem sprechen?»

«Tja keine Ahnung, aber ich denke vor morgen werden wir das nicht erfahren, und jetzt lass uns das Beste daraus machen und den Wein trinken. Das ist der beste Wein, den ich seit Jahren bekommen habe.»

Und das stimmte!

Am nächsten Tag hatten wir einen kleinen Kater und schliefen lange. Eigentlich dachte ich, wir würden früh geweckt werden, aber es ging nur einmal die Tür auf, und die Wachen stellten uns Brot, Olivenöl und Wasser ins Zimmer. Wir frühstückten ohne Appetit. Es muss wohl kurz vor Mittag gewesen sein als Dorylaos ins Zimmer trat.

«So Männer, packt eure Sachen wir reisen ab! Macht schnell, ich warte draußen vor der Tür.»

Wir beeilten uns, und hatten unsere wenigen Sachen schnell beisammen. Bei den Ställen, waren wirklich unsere Pferde und unsere Waffen bereitgestellt. Aufgerüstet und aufgesessen ritten wir hinter Dorylaos her. Wir und noch etwa fünfzig weitere Männer ritten zum Stadttor hinaus, und am rechten Araxes Ufer flussaufwärts nach Norden. Ich blickte mich nochmals um, und besah mir die grandiose Kulisse, der Araxes umspülten Festung und des weißen Ararat Gipfels im Hintergrund an.

Dorylaos drehte sich zu mir.

«Eine gute Festung, wenn man bedenkt, dass ein Ein-äugiger sie geplant hat.»

Ich verstand nicht und das sah er mir an.

«Hannibal hat diese Festung entworfen. Nachdem auch Antiochos III gegen die Römer verloren hatte, floh Hannibal hierher zu König Artaxias, und errichtete diese Festung. Gestorben ist er dann aber in Bithynien.»

Meine Miene erhellte sich offenbar nicht.

«Ich werde dir bei Gelegenheit mehr von ihm erzählen», schloss Dorylaos mit einem milden Lächeln das Thema ab.

«Wo reiten wir eigentlich hin?», fragte ich.

«Wir reiten nach Komana Pontike im Königreich Pontos. Dort gehört ihr beiden jetzt hin, denn ihr seid Soldaten von König Mithridates Eupator Dionysos!»

«Ist Komana Pontike die Hauptstadt von Pontos?»

Da musste Dorylaos etwas Lachen und erwiderte mit aufgesetzt ernster Miene.

«Nein, es ist nicht die Hauptstadt. Die eigentliche Hauptstadt ist Amaseia in den Bergen beim Fluss Iris. Aber das wirkliche Zentrum, das ist Sinope am Schwarzen Meer. Komana Pontike ist ein Tempel, geweiht der Göttin Ma.»

«Und was machen wir als Soldaten in einem Tempel?»

«Lass dich überraschen! Ich könnte mir vorstellen, dass du Gefallen daran findest.»

«Wie lange werden wir dorthin benötigen?»

«Man kann es in unter zehn Tagen schaffen, aber wir lassen uns Zeit, und werden etwa vierzehn Tage unterwegs sein. Wir reiten erst nach Norden in Richtung Meer, und halten uns dann nach Südwesten. Da werden wir gute Wege und Proviant in unseren Festungen vorfinden.»

«Sehr gut, wir reiten ans Meer! Wir sind auf unserem Weg hierher auch am Meer entlanggeritten. Es war überwältigend.»

«Nein, ihr seid nicht am Meer entlanggeritten! Ihr seid am Südufer des Kaspischen Meeres entlanggeritten. Es ist

195

zwar groß wie ein Meer, aber von Diophantos weiß ich, dass es ein See ist, den man umreiten kann. Er muss es wissen, er war dort oben und hat mit den Skythen gekämpft, und die kennen sich dort aus. So und jetzt stell deine Fragerei ein, du trittst gleich deinem König gegenüber!»

Wir hatten eine Stelle erreicht, wo wie ich später erfuhr, der Hrazdan in den Araxes fließt. Hier wartete Mithridates mit einer Entourage von ebenfalls etwa fünfzig Mann auf uns. Sie trugen aber im Gegensatz zu uns keine Rüstungen, sondern Jagdkleidung, und Mithridates hatte Pfeil und Bogen bei sich.

«Mein König!», begrüßte Dorylaos Mithridates.

«Mein Dorylaos! Hervorragend, da bringst du mir ja meinen Taxiles.»

Ich war wiederum erstaunt, dass er mich überhaupt beachtete.

«Dann lass uns doch einmal ein wenig dort nach Osten reiten. Taxiles, ich möchte dir die beste Aussicht auf den Ararat zeigen!»

«Ja mein König!», antwortete ich, und wir ritten etwas mehr als eine Stadie von den anderen weg zu einem Baum auf einem Hügel.

«So Taxiles, du wirst vielleicht etwas überrascht sein, dass du gestern noch ein unbedeutender Gefangener des Tigranes warst, und heute ein hochgeschätzter Soldat des Mithridates? Ich will gleich auf den Punkt kommen. Wenn einer, und zwar egal wer, meiner geliebten Tochter ein Fläschchen Gift überreicht, schneide ich ihm normalerweise eigenhändig und ohne Erklärungen die Kehle durch. Da es sich aber um Dikairon handelte, wie du fleißiger Sanskrit-Schüler richtig gelesen hast, war die Situation eine andere. Ich gehe recht in der Annahme, dass du keine Ahnung hast was Dikairon eigentlich ist, oder?»

Als ich Gift hörte, lief ich kreidebleich an, und stammelte kleinlaut.

«Nein mein König.»

«Tja, das war auch dein Glück, denn nur ein völlig Ahnungsloser hätte es so vorgelesen wie du, also wusste ich, dass du deine Geschichte von den Duftstoffen auch wirklich glaubtest», sagte Mithridates grinsend und fügte dann vielsagend hinzu.

«Dikairon ist das wertvollste Gift der Welt! Ich habe lange danach getrachtet es zu besitzen, und es ist mir überaus teuer. Es wird normalerweise nur durch die indischen Könige an den König von Persien als Geschenk überreicht. Es tötet schnell und schmerzlos, und soll einen immerwährenden süßen Traum anstatt dem Hades zur Folge haben. Deshalb bin ich froh, es nun in meinem Besitz zu wissen, und nicht in dem von meinem überaus geschätzten Schwiegersohn. Nicht, dass du denkst ich hege Selbstmordgedanken, aber solch gefährliche und zugleich edle Stoffe habe ich lieber bei mir als bei anderen. Nun frage ich dich: Wer weiß sonst noch von deinem «Verlesen» von gestern?»

«Phillip», antwortete ich wahrheitsgemäß, ohne groß über die Konsequenzen nachzudenken.

«Und er hat auch keine Ahnung was das Dikairon ist. Er spricht ja auch kein Sanskrit, ja?»

«Richtig.»

«Gut dann folgendes: Niemand darf erfahren, dass das Dikairon Fläschchen in meinem Besitz ist, und dass ich es Tigranes sozusagen abgenommen habe, bleibt wegen des Familienfriedens auch unser Geheimnis. Kann ich mich darauf verlassen?»

«Ja!»

«Gut. Im Übrigen, du wirst bei Dorylaos bleiben, und wirfst ein Auge auf deinen Kameraden Phillip. Es wäre schade um euch beide, wenn er sich verplappert, denn ich habe gerne einen Taxiles. Dorylaos ist mein oberster militärischer Berater. Ich werde euch beide bei meiner Rückkehr aufsuchen, und dann entscheiden, wie du mir am besten zu Diensten sein kannst. Nun werde ich an diesem herrlichen ersten Frühlingstag mit meinem neuen Schwiegersohn auf die Jagd gehen. Gute Reise mein Taxiles, und bis bald!», und damit winkte er mich spöttisch hinfort.

«Jawohl mein König!», antwortete ich, und ritt zurück zu Dorylaos und Phillip.

Wir ritten zwei Tage durchs armenische Hochland in nordwestliche Richtung. Am Abend des zweiten Tages gelangten wir zum Khozapini See. Hinter uns waren die teils noch schneebedeckten Gebirgszüge Armeniens zu sehen, und vor uns lag der in sanfte Hügel eingebettete See. Auf einer Hügelkuppe zu seinem südöstlichen Ufer stand eine steinerne Festung.

«So Taxiles, hier ist die erste Festung auf pontischen Boden. Willkommen in deiner neuen Heimat, der Festung Cildir! Ab jetzt werden wir kürzere Etappen reiten und jede Nacht ein festes Dach über dem Kopf haben», informierte mich Dorylaos freudig.

An diesem Abend sprach ich nochmals mit Phillip, und erzählte ihm so beiläufig wie möglich, dass die Sache mit dem Dichromat ein unbedeutendes Missverständnis war, er aber Stillschweigen bewahren sollte, weil unser neuer König und Soldherr ja seinen Schwiegersohn in gewisser Weise bestohlen hatte. Phillip fand das amüsant, und wir sprachen nicht weiter davon, sondern waren mit unserer unverhofft guten Situation sehr zufrieden. Am nächsten Tag ritten wir eine viel kleinere Strecke, und erreichten noch bei vollem Tageslicht unsere nächste Station, eine kleine Stadt mit einer Garnison. Ich nutzte die Ruhestunden, um ein wenig im Manuskript meines Onkels zu lesen, da kam Dorylaos auf mich zu.

«Taxiles! Darf ich sehen was du da liest?»

Ich händigte ihm die Schriftrolle aus, und er las interessiert darin.

«Ich kenne dieses Schriftstück nicht, und ich dachte eigentlich alles über Taktik und Strategie gelesen zu haben. Wer ist der Verfasser?»

«Mein Onkel, der Kommandant von Alexandria am Kaukasus, und Befehlshaber der westlichen Länder von Antialkidas hat sie verfasst und mir vermacht.»

«Es scheint mir ein vernünftiger und hilfreicher Text zu sein. Wenn du mit dem Studium fertig bist, würde ich es gerne lesen!», bekundete Dorylaos sein Interesse. Da mich seine Anerkennung freute und ich mich für seine Sichtweise auf das Manuskript interessierte, antwortete ich: «Gerne!»

Der Rest des Weges nach Komana Pontike war angenehm. Das Land war zwar gebirgig, aber wir fanden gute Wege vor, und machten Rast in gut gebauten Festungen und Garnisonen. Bevor wir unser Ziel erreichten, gab ich Dorylaos die Schrift meines Onkels, und ich sah ihn nun ebenfalls jeden Abend darin lesend.

Nach etwa zwei Wochen durchritten wir ein bewaldetes Tal, umgeben von weichen Hügeln, in dem der kleine Iris Fluss ruhig dahinplätscherte. Wir ritten in südwestlicher Richtung, und dann rechts einen Hügel hinauf, wo eine große, gut befestigte Anlage errichtet war, die bereits von Weitem eine gewisse Pracht ausstrahlte, und im warmen Abendlicht besonders aus der schönen Natur heraustach. Wir hatten Komana Pontike erreicht!

Wir steuerten direkt auf ein palastähnliches Gebäude am höchsten Punkt der Anlage zu. Dorylaos blickte sich zu mir um, und sagte mit einem breiten Grinsen wie ich es noch nie bei ihm gesehen hatte.

«Willkommen im Haus des Obersten Priesters von Komana, meinem bescheidenen Zuhause.»

«Ihr seid General und Priester?», fragte ich zweifelnd.

«Ja, und ich weiß nicht welches die schönere Aufgabe ist. Phillip, du wirst links hinter dem Palast die Garnison finden. Folge einfach den anderen, und nimm Taxiles Pferd gleich mit zu den Stallburschen. Deine Kameraden zeigen dir dein neues Zuhause.»

Phillip trat zu mir, nahm die Zügel von meinem Pferd, und schielte mich grinsend an.

«So, Taxiles also!»

Ich folgte Dorylaos mit vier Offizieren in seinen Palast, wo uns etliche Dienerinnen empfingen, die alle durch die Bank jung und hübsch waren. Dorylaos fragte als erstes.

«Wo ist Arkathios!?»

Eine Dienerin mit pechschwarzem langem Haar antwortete mit sanfter Stimme.

«Er ist wohlauf, und wird in wenigen Augenblicken hier sein.»

«Sehr schön», entgegnete Dorylaos sichtlich gut gelaunt.

Wir standen im Innenhof des Gebäudes, welches zum Hang hin zweistöckig wurde. Der kleine Brunnen im Innenhof war von einigen Zitronenbäumen umwachsen. Uns wurden Kelche gereicht, und ich tat es den anderen nach, indem ich ihn mit Wasser füllte, dann eine Zitrone pflückte und ihren Saft in den Kelch träufelte. So erfrischten wir uns, bis ein großes Hallo einsetzte und ein junger Mann etwa in meinem Alter die Außentreppe vom oberen Geschoß herunter schritt. Er hatte braune Locken, sah ausgeruht und gut gebräunt aus, obwohl es erst Frühling war, und hatte ein spitzbübisches Lächeln auf den Lippen.

«He Arkathios!», rief Dorylaos. «Hast du mir auch gut auf meinen Weiberhaushalt aufgepasst während ich geholfen habe deine Schwester unter den Hut zu bringen?»

Allgemeines Gelächter erschallte unter den Anwesenden, während bei mir die Rädchen im Kopf fast hörbar ineinandergriffen. Leise sagte ich bei mir. «Dann muss das also Mithridates Sohn sein.»

Dorylaos zeigte plötzlich mit einer ausladenden Armbewegung in meine Richtung.

«Mein lieber Arkathios, darf ich dir die neueste Anwerbung deines Vaters vorstellen: Taxiles!»

Arkathios lachte herzlich, umarmte Dorylaos und kam dann auf mich zu.

«Wo hat mein Vater dich denn aufgegabelt? Ist er extra nach Indien geritten?»

«Nein, ich bin von Indien nach Artaxata geritten.»

«Du bist wirklich aus Indien? Aber du bist doch Grieche, oder?»

«Ja ich bin Grieche, aber ich komme aus Taxila im Reich von König Antialkidas.»

«Und wie heißt du wirklich?»

«Lysander.»

«Ich heiße, wie du ja gehört hast Arkathios, aber wenn du nichts dagegen hast nenne ich dich auch Taxiles. Der Name hat alles in allem doch einen viel besseren Klang in dieser Umgebung.»

Wir gingen nach einigem Geplauder unter den Männern die Treppe hoch, wo eine Terrasse das Dach der unteren Stockwerke bildete. Dahinter lagen weitere Zimmer. Einige hübsche Dienerinnen trugen gerade Essen und Wein auf die Terrasse, und ordneten dann Liegepolster im Kreis darum an. Daneben entfachten sie Kohlebecken, und so wurde die doch noch etwas frische

Frühlingsnacht recht lauschig. Wir aßen übermäßig von Hammelbraten, frischem Brot, Olivenöl und schwemmten das alles mit ordentlich gut gewürztem Wein herunter. Dorylaos erzählte Arkathios viel von Tigranes, Armenien und natürlich der Hochzeit seiner Schwester Kleopatra. Auch meine Geschichte wurde zum Besten gegeben, und ich musste Arkathios versprechen die Einzelheiten meiner langen Reise zu einem späteren Zeitpunkt ausführlich zu erzählen. Dorylaos sparte die Episode mit dem Dikairon aus, wobei er wohl als einer der wenigen diese seltsame Szene mitbekommen haben muss.

Ich erwachte spät, mit trockenem Mund und schwerem Kopf in einem reich ausgestatteten Zimmer. Noch leicht schwankend ging ich nach draußen, und fand mich im Innenhof wieder.

Arkathios begrüßte mich sofort.

«Guten Morgen Taxiles! Wie gefällt dir dein Zimmer?»

«Gut, sehr schön! Weißt du vielleicht wo ich mich zum Dienst melden muss?», antwortete ich.

Arkathios lachte herzlich.

«Ja, solange Dorylaos nichts anderes befiehlt: Bei mir! Da Dorylaos aber heute wichtigen Geschäften als Oberpriester der Ma nachzugehen hat, dachte ich wir machen einmal einen kurzen Ausritt in die Umgebung. Du solltest ja wissen wo du bist, nicht dass du dich hier noch verläufst.»

Bei den Stallungen nahmen wir uns zwei Pferde. Meinem treuen Braunen gönnte ich eine Pause, denn die Reisen der letzten Zeit hatten ihm sichtlich zugesetzt. Wir

ritten hinunter ins Tal, und überquerten den Fluss, dann
ritten wir nach Osten in ein Tal hinein bis wir nach zwei
Stunden an einen See kamen. Wir erfrischten uns erst
einmal, und der Weindunst vom Vortag verließ meinen
Kopf.

«Taxiles, du hast gestern erzählt, dass du bereits in
einer Schlacht gekämpft hast. War es eine große Schlacht?
Wie war es? Erzähl mir alles davon!», fragte Arkathios
wissbegierig.

«Naja, es war wohl keine große Schlacht wie die bei
Gaugamela, aber ich habe in der Phalanx gekämpft. Auf
unserer Seite standen vielleicht sechshundert Mann in der
Phalanx, außerdem noch berittene Soldaten. Wir haben
einen Angriff auf unsere Festung zurückgeschlagen»,
antwortete ich ohne Eifer.

«Und hast du getötet?»

«Ja, da bin ich mir eigentlich ziemlich sicher. Ich habe
drei Soldaten mit der Lanze getroffen, da ist sicher auch
einer gestorben. Mit dem Schwert musste ich dann gar
nicht mehr kämpfen. Auf einmal war die Schlacht vorbei.»

«Und ist es schwer? Ich meine ist es schwierig einen
Mann zu töten in der Schlacht?»

Ich überlegte relativ lange bis ich mir meiner Antwort
sicher war.

«Du gehst jagen, nehme ich an?» Er nickte. «Naja, so
ähnlich ist es, aber das Ganze ist dann eben noch über-
deckt durch dieses Gefühl in der Schlacht. Es entsteht
irgendwie beim ersten Aufeinanderprallen mit dem Feind.
Dann ist alles ganz leicht – ich meine damit die Arme und

Beine, und du machst alles schnell und automatisch, und du vergisst die Zeit.»

«Und hat man vorher keine Angst?»

«Das weiß ich nicht, die Schlacht entstand ganz plötzlich in der Nacht, es war ja ein Überfall. Aber aufgeregt war ich schon.»

«Und du wurdest verletzt? Hattest du viele Schmerzen?»

«Nein, es war eigentlich nur ein Kratzer. Ich spürte kaum etwas dabei. Und dann juckte die Wunde zwei Wochen wie verrückt.»

«Mein Vater hat einmal eine Schlacht geschlagen - in Kappadokien. Gegen Nikomedes von Bithynien. Nikomedes ist unser größter Feind, aber gleichzeitig mit den Römern verbündet. Die Römer sind zwar eigentlich unsere Freunde, aber wirklich befreundet ist niemand mit ihnen. Alle Griechen, die ich kenne, hassen sie, und wir hier in Asien mögen die Römer auch nicht. Mein Vater hat auch im Norden am Schwarzen Meer Krieg geführt und gewonnen. Allerdings wurden die Kriege auf dem Schlachtfeld oft durch seine Generäle, wie Diophantos, Archelaos und Neoptolemos beendet. Dorylaos ist schon bei meinem Großvater General gewesen, aber er wird selten in die umkämpften Gebiete weggeschickt», erklärte Arkathios.

«Also, mein Vater war Kommandant unter Antialkidas in Taxila ganz im Osten, und mein Onkel war Kommandant in Alexandria am Kaukasus im Westen, und ich habe diesen König nie zu Gesicht bekommen! Mein Vater und mein Onkel meinten, Antialkidas wäre wohl erfahren im

Krieg, aber als König sei er natürlich mit anderen Dingen beschäftigt. Wahrscheinlich!?!», warf ich dazu ein.

«Ja, mein Vater Mithridates sagt, dass ein König Krieg führen können muss, genauso wie Alexander, aber auch Alexander hatte seine Generäle und Freunde, ohne die er es nicht geschafft hätte. Deshalb bekomme ich auch viel Unterricht im Kriegshandwerk. Das macht hauptsächlich Dorylaos. Aber er sagt auch, dass es genauso wichtig ist Verbündete zu haben, und deshalb Diplomatie noch wichtiger sei. Ich weiß zwar nicht genau wie das geht, aber ich lerne viele Sprachen, und Geografie und Geschichte. Mein Vater spricht immer von der offiziellen und der inoffiziellen Diplomatie. Und dann muss man noch sehen, dass man genug Gold hat. Ohne Handel und Wirtschaft kein Gold, ohne Gold keine Armee, ohne Armee kein Königreich. So fasst es mein Vater gerne zusammen», erwiderte Arkathios.

«Am Gold und am Handel hat`s bei uns wohl auch gefehlt. Deshalb konnten wir die Gebiete gegen die Saken nicht halten. Das war wenigstens die Meinung meines Onkels», sagte ich zustimmend.

«Ich bin auf jeden Fall gespannt, was wir das Jahr noch so alles lernen.»

«Wir?», fragte ich rundheraus und verbesserte ihn. «Ich denke, ich werde sobald dein Vater von Tigranes zurückkommt in irgendeine Garnison kommen, und dann gibt`s Drill und hoffentlich auch Patrouille zu Pferd. Weil marschieren ist das Allerletzte, das sag ich dir!»

«Mein lieber Taxiles, ich weiß zwar noch nicht was wir genau machen werden, aber ich bin mir sicher, dass du nicht allzu viel marschieren musst!», widersprach mir Arkathios lächelnd.

Ich sah ihn etwas verwundert an, doch er grinste nur. Es war erfrischend einmal wieder mit jemandem in meinem Alter zu sprechen.

«Sag mal Arkathios, wie passt es eigentlich zusammen, dass Dorylaos General und Oberster Priester ist? Und was ist diese Ma für eine Gottheit?»

«Haha! Die Mysterien um Ma darf ich dir nicht enthüllen, das wird Dorylaos machen, wenn er denkt es ist der Zeitpunkt gekommen. Aber die Stellung ist natürlich ein Geschenk! Es sind über fünftausend Diener, die direkt zum Tempel gehören, sowie die Ländereien im Umkreis von siebenhundertfünfzig Stadien. Durch diese Stellung hat Dorylaos sicherlich niemals ein Interesse meinen Vater zu verraten. Es kann ihm im Leben nie bessergehen. Außerdem ist Komana Pontike so etwas wie ein sicherer Rückzugsort. Als mein Vater mit meiner Schwester Kleopatra in Armenien war, bin ich aus der Hauptstadt Sinope hierhergezogen, weil ich hier sicherer war. Wäre meinem Vater etwas zugestoßen, hätte ich von hier aus mit Hilfe von Dorylaos die Macht übernehmen können. In Sinope hätte ein x-beliebiger Mörder im Auftrag von Nikomedes mich leichter umbringen können, und anschließend wäre es unserem Feind Nikomedes möglich einzumarschieren. Wahrscheinlich sogar ohne großen Wiederstand.»

Ob solcher Überlegungen war ich erst einmal sprachlos. Wir ritten zurück, und gegen Abend waren wir wieder im Palast. Dorylaos kam etwas später hinzu, und wir schlemmten auch an diesem Abend wieder auf der Terrasse, nur blieben diesmal die Dienerinnen nach dem Essen, und zu meinem Erstaunen begleitete mich eine davon mit auf mein Zimmer. Arkathios und Dorylaos erging es ebenso, nur dass die beiden gar nicht erstaunt waren darüber.

Dorylaos klärte mich am nächsten Morgen darüber auf, dass die anatolische Gottheit Ma für Krieg und Sieg zuständig sei. Man dürfe sie jedoch nicht mit Ares oder Athene vergleichen, sie habe vielmehr Züge der Enyo, die ich natürlich auch nicht kannte. Zum Kult gehöre aber auch, dass Frauen sich hier den Würdenträgern als Liebesdienerinnen anbieten. Für die Dienerinnen sei es mit großer Ehre verbunden, weil sie so zum Sieg beitragen, und sie müssten ansonsten kaum arbeiten. Die Rituale des Kultes seien ansonsten aber einer Kriegsgöttin durchaus angemessen.

«So Taxiles, und jetzt einmal zum Stand deiner Ausbildung», wechselte Dorylaos durchaus zu meiner Freude das Thema in eine mir mehr vertraute Richtung. «Wie ich mitbekommen habe, hast du infanteristische und kavaleristische Kenntnisse. Darüber hinaus verstehe ich nach der Lektüre der Schrift deines Onkels, dass du theoretische Grundlagen der Landkriegsführung in taktischer und strategischer Hinsicht hast. Das ist schon einmal gut, aber dein Onkel hat aus der Sicht eines Griechen geschrieben. Wir haben nicht nur eine griechische Phalanx, eine Reiterei und ein paar kretische Bogenschützen. Uns stehen sowohl leichtere Einheiten wie Schleuderer, Peltasten und einfache Bogenschützeneinheiten zur Verfügung, wie auch persische Schwere Reiterei, also Kataphrakten, Streitwagen, skythische und sarmantische Bogenschützen, zum Teil beritten, und natürlich eine Flotte! Das heißt, es gibt hier auch noch viel zu lernen für dich! Aber wie steht es denn mit deinen Sprachkenntnissen?»

«Ich spreche griechisch, und ein wenig Sanskrit. Sonst nichts!»

«Gut, dann kannst du heute gleich mit Arkathios eine wichtige Sache beginnen: Ihr lernt Latein, die Sprache der Römer, und der momentan größten Macht im Westen.»

Von da ab hatten wir nachmittags Unterricht bei einem Römer namens Lunius. Eigentlich war er kein Römer, sondern Sabelli, wie er sagte und damit Italiker. Er war früher Händler gewesen, aber Piraten hatten ihn auf der Heimreise von Pergamon entführt. Im Gegenzug für seine Freilassung musste er nun als Lehrer dienen. Da es ihm hier sicherlich besser als bei den Piraten ging, und er ein gebildeter Kerl war, der gut griechisch sprach, hatten wir unseren Spaß. Wir lernten auch recht schnell, vielleicht brachte die Aussicht auf einen Lohn bei gelungener Arbeit auch seinen Ehrgeiz auf Touren. Vormittags hatten wir immer mal wieder Zeit etwas mit Schwert, Schild und Lanze zu trainieren, und da bekam ich auch Phillip zu sehen. Der hatte sich ganz gut in den Baracken eingelebt, und so viel er wusste sollte auch er erst einmal unter dem Kommando von Dorylaos bleiben, der auch die Leibwache befehligte.

Wenn Dorylaos Zeit hatte, erhielten ich und Arkathios auch Unterricht in Taktik und Strategie, und ich lernte nun die Vor- und Nachteile von berittenen Bogenschützen und Schwerer Reiterei kennen. Ganz nebenbei beim Wein oder wenn wir einmal einen Ausritt machten, um Geländeanalyse für taktische Zwecke zu proben, erklärte Dorylaos mir die Geografie von Kleinasien, mit der römischen Provinz Asia und der Hauptstadt Pergamon, und wie Attalos sie ihnen angeblich vererbte. Er erzählte mir von Bithynien, dem Reich des Feindes Nikomedes, und von Mithridates Schwester Laodike, die zu König Nikomedes übergelaufen war. Zuvor hatte Laodike in Kappadokien an der Seite von Ariarathes geherrscht. Kappadokien und Paphlagonien würden nun zu Pontos gehören, seit Mithridates Vater mit den Römern gegen die Heliopoliten gezogen war. Lediglich würden die Römer ihr Versprechen diesbezüglich allzu oft vergessen, und würden dann in Kappadokien immer wieder neue Könige einsetzen – neuerdings einen durch die Aristokratie «gewählten», da alle aus dem Königshaus Ariarathes gestorben seien. Er berichtete von Galatien, in das vor über hundertsechzig Jahren wilde Keltenstämme eingefallen waren, welche erst von Antiochos besiegt wurden, und seitdem dort leben. Meist kämpften sie untereinander oder auf verschiedenen Seiten, aber immer gerne leicht bekleidet oder gleich ganz nackt! Interessantes wusste er auch von Kilikien und seinen Piraten zu berichten, und von Armenien und Tigranes. Von Syrien als Rest der einst großen Seleukiden, und den Parthern und ihrem großen starken Reich, das Tigranes fürchtete seit er mehrere Jahre ihre Geisel war. Genauso wusste er aber von den Ländern, um das Schwarze Meer zu erzählen. Den

Skythen, der Krim und der Kolchis, aber auch von Sarmanten an der Donau und vielem mehr. Ebenso klärte er mich über den traurigen Zustand des alten Hellas auf, aufgeteilt in die römischen Provinzen Mekedonien und Achaia, sowie Trakien als Klientelstaat der Römer. Die Ptolemäer in Ägypten seien auch nur noch durch Sand von der römischen Provinz Afrika getrennt. Ganz im Westen hätten die Römer seit etwa dreißig Jahren nun mehr ganz Spanien unter ihrer Herrschaft, sowie Teile Galliens. Nur ganz im barbarischen Norden der westlichen Hemisphäre gäbe es noch Völker, die frei seien von Rom.

So lernte ich langsam meine neue Welt, und meinen neuen Feind kennen, ohne dass ich ihn bisher je zu Gesicht bekommen hätte.

Als König Mithridates einige Wochen später in Komana Pontike vorbeischaute, schien er über alles im Bilde zu sein. Er verbrachte nur zwei Nächte in der Anlage, wobei er den ersten Abend in abgeschlossener Runde nur mit seinen engsten Vertrauten sprach. Nicht einmal Arkathios bekam ihn zu Gesicht. Am zweiten Tag trat er plötzlich aus einem der oberen Räume auf die Terrasse, als wir uns nach dem Waffentraining mit Wasser und Früchten erfrischten.

«Arkathios, mein Sohn, ich hörte du trainierst fleißig! Morgen werde ich das überprüfen. Dorylaos hat mir auch berichtet, dass du und Taxiles mittlerweile ganz ordentlich Latein sprecht und schreibt. Gut so. Taxiles!»

Und er grinste mich mit seinen offenen Augen an.

«Wir haben noch gar nicht über deinen Sold gesprochen. Ich denke ein viertel Talent pro Jahr ist fürs erste angemessen. Wenn Dorylaos nicht zu viel Miete von dir verlangt!»

Und er lachte über seinen eigenen Scherz, während ich komplett überrumpelt war von dieser exorbitanten Summe.

«Ihr werdet den Sommer noch hier verbringen und im Herbst nach Sinope wechseln, dann sehen wir weiter.»

Wie angekündigt war Mithridates am folgenden Tag tatsächlich beim Waffentraining dabei. Er war nicht nur anwesend, er trainierte auch mit, und seine Fertigkeiten mit dem Schwert waren beachtlich, vor allem da er ordentlich Kraft hinter seine Hiebe brachte. Mein Handgelenk schmerzte nach unserem Training noch einige Tage.

Bereits am Mittag desselben Tages war er wieder aufgebrochen. Einige Wochen später eröffnete Dorylaos mir, dass ich diese Nacht zu einem Ritus der Ma mitzukommen hatte. Wir kleideten uns nicht festlich, sondern in den besten Rüstungen, mit Brustpanzern und Beinschienen, und trugen sogar Schwerter und Dolche mit uns. Ich nahm mein erbeutetes Schwert aus der Schlacht gegen die Saken mit. Es war ein wenig länger als die meisten, aber eine schöne schlanke Waffe aus gutem Stahl. Wir betraten den Tempel der Ma, wo einige leichtbekleidete Dienerinnen, von denen ich bereits einige genauer kannte, einer kleinen Figur in der Nische eines großen Steins Räucherwerk opferten. Keine Flöten oder Leiern, aber Trommeln begleiteten die Zeremonie und die Gebete. Wir folgten den Dienerinnen und der Figur in einen kleineren Tempel. Der Boden war mit viereckigen grob behauenen uralten flachen Quadern gefliest, die Säulen hingegen waren griechischen Stils und etwas neuer.

Obwohl der Stein des kleinen Tempels uralt war, wies seine Bauweise ihn als neueren Anbau aus. Das Licht war schwach, so dass wir gerade so zwei Männer erkennen konnten, nur mit Lendenschürzen aus Stoff bekleidet, und mit Fett eingeschmiert. Sie trugen Masken aus Stoff, die bis unter die Nase gingen, aber wohl eine gute Sicht erlaubten. Die Dienerinnen trugen die kleine Figur der Gottheit an den einzelnen Säulen vorbei und im Anschluss entzündeten Diener an der jeweiligen Säuleninnenseite Fackeln. Der innere Bereich des Tempels war nun hell erleuchtet, und wir schauten von hinter den Säulen auf das Geschehen. Das Trommeln steigerte sich, und die beiden Männer nahmen jeweils ein kurzes Schwert zur Hand, und starteten umeinander herumzutänzeln. Schließlich begannen sie zu fechten. Es war zu Beginn irgendwie einstudiert, wie einer unserer Waffentänze. Der Tanz wurde immer schneller, und die Hiebe dabei immer stärker vorgetragen. Nach einigen Minuten sah ich, dass einer den anderen am linken Oberarm getroffen hatte. Die Trommeln wurden nochmals schneller, und die beiden ließen nicht davon ab sich gegenseitig mit immer heftigeren Hieben zu attackieren. Nun hatte der andere eine Wunde über den rechten Rippen. Mittlerweile waren deutliche Blutspritzer auf dem Boden zu sehen. Der Fechttanz wurde zwar nicht mehr schneller, aber ihre Attacken trugen sie mit immer größerer Entschlossenheit vor. Dabei führten sie nie einen direkten Stoß, sondern teilten immer nur Hiebe aus. Ich trat einen Schritt weiter in die Halle, in diesem Moment trug ein Kämpfer einen geduckten Hieb gegen die Beine des anderen aus, und traf diesen am Oberschenkel. Eine lange Wunde öffnete sich, und Blut troff reichlich auf den Boden. Von ihren nackten Füssen platschte das Blut nach oben wie bei Kindern, die in Pfützen springen. Und wieder eine Wunde am Oberarm, und direkt im Gegenangriff eine tiefe Wunde über dem Knie. Nach einiger Zeit torkelte einer der beiden Männer, und die Trommeln wurden langsamer. Die Hiebe wurden wieder kontrollierter und nurmehr gegen das Schwert des anderen ausgeführt, bis der Kampf zum Erliegen kam. Die Trommeln ertönten jetzt sehr langsam, und die Dienerinnen führten die beiden Kämpfer in Gefolgschaft der Gottheit hinaus.

Dorylaos nahm eine Fackel, und ich ging mit ihm und Arkathios hinaus.

«Lysander!», sprach mich Dorylaos sofort an als mir das Tageslicht noch in den Augen stach, und dass er meinen richtigen Namen benutzte unterstrich, dass er das sehr ernst meinte. «Wie du weißt, sind die Rieten der Ma manchmal auch mit sehr angenehmen Dingen verbunden. Die Gottheit zeigt uns das Aufeinanderprallen von Menschen. Das kann angenehm sein, aber es kann auch um Leben und Tod gehen. Beides sollten wir leben, sagt uns Ma. Beides ist Teil der Natur, die uns Ma gibt.»

Ich lernte von Arkathios, dass es spezielle Schwerter sind, die keine allzu tiefen Wunden schlagen, dass aber durchaus Kämpfer sterben, oder sich einige in Rage tanzen und selbst verwunden. Wir waren die nächste Zeit alle sehr viel ernsthafter bei der Sache, wenn wir den Schwertkampf übten, und was ich an Schwertkunst beherrsche, und das ist nicht wenig, kann ich behaupten habe ich letztlich dort gelernt.

Als die Blätter ihre Farbe änderten packten wir unsere Sachen und brachen nach Sinope auf. Auch Dorylaos und etwa fünfzig Leibwächter, inklusive Phillip ritten mit uns.

Kapitel 14 – Stadt am Meer

Es war ein Ritt von nur vier Tagen. Zwei Tage ritten wir den Iris Fluss entlang bis Amisos am Meer, und dann weitere zwei Tagesritte die Küste entlang bis Sinope. Die Hauptstadt lag auf einer Halbinsel, wobei die Landbrücke an der schmalsten Stelle nur eine Stadie breit war. Sinope war zum Land hin gut mit Türmen und Mauern bewehrt, und im Hafen lagen neben Handelsschiffen auch Kriegsschiffe, um die Stadt auch zur See zu verteidigen. Endlich sah ich Schiffe, die die Meere befahren konnten. Ich kam aus dem Staunen nicht heraus, als ich diese hölzernen Wunderwerke wahrnahm, mit denen Menschen die gewaltigen Wassermassen der Meere durchpflügten. Und die Menge an Waren, die den Bäuchen dieser Riesen innewohnten, verschlug mir vollkommen den Atem. Ich versuchte zu schätzen wie viele Kamele oder Pferdeladungen auf einem solchen Schiff unterkommen mochten, aber meine Rechnungen ergaben kein Ergebnis, dass ich mir wirklich vorstellen konnte.

Sinope war eine griechische Stadt, die von den Milesiern gegründet worden sei, und alle Häuser waren aus solidem Stein gebaut. Die Stadt besaß eine Agora, Tempel und ein Theater. Darüber hinaus war Sinope keine überaus prächtige Stadt. Der Vorteil gegenüber Komana Pontike war, dass es hier im Winter nicht gefror, und kalter Regen war immer noch besser als eiskalter Schnee.

Von Schnee hatte ich seit der Durchquerung des Hindukusch wirklich genug.

Mein Zimmer im Palast war weit weniger geräumig und luxuriös als in Komana Pontike, aber immer noch fehlte es mir an nichts. Wir genossen den frischen Fisch, und wir spülten ihn mit mehr Wein herunter als nötig gewesen wäre. Das Waffentraining beschränkten wir im Winter auf ein geringeres Maß, dafür begann ich neben Latein auch Persisch zu lernen, und verstärkte mein Studium der Geschichte von Asia Minor aber auch der römischen Geschichte.

Mithridates Hof erreichten sowohl Abgesandte von den angrenzenden kleinasiatischen Königreichen als auch von den Seleukiden Syriens und den Ptolemäern Ägyptens. Es reisten Gesandte von griechischen Städten unter römischer Oberhoheit an, um Handel in Sinope zu führen, aber auch Beamte und Fürsten aus den von Pontos unterworfenen oder in Allianzen gezwungenen Gebieten vom nördlichen Schwarzen Meer an, um Berichte und Tribute abzuliefern. Wir trafen diese meistens an der Tafel des Königs, und dort wurde gegessen, getrunken und gesungen. Wenn man ehrlich ist, wurde nach ein paar offiziellen Worten gesoffen, gefressen, und gelallt. Meist war hier nichts Interessantes zu hören. Auch von den Abgesandten nicht, aber wir, also Arkathios und ich, hatten die Order die Herren sehr betrunken zu machen, und sie über ihr Land auszufragen, und dabei lernten wir einiges, und so manchem rutschte auch die ein oder andere Sache im Rausch heraus, was er eigentlich nicht hätte sagen wollen oder sollen. Mithridates war an solchen Neuigkeiten immer sehr interessiert, und war hoch erfreut, wenn er etwas erfahren konnte was bei seinen Audienzen nicht gesagt wurde. Das war alles recht amüsant, und Mithridates selbst war ein ausdauernder Zecher. Es wurden immer Attraktionen dargeboten, beispielsweise durch Zauberer oder andere Künstler. Einmal trat eine Harfenspielerin auf, Stratonike, ein recht hübsches Weib. Mithridates war schon ein wenig angetrunken als die Musik begann. Als er sie sah gingen ihm die Augen über. Arkathios lachte als er seinen Vater die Harfenspielerin anglotzen sah, und sagte nur wissend lächelnd.

«Die ist geliefert!»

Und man sah sie tatsächlich ab dann recht oft an der Seite des Königs.

Arkathios hatte noch einige Geschwister, von denen die meisten irgendwo am Hof herumsprangen, wie zum Beispiel seine Schwester Drypetina. Sie war nicht die Hübscheste, dafür aber sehr lustig, was man von Arkathios Bruder Pharnakes nicht sagen konnte. Er und Arkathios waren beide Söhne der Laodike, also Mithridates Schwester. Ihm machte es zu schaffen, dass Mithridates eindeutig Arkathios bevorzugte, obwohl er der Ältere war. Laodike und Mithridates hatten noch einen jüngeren gemeinsamen Sohn, namens Machares, der damals noch ein rechter Kindskopf war. Bei Mithridates weiteren Kindern, die noch jünger als Machares beziehungsweise jünger als seine Tochter Kleopatra waren, habe ich den Überblick verloren, wer die Mutter war, und es interessierte auch keinen so wirklich.

Nur das Schicksal Ariarathes IX, welches am Hof unter vor gehaltener Hand erzählt wurde, stellte eine Ausnahme dar. Er war wohl auch ein Sohn der Laodike, aber ich denke nicht, dass jemand in Sinope und schon gar nicht Mithridates selbst, ihn für seinen Sohn hielt, denn die Sicherheit seiner Kinder war ihm wichtig! Ariarathes hingegen durfte, oder besser gesagt musste im umkämpften Kappadokien den Thron übernehmen, nachdem Tigranes dort wieder einmal, den durch die Römer eingesetzten Ariobarzanes, entmachtet hatte. Als ich davon an einem unserer vielen Zechgelagen hörte, konnte ich noch nicht ahnen, dass das Wissen, um das zwischen Mithridates und Tigranes abgesprochene Vorgehen in Kappadokien mir später einmal behilflich sein sollte.

Aber zunächst erfüllte sich ein Traum für mich! Das Schiff eines ganz besonderen Gesandten, das Schiff des Piraten Seleukos landete am Hafen von Sinope an. Nach ein paar Tagen wirklich ausgelassener Feierlichkeiten, wurden Arkathios und ich zu Mithridates gerufen. Er und Seleukos lagen, etwas erschöpft von den letzten Nächten auf Liegen nah am Fenster. Der Frühling hatte sich mittlerweile wieder bemerkbar gemacht, und es war wenigstens tagsüber nicht mehr kalt.

«Seleukos, du kennst meinen Sohn Arkathios, und das ist sein Gefährte Taxiles», sagte Mithridates mit heißerer Stimme. «Nicht so ein Gefährte, wie man bei Griechen missverständlicher Weise meinen könnte wohlgemerkt.»

«Mithridates, mein Freund und König, ich habe beide bereits kennengelernt. Könnte schwierig werden mit den vielen Weinfässern, die wir für die beiden mitnehmen müssen, aber ich habe da schon eine schöne bauchige Bireme im Sinn!»

Wir schauten beide etwas überrumpelt zu Mithridates, der nach einem kurzen Moment in lautes Gelächter verfiel.

«Jungs, ihr solltet mal wieder aus Sinope wegkommen. Hier verträdelt man nur seine Zeit, oder sitzt über den Büchern wie Kallistratos dort hinten in der Ecke.»

Dabei zeigte er auf seinen Sekretär, der allerdings das Schriftwesen der ganzen Hauptstadt unter sich hatte, und auch die Bücher, also den Schatz mitverwaltete. Wobei Mithridates hier die Kontrolle nicht aus der Hand gab.

«Ihr solltet etwas von der Welt sehen», fuhr Mithridates fort. «Und vor allem auch von unseren Verbündeten an den Rändern des Schwarzen Meeres. Wie es der Zufall will, könnte euch Seleukos hier ein Stückchen die Küste mit hochnehmen. Bis Kolchis, vielleicht auch weiter bis zur Krim, und ihr könntet ein wenig die Leute dort kennenlernen. Also packt eure Sachen! Übermorgen geht`s los! Ach ja Taxiles, Kallistratos ist übrigens auch für die Verwaltung deines Solds zuständig. Lass dir vor der Abreise etwas auszahlen.»

Arkathios sah etwas skeptisch drein. Darauf bekräftigte Mithridates laut und bestimmt seinen Befehl.

«Mein Sohn glaub mir, ich schicke dich lieber mit diesem Piraten auf See, als mit unseren eigenen Schiffen. Keiner von uns ist so geschickt, und der alte Halsabschneider hier hat bereits mit deinem Großvater Geschäfte gemacht. Ich vertraue ihm mehr als den meisten meiner Generäle.» Wir bejahten und nickten, und drehten uns gerade zum Gehen, als wir noch vernahmen. «Und sucht euch heute Nacht nochmals ein warmes Bett!»

Also packten wir, und ich ließ mir etwas Gold von Kallistratos auszahlen. Und als es dunkel wurde besuchte ich Daphne. Sie war eine dunkelgelockte Schönheit, etwa in meinem Alter, und arbeitete als Näherin im Palast. Ich hatte sie kurz nach meiner Ankunft das erste Mal gesehen, als sie mir meine Maße abnahm, um mir Kleider zu nähen, die ich für Hoffeste benötigen würde. Es hatte mich einiges an Überredungskunst gekostet, sie für mich zu gewinnen, und auch an Zeit. Es war schade, dass ich nun für einige Zeit, und ich wusste noch nicht einmal für wie lange weg sein würde.

«Du musst weg? Für wie lange, und wohin gehst du?», fragte Daphne erschrocken.

«Ach, ich weiß es nicht, ich habe einen Auftrag die östliche Küste hinauf, direkt vom König», antwortete ich ihr und meine Antwort sollte möglichst gelassen klingen.

«Erzähl mir doch keinen Nonsens! Warum sollte der König denn dich die Küste hinaufschicken. Du kannst ja nicht einmal ein Boot beladen, geschweige denn steuern oder rudern», widersprach sie mir streitlustig. Ja, ich mochte das Mädchen wirklich.

«Ich weiß es auch nicht, aber ich bin eben Soldat und habe meine Befehle», erwiderte ich, und klang dabei eher wie ein trotziger Junge als wie ein Soldat.

«Für einen Soldaten hast du ehrlich gesagt zu wenig Waffen-Dienst, und zu viel Trinkgelage-Dienst. Ich weiß

221

wirklich nicht, was der König mit dir will, aber er ist eben auch besonders.»

«Oh ja, so besonders wie seine besonderen Soldaten, und du solltest dir wirklich nicht die Gelegenheit entgehen lassen eine besondere Nacht mit diesem hier zu erleben. Außerdem weißt du nicht, wann es die Gelegenheit wiedergeben wird.»

«Wegen deiner Überredungskünste wird er dich sicher nicht schicken!»

Aber da hatte ich ihr bereits fest um die Taille gefasst, und meinen Mund in ihrem Nacken vergraben. Und so einiges was ich in Komana Pontike gelernt hatte, war überzeugender als mein Gerede. Vielleicht war es aber auch weil ich wirklich in sie verliebt war. Ich hatte noch am Nachmittag einen Goldschmied aufgesucht, und ihm meine zwei verbliebenen kleinen weißen Perlen aus Indien gegeben und ihn beauftragt Ohrringe zu machen. Jetzt da ich Geld hatte brauchte ich die Perlen ja nicht mehr als Notreserve. Arkathios verbrachte die Nacht sicherlich mit einem der Küchenmädchen, oder mit mehreren. Viele waren dort nicht wirklich wegen ihrer Kochkünste eingestellt. Am nächsten Tag brachten wir unser Gepäck aufs Schiff. Seleukos kontrollierte nochmals, ob alles dabei war was wir brauchen würden, und besorgte uns noch einige zusätzliche Dinge, wie gewachste Leinenumhänge mit Kapuzen. Am Abend wurden wir nochmals zu Mithridates gerufen.

«Mein Sohn, Taxiles, ihr werdet mit Seleukos die Küste nach Osten und dann nach Norden bis zur Krim fahren», lautete seine Begrüßung. «Seleukos wird dort einige Ha-

fenplätze erkunden, die für seine Flotte als sicherer Rückzugsort gedacht sind. Dann werdet ihr hochfahren nach
Phanagoreia, und die neue Festung in Augenschein nehmen, und anschließend nach Pantikapaion. Die Einwohner dort sollten einmal wieder jemanden aus dem Königshaus zu Gesicht bekommen. Wenn möglich werdet
ihr dann noch um die Krim herumfahren, um Häuptlinge
der Roxolanen und Sarmanten zu treffen. Es sind starke
Verbündete, auf die sonst niemand zählen kann. Sie sind
mir sehr wichtig, und du Arkathios solltest sie zum
Freund haben, wie ich. Seleukos wird dort einigen spezi-
ellen Handelsgeschäften nachgehen, und muss dann aber
wieder nach Kilikien. Ihr werdet also nicht viel Zeit haben, also vertrödelt sie nicht!»

Am nächsten Morgen fuhren wir früh ab. Wir waren
eine kleine Flotte von fünf Biremen, kleiner und wendiger
als die Trieren der Flotte, die wir im Hafen gesehen hatten. Die Schiffe waren nicht ganz eine viertel Stadie lang,
hatten zwei Ruderreihen übereinander, sowie ein großes
Segel. Die Besatzung bestand hauptsächlich aus Kilikier,
aber auch Syrer, Phönizier, Spanier und Griechen waren
an Bord. Alles kampferprobte Piraten, die sich auf der
See mehr zuhause fühlten als an Land.

Wir legten ab, und es war ein frischer Frühlingsmorgen
mit gutem Wind aus dem Westen. Er trieb uns schnell
vorwärts, und bereits nach kurzer Zeit passierten wir
Eupatoria und Amisos. Wir fuhren vorbei an Pharnakeia
bis nach Trapezus. Es war ein großer Hafenort, und hier
wurden einige Waren umgeschlagen, die aus dem Fernen

Osten den nördlichsten Weg nach Westen genommen hatten, aber auch Waren aus den Gebieten der Kolchis, und der Achaier, die sonst wenig Handelsmöglichkeiten hatten. Wir machten fest, und Seleukos schickte rasch nach seinen Handelspartnern. Er hatte keine Probleme mit dem Zoll, denn Mithridates garantierte ihm Zollfreiheit. Während Seleukos seine Geschäfte regelte, sahen wir uns mit einigen seiner Männer im Hafen und im angeschlossenen Markt um. Hier wurden überraschend viel Waren umgeschlagen, weit mehr als in Sinope. Im Hafen lagen auch einige Trieren der Flotte. Arkathios besuchte mit mir die Schiffe, und wir ließen uns alles zeigen. Der Flottenkommandant Neoptolemos kannte Arkathios, und zeigte uns mit gewissem Stolz die zum Teil neuen Schiffe.

«Aber wir werden nicht vor Mai in See stechen», beendete Neoptolemos seine Führung durch die königliche Flotte und ergänzte. «Die Männer von Seleukos trauen sich das vielleicht, aber wir müssen unsere Flotte erhalten. Dein Vater würde mir ordentlich Eine einschenken, wenn ich seine teuren Schiffe ohne Not versenke.»

«Ja, ich glaube da wäre er nicht erfreut. Ich habe übrigens einen Brief von ihm für dich. Neue Befehle, und Informationen.»

Arkathios blickte sich etwas um, um sicherzugehen, dass niemand zuhörte.

«Wir werden mit Seleukos die Küste bis hoch an die Krim fahren. Er wird einige sichere Rückzugsorte für seine Piratenflotte dort einrichten. Seleukos sollte gleich noch kommen, um sich hier mit dir abzusprechen.»

«Nett!», schmunzelte Neoptolemos. «Die Ostküste hinauf gibt es einige versteckte Buchten, aber das Hinterland würde mir Sorgen machen. Vor allem die Achaier. Sie sind zwar nicht unsere Feinde, aber Freunde kennen die auch nicht!»

«Seleukos wird sicherlich sehr interessiert sein an allem was du weißt! Da kommt er auch schon, wir lassen euch mal allein.»

Es war bereits einiges los in dieser Stadt, aber der Handel sollte erst später im Mai richtig aufblühen, wenn mehr Schiffe auf den Meeren segelten. Wir gingen in einer Taverne etwas essen. Seleukos Plan war ohne großes Aufsehen die Küste zu erkunden, außerdem musste er zur Haupthandelszeit bereits wieder seinem Piratengeschäft im Mittelmeer nachgehen. Wir fuhren also am nächsten Tag bis Phasis, wo einst Jason an Land gegangen war, um in Kolchis das Goldene Vlies zu suchen. Die Stadt hatte einmal bessere Tage gesehen, und der Handel hatte sich wohl auf Trapezus verlagert. In Phasis legten wir nur kurz an, aßen etwas, und fuhren am nächsten Tag weiter. So passierten wir gegen Mittag Dioskurias, von wo uns ein schwefeliger Gestank entgegenwehte. Da der Wind abflaute, machten wir nun weniger Fahrt. Bisher waren wir zunächst in östlicher Richtung gesegelt, und nach Trapezus dann in nördlicher. Jetzt mussten wir sogar nach Nordwesten rudern.

Als Seleukos den Befehl gab die Ruder auszufahren, fragte ich ihn wo mein Platz sei. Er schaute mich erstaunt an, und wies mir dann aber einen Platz unter Deck zu.

225

Wir bemannten nur eine Ruderreihe. Ich konnte natürlich nicht sehen wie wir nach Dioskurias an den Hängen des hiesigen Kaukasus vorbeifuhren. Seleukos versicherte mir abends allerdings, dass dies der richtige Kaukasus sei, und mit dem in Baktrien wirklich nichts gemein habe. Nach einer guten Stunde wurde gewechselt, und Arkathios grinste mich breit an als ich verschwitzt und ziemlich erledigt an Deck trat.

«So jetzt lass mich mal ran, du verweichlichte indische Landratte!»

Nach einer Stunde kam er ebenso erledigt an Deck, und mein Enthusiasmus war erheblich gedämpft als ich das zweite Mal nach unten ging. Dafür hatte es den Vorteil, dass man aus dem Regen herauskam. Der Regen prasselte mittlerweile schnurgerade und eiskalt von oben auf uns herab. Es war eigentlich ein düsteres Bild vor der Kulisse der imposanten Berge in diesem Grau in Grau durch den Regen zu rudern, ohne ein anderes Schiff oder eine menschliche Behausung weit und breit. So fühlten wir uns abends wie die Argonauten, die an den Rand der Welt fuhren. Und ich lernte auf dieser Reise die See lieben!

Ich stamme ja aus einer gebirgigen Region, aber ich habe genug Berge in meinem Leben gesehen und bin über genügend Berge geritten und gewandert. Sie sind schön, aber anstrengend. Die See ist mindestens ebenso tückisch wie das Wetter auf einem Pass, aber selbst, wenn man rudert kommt man besser voran als mit einem Pferd in den Bergen, und wenn erst einmal der Wind die Segel aufbläst, und die Küsten an einem vorbeiziehen, empfindet man ein unbeschreibliches Gefühl der Freiheit und der Weite.

Am nächsten Tag wurde weiter gerudert. Wenigstens ankerten wir dreimal in kleineren Buchten, in denen sich Seleukos die Gegebenheiten ansah, und Aufzeichnungen machte. Dazu benutzte er kein Papyrus, das auf See schnell aufweichen würde, sondern spannte eine geölte Leinwand, auf der er zeichnete. Neben Buchten fanden sich auch weite Kiesstrände, und das Land dahinter sah gar nicht wenig einladend aus, aber Seleukos hatte wohl eine Vorliebe für steile gefährliche Buchten, und manchmal ragten die Felsen turmhoch oder gar bis zu einer viertel Stadie aus dem Meer! Wir schliefen in einer kleinen Bucht, und am nächsten Tag erreichten wir kurz nach Mittag eine Meerenge, die nach Norden hinauslief. Seleukos teilte uns mit, dass die aufkommende Flut uns nach Norden schwemmte, und tatsächlich ruderten wir leicht dahin. Zur Linken lagen einige tückische Sandbänke, die die Einfahrt zu einem Meerbusen verengten. Seleukos umschiffte sie sicher, und am Ende des Meerbusens erblickten wir die Burg Phanagoreia. Das Wasser war hier ruhig, die Landschaft flach und felsig, mit grünem Buschwerk überzogen. Nur am Ende stand diese Festung.

«Warum baut man denn hier eine Festung?», fragte ich laut.

«Naja, sie stand schon hier. Mein Vater hat sie nur ausgebaut wegen der schönen Aussicht, und des ruhigen Meeres. Ich glaube es war für ihn eine Art Lustschloss.

Und Pantikapaion soll wohl eher turbulent sein», entgegnete Arkathios.

Vor der Burg lagen zwei Trieren festgemacht. Der örtliche Kommandant Dixos begrüßte uns, und wir fanden die Festung klein, aber fein eingerichtet vor. Im Winter hauste hier wohl keine Menschenseele, denn auch wenn eiligst Feuer gemacht wurde, war die Feuchtigkeit in den Wänden zu spüren. Es regnete zwar nicht mehr, aber es war auch kein Wetter, um draußen zu übernachten. Wir aßen reichlich frischen Fisch und gutes Brot, und von den letzten drei Tagen am Ruder sehnte sich danach jeder nach Schlaf. Auch wenn Seleukos Männer ans Rudern mehr gewohnt waren als wir, hatten sie an diesem Abend Blei in den Armen. Relativ gut ausgeschlafen fuhren wir mit den zwei Trieren nach Pantikapaion hinüber, welches auf der anderen Seite der Meerenge lag. Zackige graue Felsen ragten zu unserer Rechten aus dem Meer, bevor wir den guten natürlichen Hafen anfahren konnten. Auf einem kleinen Hügel oberhalb des Hafens befand sich die Burg, umgeben von der Stadt in den niedrigeren Gefilden. Die Mileser sollen sie als Hauptstadt ihres bosporanischen Reiches gegründet haben, und es war eine durchaus prächtige Stadt wie nur Griechen sie bauen. Aus dem guten grauen Stein hatten die Mileser Säulen und Mauern gemeißelt, und Tempel, Theater und Wohnhäuser errichtet. Die Stadt war sauber und gut gebaut, und wir schlenderten durch die Straßen auf die Agora, und von dort hinauf auf die Akropolis. Die Burg hatte sehr dicke Mauern, und auf dem höchsten Punkt des Berges war sie von einem dicken Turm gekrönt. Dieser Turm war wehrhaft, und somit auch die eigentliche Wohnstadt des Burgherrn, und Arkathios erhielt das Zimmer, das im obersten Stockwerk des Turmes lag. Eine Wendeltreppe führte nach unten, wo sich mein Zimmer befand. Der Turm war zum einen leicht zu verteidigen, aber natürlich auch eine rechte Falle. Der Ausblick von dort oben auf die Meerenge war jedoch phänomenal!

Die nächsten zwei Tage hielten Arkathios beschäftigt. Er musste die Garnison inspizieren, wobei ich ihm half, und möglichst steif und streng blickend neben ihm herging. Wenn er jedoch nachmittags die Händler empfing, um sich ihre Klagen anzuhören, spazierte ich lieber durch die Stadt. Ich fand dabei einen Waffenschmied, einen Skythen. Ich ging in seinen Laden und schaute mich um.

«Sei gegrüßt! Das sieht man ja selten: Einen Griechen mit einem skythischen Langschwert. Habt ihr nicht lieber die kurzen Schwerter?», fragte er ohne Umschweife.

«Naja es ist eine Trophäe, und das Schwert liegt gut in der Hand. Aber könntet ihr euch die Klinge einmal ansehen? Ich möchte nicht, dass sie mir abbricht, wenn ich sie das nächste Mal benutze.»

Ich überreichte ihm mein Schwert, und er begutachtete es genau.

«Mein Herr, ihr habt hier eine hervorragende Klinge. Der Stahl muss aus dem Osten kommen. Hier und im Westen findet man keinen so biegsamen Stahl. Es ist ein edles Schwert Herr, und ihr solltet es gut bewahren. Seit langem habe ich keine so gute Arbeit mehr gesehen. Ge-

229

gen wen habt ihr es euch erkämpft?», fragte der Schmied fast ehrfürchtig.

«Ja es war weit im Osten, wo ich das Schwert erwarb, in einer Schlacht gegen die Saken», erwiderte ich knapp.

Der Schmied nickte anerkennend.

«Ich bin mir sicher, dass es euch gute Dienste in jedem Aufeinandertreffen leisten wird. Aber es ist schartig, und der Griff ist alt. Gefällt euch der Griff?»

«Was schlagt ihr vor?»

«Ich kann euch die Scharten herausmachen, und ich könnte euch einen neuen Griff fertigen. Ich habe einige edle Hölzer hier, aber auch Elfenbein und andere Knochen.»

Er zeigte mir seine Auswahl, und ich suchte mir ein sehr dunkles Holz aus. Es war zwar nicht billig, aber ich hatte Geld, und meine sonstigen Ausgaben beliefen sich seit geraumer Zeit auf null.

«Wie lange werdet ihr benötigen?»

«Drei Tage Herr. Ich habe noch einige Aufträge von der Garnison zu bearbeiten.»

«Ich benötige es aber Übermorgen in der Früh wieder! Zieht mich vor, und ich lege bei Dixos ein gutes Wort für euch ein.»

Das machte ich auch, und mit dem dunklen Griff sah das Schwert einfach umwerfend aus. Außerdem glänzte die Klinge wieder, und sah aus wie neu. Der Kontrast der Klinge zu meinem fast schwarzen Helm mit dem dunklen Rosshaar war noch auffallender.

Abends betranken Arkathios und ich uns bei herrlichem Wein im Turm der Akropolis.

«Taxiles, wie schmeckt dir der Wein?»

«Ausgezeichnet! Schön schwer, da werde ich heute nicht lange wach bleiben!»

«Gut, dass er dir schmeckt, denn ich habe zwei Schiffsladungen davon gekauft.»

Ich verschluckte mich.

«Du hast wieviel gekauft?»

«Zwei Schiffsladungen», wiederholte Arkathios «Die Händler haben mir natürlich die Ohren vollgeheult, dass die Getreidelieferungen durch die geplanten Zölle an der Meerenge bei Bithynien, die Nikomedes angekündigt hat sie ruinieren werden. Außerdem wollen die Griechen zwischen Hellas und Ionien zwar ihr Getreide kaufen, trinken aber lieber ihren eigenen Wein. Und die Griechen in der römischen Provinz trinken gar nicht mehr, weil sie kein Geld mehr haben für Wein und die römischen Steuereintreiber ihnen alles abpressen, und so weiter und so fort. Mein Vater hat mich also beauftragt ihnen «zum Gefallen» zwei Schiffsladungen Wein abzukaufen. Bezahlt habe ich mit den Steuereinnahmen von hier, so kommen wir also ohne Geld aus. Mit einer Schiffsladung werde ich jeweils bei den Roxolanen und Sarmanten für gute Stimmung sorgen, die andere wird uns in Sinope bei Laune halten. Außerdem will mein Vater, dass die Händler bei Geld sind, und nicht die Waren horten. Denn, und ich weiße dich darauf hin, dass es ein Geheimnis ist, in diesem Moment zieht Nikomedes kleiner Bruder Sokrates die Fäden einer Revolte gegen Nikomedes. Und das heißt Nikomedes wird an der besagten Meerenge keine Getreidesteuern eintreiben können, und das bosporanische

Getreide von der Krim wird weiterhin billiger sein als das Getreide aus Ägypten, wenigstens bis hinunter nach Rhodos. Das heißt, fette Einkünfte für uns durch die Steuern hier, auch wenn sie niedriger sind als sonst wo, und die Roxolanen und Sarmanten werden weiterhin ihren Überschuss an die griechischen Händler hier verkaufen können, und dabei noch auf das Wohl von uns und meinem Vater anstoßen.»

«Man das klingt aber recht kompliziert. Und was ist für uns dabei der Vorteil, und wieviel?», fragte ich lallend.

«Also mein lieber Taxiles, du musstest dich noch nie mit Handel und Ökonomie herumschlagen, aber es ist eigentlich ganz einfach, wenn du König bist: Nimm lieber weniger von viel, als viel von wenig! Sieh zum Beispiel diese Stadt hier, selbst wenn sie demokratisch organisiert wären, würden sie Steuern erheben, und dann müssten sie davon das Militär zahlen, den Hafen in Ordnung bringen, Beamte bezahlen, und da ist immer einer dabei der in die Kasse greift. Also Steuern und Zölle hast du überall. Das wissen die Händler auch. Aber wenn wir hier keinen Verlust machen, machen wir schon Gewinn, deshalb haben wir die niedrigsten Steuern, und das wissen die Händler hier auch, und lieben es. Es wird hier keine Unruhen geben! Durch die niedrigen Steuern sind die Händler hier mit dem Getreide sogar bei längeren Seewegen noch konkurrenzfähig, und verkaufen so mehr. Das macht sie glücklich, und unsere Steuerkasse, und vor allem die Roxolanen und Sarmanten, die mehr verkaufen können. Und deshalb sind das auch die treuesten und besten Soldaten, und wir müssen sie noch nicht mal unterhalten!», erklärte mir Arkathios fast schon belustigt.

«Und warum macht das sonst kein König?», fragte ich ernsthaft verwundert.

«Naja, die meisten haben nicht genug Territorium, um den Handel wirksam zu befördern. Aber mein Vater ist mit seiner Politik hier trotzdem recht allein, denn die Römer machen es ganz anders, sie pressen die Provinzen aus wie Zitronen. Mein Vater ist der Meinung, dass sie das noch teuer zu stehen kommen wird. Tigranes zum Beispiel ist ja trotz seines fortgeschrittenen Alters erst kurz auf dem Thron. Mein Vater hat ihn dazu gebracht durch niedrige Zölle und sichere Straßen den Osthandel zu fördern, dem die Parther und die Entwicklung bei euch in Baktrien so schwer geschadet haben. Und der Erfolg gibt ihm recht! Tigranes ist begeistert, dass nun die meisten Waren durch sein Territorium gehen, und er lacht die Parther, die er so gut kennt, mittlerweile aus, denn er weiß welche Profite ihnen da durch die Lappen gehen.»

«Klingt logisch! Unser König Antialkidas hat wohl auch gesagt, dass die Städte nichts wert sind, wenn auf den Straßen nichts weitergeht. Aber er hat es nicht verstanden die Straßen wieder zu erobern und frei zu machen. Stattdessen zieht er sich auf Indien zurück», ergänzte ich.

«Aber Indien ist doch sagenhaft reich, oder? Es gibt dort Pfeffer, Perlen, Düfte und Elefanten!», stutzte nun Arkathios.

«Naja, das ist relativ. Pfeffer gibt es dort genug, aber Wert ist er weniger. Wir hatten immer genügend Pfeffer, ja, aber Pferde waren Mangelware. Also zum Beispiel zahlst du hier einen Sack Pfeffer für ein Pferd. Bei uns in Indien zahlst du sicher zehn Sack Pfeffer für ein Pferd. Mit dem Unterschied, dass du eher zehn Sack Pfeffer hast, als ein gutes Pferd zu finden.»

«Ja, das ist wohl der springende Punkt beim Handel. Hier haben sie genug Wein und Getreide, aber es fehlt ihnen an Eisen. Seleukos hat ja nicht zum Spaß fünf Schiffe mitgebracht. Auf drei Schiffen waren Ausrüstungsgegenstände für Schiffe, also Rammsporne, Sägen, Nägel und so weiter geladen. Das kommt alles nach Phanagoreia, dort werden wir etwas die Flotte ausbauen, denn Seleukos war heute auch beim Holzhändler, der mehr Holz aus dem Norden, den Tanais Fluss hinunter beziehen kann. Neoptolemos wird dann nachkommen und das ausführen. Die anderen beiden Schiffe haben Eisen für die Roxolanen und die Sarmanten geladen. Schmieden wollen sie selbst, das Eisen jedoch kommt sie teuer, und da ist eine wenig Militärhilfe eine gute Sache!»

Mit vier beladenen Schiffen steuerten wir weiter um die Krim herum. Wir benötigten allerdings ganze zwei Tage, da wir gegen eine leichte Brise aus Westen anrudern mussten. Hinter einigen Sandbänken versteckte sich das Mündungsdelta des großen Flusses Dnjepr. Als wir Reiter an der Küste entdeckten, landeten wir am breiten Strand an. Die Roxolanen waren von Dixos per Boten von unserer bevorstehenden Ankunft informiert worden. Die

Häuptlinge, die uns mit ihren Pferden empfingen, waren grimmige Krieger. Sie waren ebenso wie ihre Pferde gut mit Leder und Eisen geschützt, und kamen imposant daher. Die Schiffsladung Eisen, und die Schiffsladung Wein verfehlte ihr Ziel nicht. Die Häuptlinge waren sichtbar erfreut. Diese Barbaren begrüßten uns nun mit äußerster Höflichkeit, und am Abend veranstalteten sie für uns ein ausgiebiges Gelage in einem ihrer langen und erstaunlich großen Holzhütten. Es ging wild zu. Einer der Roxolanen Häuptlinge befahl eine Dienerin mit sehr hellen schönen Haaren zu mir auf den Schoß. Arkathios stand vom Kopf des Tisches auf, tänzelte beschwingt zu meiner Seite und flüsterte mir ins Ohr.

«Du Glücklicher, du kannst heute Abend ein warmes Bett genießen. Ich darf das auf keinen Fall tun. Es darf auf keinen Fall der Eindruck entstehen, ich sei hier auf der Suche nach einer Frau. Das würde diplomatisch in jedem Fall sehr heikel werden.»

Solche Gedanken musste ich mir nicht machen. Als ich am nächsten Tag sehr spät in einer kleinen Hütte mit dem Mädchen unter einem Berg von Fellen aufwachte, war meine Laune trotzdem miserabel. Ich hatte einen schweren Kopf, konnte mich an kaum etwas erinnern, und irgendwie, ja vermisste ich Daphne. Am liebsten wäre ich sofort zurückgesegelt. Die offizielle Verabschiedung und alles andere hatte Arkathios bereits hinter sich gebracht, und als wir um die Mittagsstunde ablegten fragte mich Seleukos.

«Nanu Taxiles, was ist, was machst du für ein langes Gesicht?»

«Ich weiß nicht, ich glaube der Wein hat seinen Geschmack verloren, und die Frauen bereiten mir keine Freude mehr.»

Darauf lachte er mich zurecht herzhaft aus, schlug mir auf die Schulter und sagte.

«Weißt du, du bist noch zu jung, um es mit Frauen und Wein gut sein zu lassen. Und wenn du älter wirst, willst du es nicht mehr sein lassen! Glaub mir, wenn du heute Abend deinen zweiten Becher Wein in der Hand hältst wirst du über dein Gerede von eben, genauso lachen wie ich. Und morgen nach dem Gelage wird es dir wieder so gehen wie heute mit dem Unterschied, dass du dann weißt, dass es nach dem zweiten Becher Wein wieder ganz anders aussieht!»

Was soll ich sagen? Er hatte recht behalten. Der Besuch bei den Sarmanten verlief genauso wie bei den Roxolanen. Sie waren ja eigentlich sowieso das gleiche Volk, nur mit anderen Häuptlingen. Und diesmal erwachte ich eben neben einem Mädchen, das einen leichten rötlichen Stich in ihren blonden Haaren hatte. Ich blieb diesmal solange in den Fellen liegen bis ich gerufen wurde. Die Rückfahrt war angenehmer, da wir nun bei gutem Wetter und einem ganz ordentlichen Wind aus Nordwesten innerhalb von zwei Tagen wieder in Pantikapaion ankamen. Wir verweilten noch einen Tag dort, und Seleukos belud eines der Schiffe neu mit Waren, die er vorher bestellt hatte. Mit einem Schiff voller Wein für Sinope, und einem weiteren beladen mit Seleukos eigenen Waren steuerten wir zurück nach Sinope. Wir segelten direkt nach Trapezus, und von dort ruderten wir nach

Sinope zurück, während die drei übrigen Schiffe unter Seleukos Kommando noch in Pantikapaion mit weitern Gütern beladen wurden

Ich freute mich zwar Daphne wiederzusehen, aber von Sinope hatte ich irgendwie genug. Meine Perlenohrringe trafen Daphnes Geschmack, und die Nächte waren schön. Aber bereits nach einer Woche wäre ich am liebsten auf das nächste Schiff gestiegen und weggesegelt. Ich erzählte Phillip viel von meiner Reise, und er bekam große Augen als er hörte, an welch entlegenen Ecken unserer Welt ich gewesen war.

«Lysander, bald bist du weitergereist als Alexander!»

Kapitel 15 – Könige und Könige

Nach wenigen Wochen, der Frühling hatte mittlerweile die Luft spürbar erwärmt, wurde ich zum König gerufen. Als ich vor Mithridates trat war Arkathios bereits anwesend, und saß auf einem kleinen Stuhl neben ihm.

«Taxiles!» Mithridates Begrüßung an mich klang ernsthaft erfreut, und er setzte noch nach. «Schön, dass du Zeit hast mal wieder bei mir vorbeizusehen!»

Was natürlich Nonsens war, denn ich hatte immer Zeit, er bezahlte mich ja dafür, und zwar nicht schlecht.

«Mein Sohn hat mir natürlich alles über eure sehr erfolgreiche Mission in meine nördlichen Ländereien, und zu meinen etwas wilden, aber wohlgeschätzten Untertanen den Roxolanen und Sarmanten berichtet.»

Ich wusste zwar nicht inwiefern wir «Erfolg» gehabt hatten, und wenn ja, wie ich dazu beigetragen haben sollte, aber sei es drum. Ich machte einen kleinen Buckel, wie ich es mir angewöhnt hatte, und Mithridates hatte es sich angewöhnt, diese Geste bei mir zu akzeptieren. Viele andere fraßen ja den Staub, wenn sie vor ihn traten. Aber allmählich war ich schon gespannt, was er eigentlich von mir wollte.

«Wie du vielleicht weißt, hatte in Kappadokien dieser lästige Römer Sulla, Ariobarzanes als König eingesetzt. Mein geschätzter Schwiegersohn Tigranes von Armenien schickte Ariobarzanes nun in meinem Auftrag wieder nach Rom zurück und mein geliebter «Sohn» Ariarathes konnte auf seinen Thron zurückkehren. Mein treuer Freund Gordios, der sich mit den kappadokischen Verhältnissen bestens auskennt, ist ihm zwar bei seiner schweren Aufgabe das Land zu regieren behilflich, aber ich sähe es gerne, wenn Arkathios sich die Verhältnisse in Kappadokien aus der Nähe betrachtet. Er kann dabei nur lernen, und außerdem kann es nicht schaden, wenn jemand den beiden etwas auf die Finger sieht bei ihrer Arbeit, und im Zweifelsfall mit Rat und Tat zur Seite steht. Ich wüsste meinen Sohn hierbei natürlich gerne in guter Begleitung, deshalb wirst du mit ihm nach Mazaka reisen.»

Mithridates machte eine kurze Pause, um meine Reaktion abzuwarten und ergänzte dann zu meiner Freude.

«Ich dachte, dass du eventuell Phillip auch mitnehmen könntest, da ihr ja ein gutes Reisegespann seid. Meine Leibwache hier ist gut aufgestellt, und Bituitus hat mir versichert, dass er ihn empfehlen kann, wenn es um die Sicherheit meines Sohnes geht. Was hältst du davon?»

Die Frage war eigentlich überflüssig, da so ein Befehl ja keine Diskussionsgrundlage bildet, aber ich freute mich wirklich!

«Mein König, ich freue mich sehr, und hoffe euch und eurem Sohn auf dieser Mission gute Dienste leisten zu können. Wann sollen wir denn losreiten?»

«Übermorgen, also würde ich sagen, du gehst gleich los zu Phillip und gibst ihm Bescheid, dass er sich abmarschbereit machen soll, und bitte teile ihm auch mit, dass er niemandem etwas über den Befehl zu sagen braucht. Bituitus und auch Dorylaos sind bereits unterrichtet.»

Mit einem kurzen Nicken verabschiedete ich mich, und ging zu Phillip in die Barracken hinüber.

«Nach Mazaka? Hm, das dürften ungefähr sechs bis sieben Tagesritte sein. Soweit ich weiß geht es immer ziemlich geradeaus Richtung Süden. Warum nicht! Mir wurde hier schon ordentlich langweilig, und ein bisschen reiten würde mir guttun. Ich mag außerdem die Seeluft nicht. Alles ist klamm, und riecht salzig.»

Daphne war allerdings überhaupt nicht erfreut über meine erneute Entsendung, vor allem, weil ich ihr auch meine Freude darüber schlecht verbergen konnte.

Wir ritten mit etwa fünfzig Mann sehr früh los immer Richtung Süden, und überquerten abends das erste Mal den Halys am Zusammenfluss mit dem Amnias. Zwei Tage lang ging es durch hohe Berge mit satten grünen Wäldern. Ab und zu ritten wir an Flüssen entlang, die allesamt jetzt im Frühjahr noch ordentlich Wasser führten. Unmerklich änderte sich die Landschaft, und die Täler wurden breiter, die Hügel sanfter, die Bäume spärlicher, bis nur noch vereinzelt Gestrüpp die karge Landschaft unterbrach. Im Sommer musste es hier brütend heiß sein, und schon jetzt schien uns die Sonne ordentlich auf den Rücken während wir ritten. Die sanfte Hügellandschaft bot ab und zu einen See oder einen kleineren Fluss zur Erfrischung an. Als wir auf den Halys Fluss stießen, wurde die Landschaft jäh unterbrochen.

Hier musste ich an meinen Onkel Thrasyllos denken. In einer solchen Landschaft konnte sich eine Armee frei bewegen. Es war genug Wasser und Nahrung für Mensch und Tier zur Verfügung, und weder Berge noch Flüsse waren ein natürliches Hindernis. Bereits Krösus hatte den Halys Fluss übertreten, bevor er gegen Kyros zu Felde zog, und verlor. Hier im Süden war der Halys noch nicht so rot gefärbt, und auch nicht so breit. Als wir den Fluss am Morgen im Norden hinter uns gelassen hatten, lag vor uns eine ebene karge Landschaft. In der Ferne sahen wir einen Dunstschleier über dem Horizont, und darüber spitzte der schneebedeckte Gipfel eines gewaltigen Berges heraus. Wir ritten durch die Ebene, die natürlich doch die ein oder andere Erhebung aufwies, was allerdings angesichts des riesigen Berges nicht ins Gewicht fiel. Einer der Männer aus unserer Gefolgschaft, der schon einmal hier gewesen war, damals mit Archelaos, behauptete der Name des Berges sei Argaios. Außerdem gäbe es am Fuß des Berges Feuergruben, die niemals erloschen, und Löcher, die schwefeligen Dampf ausstießen. Es musste hier wohl einen Zugang zum Hades geben.

Als wir das Stadttor von Mazaka erreichten, wurde es von armenischen Soldaten bewacht. Die Mauern und Türme waren in einem schlechten Zustand und so uralt wie die Stadt. Mazaka war älter als die Griechenstädte, die ich bisher im Westen gesehen hatte. Der wachhabende Offizier stellte sich uns mit Nemanes vor, und geleitete uns zum Palast. Ohne seine Hilfe hätten wir uns wahrscheinlich im heillosen Gewirr der Stadt verloren. Wir ließen die Männer unseres Trupps im Hof des Palastes absitzen, und Nemanes geleitete Arkathios, Phillip und mich bis in den Thronsaal, wo er uns bei Gordios ankündigte. Gordios, der über einigen Dokumenten saß, war erstaunt Arkathios zu sehen. Und noch mehr verwunderte es ihn, mich und Phillip zu sehen, denn bei unserer letzten Begegnung in Artaxata waren wir Gefangene von Tigranes.

«Arkathios, mein Lieber!», begann er seine einstudierte Begrüßung. Er stand sofort auf und schritt auf uns zu. «Was verschafft mir die unerwartete Freude? Was machst du in Kappadokien?»

«Hallo Gordios! Lange nicht gesehen», begrüßte ihn Arkathios ohne aufgesetzte Freundlichkeit. «Aber lass mich erst einmal meinen Bruder, König Ariarathes begrüßen und zum rückeroberten Thron gratulieren!»

Was er auch mit einem kurzen Kopfnicken Richtung Ariarathes machte, der gelangweilt in einer Ecke saß und an einem Apfel schnitzte. Die Geste wurde erwidert. Ariarathes war zwar nur eine Marionette von Mithridates, aber das wusste er auch, denn blöd war er nicht. Er wusste, dass er ein angenehmes Leben haben konnte, wenn er spurte, und sich vor allem so wenig wie möglich bei seinem «Vater» blicken ließ. Denn böse Zungen, und das waren in diesem Fall alle inklusive Arkathios, wie ich nun auf unserer Reise nach Kappadokien erfahren hatte, behaupteten, dass er mit seinen Geschwistern nur die Mutter Laodike teilte.

«Ansonsten sind wir gekommen, um die Wunder Kappadokiens zu erkunden und von euch die Regierungsgeschäfte zu erlernen», richtete sich Arkathios wieder an Gordios. «Wir werden einige Zeit bleiben, deshalb lass für mich und meine Gefährten Taxiles und Phillip doch bitte drei schöne Zimmer nebeneinander mit Verbindungstüren herrichten. Sollte sich so etwas nicht finden, dann lass einfach neue Türen in die Wände hauen. Unsere Männer stehen im Hof, sie und ihre Pferde würden gerne versorgt und untergebracht werden. Dann werden wir morgen Früh eine Lagebesprechung halten, und für Nachmittag organisiere mir doch bitte eine Unterredung mit unseren armenischen Freunden Mithras und Bogas.»

Und ohne auf eine Antwort zu warten, beendete er den offiziellen Teil, ging zu Ariarathes hinüber, nahm sich ein Stück vom Apfel und säuselte ihm mit seinem offenen Lächeln direkt in sein rechtes Ohr.

«So und jetzt wollen wir erst einmal auf deine Krone anstoßen Bruder!»

Das taten wir dann auch, aber da Ariarathes noch um einiges jünger war als wir, beließen wir es bei einem Pokal Wein für jeden. Gordios war unterdessen beschäftigt alle Aufträge zu erledigen. Wir bezogen unsere Zimmer, die im ersten Stock zur Südseite hin gelegen waren, und einen guten Blick auf den Argaios boten. Arkathios bezog das mittlere Zimmer, und tatsächlich hatten wir auch je eine Tür zu seinem Zimmer. Der Palast war so alt wie die Stadt selbst, aber gut in Schuss. Die Decken waren niedrig, aber die Fenster groß, und die Lager weich. Uns wurde Essen und Wein gebracht.

«Arkathios, warum hast du Gordios so hart angefasst?», wollte ich wissen.

«Weil er hier ein Diener unserer Familie ist. Er soll zwar die Macht verwalten, aber es ist wichtig, dass er noch bevor die Armenier wieder abziehen weiß, dass er hier nur Oberster Beamter ist. Meinem armen Bruder fehlt es an Autorität wegen seines Alters, und ich sage mal: Sein Anspruch ist nicht unumstritten. Gordios ist ein kappadokischer Adliger. Er könnte natürlich versuchen daraus mehr zu machen. Deshalb müssen wir erreichen, dass die Armenier uns als Partner sehen und Gordios ebenfalls nur als Beamten. Er diente die beiden letzten Jahre für Tigranes, und wer weiß wie gut seine Verbindungen dahin sind. Vielleicht zu gut? Außerdem mussten wir, wie du die ja weißt, Kappadokien wieder an Sulla, beziehungsweise an seinen eingesetzten König Ariobarzanes abtreten. Sulla war eigentlich in Kilikien und hat den Piraten Ärger gemacht. Als wir jedoch das letzte Mal einmarschiert sind, hat er sich mit Archelaos einen kleinen Krieg mit vielen Truppenbewegungen und wenig Gefechten geliefert. Letztlich zogen wir vorerst ab. Aber da Rom momentan im Clinch mit seinen eigenen Unterstützern in Italien ist, war die Gelegenheit zu gut. Um allerdings vor den Römern nicht als vertragsbrüchige dazustehen, ließen wir Tigranes die Drecksarbeit machen. Das sah besser aus, und so konnten die Armenier sich die Beute holen, und wir meinen Bruder mit einem gewissen Anspruch auf den vakanten Thron setzen, ohne selbst wirklich offiziell involviert zu sein!», erklärte Arkathios sich.

Und wieder einmal stellte ich im Stillen für mich fest, dass Arkathios sein diplomatisches Geschick unterschätzte.

Gordios wartete bereits auf uns, als wir am nächsten Morgen zu dritt den Thronsaal betraten. Er gab uns einen Überblick über die Lage am Hof und in Kappadokien.

«Die Armenier sind momentan die einzige militärische Macht in Kappadokien. Der Abzug hat begonnen, und sie nehmen so ziemlich alles von Wert mit und außerdem eine große Menge an Menschen. Das betrifft nicht nur die Kriegsgefangenen, sondern sie haben auch ganze Dörfer einfach zu Aufständischen erklärt, und gefangengenommen. Das geht natürlich über das hinaus was vereinbart war, aber im Moment können wir dagegen nichts unternehmen. Ich habe deinem Vater bereits geschrieben, aber die Nachricht dürfte noch nicht angekommen sein bevor ihr abgereist seid. Ansonsten sind die Kassen natürlich leer, und ein Heer existiert nicht. Ganz gut so, dies könnten wir momentan auch nicht bezahlen. Die Adligen von Kappadokien sind geteilt. Die eine Hälfte ist mit Sulla und hat für den Römerfreund Ariobarzanes gestimmt. Sie haben natürlich die letzten Jahre von seiner Herrschaft profitiert. Die meisten von ihnen sind in den römischen Herrschaftsbereich geflohen, nach Kilikien, Trachea, Pisidien, Lycaonien, Lycien oder gleich in die Provinz Asien. Allerdings sind auch einige Anhänger Ariobarzanes hiergeblieben, offen oder versteckt, teils weil sie sich arrangieren wollen, teils weil sie keinen Ort wussten, an den sie fliehen könnten, und sie kein Geld dafür hatten obendrein. Die andere Hälfte ist für uns oder neutral. Aber auch die Adligen, die für uns sind, haben im Krieg viel verloren, und warten darauf welchen Kurs wir einschlagen werden.»

«Gordios, kennst du alle Adligen und einflussreichen Männer Kappadokiens?», erkundigte sich Arkathios mit ruhiger Stimme.

«Natürlich!», verkündete Gordios entschlossen.

«Gut, dann fertige zuerst eine Liste mit denjenigen an, die auf unserer Seite stehen. Sie sollen profitieren. Gib ihnen vom Land derer, die auf Ariobarzanes Seite standen. Diejenigen, die sich gegen uns gestellt und geflohen sind, soll nichts bleiben, enteigne sie. Und dann mach eine Liste derer, die neutral waren. Gib ihnen halb so viel, wie denen die für uns waren. Und zuletzt fragst du diejenigen Adligen, die gegen uns sind und aus welchen Gründen auch immer im Land geblieben sind, ob sie nicht doch lieber für uns sein wollen; aber gib ihnen zunächst nichts. Soweit zu den innerkappadokischen Besitzverhältnissen. Denkst du wir bekommen das hin?»

«Ja, ich denke die Listen habe ich an einem Tag. Ich würde den Hiergebliebenen dann entsprechende Nachrichten zukommen lassen.»

«Ja, und damit wir die Hiergebliebenen auch gut stimmen, werden wir mit den Armeniern ein Lösegeld für Gefangene aushandeln. Wenn jemand bereit ist die Hälfte zu zahlen, zahlen wir die andere Hälfte. Wir kaufen aber nur solche Gefangene frei, die einen unserer Adligen gewogen stimmen können. Frag also nach Fällen, bei denen sie sich zu Unrecht behandelt fühlen, dann erst schlagen wir daraus politischen Gewinn, und bieten unsere Unterstützung an.»

«Das klingt nach einem guten Vorschlag», stimmte nun Gordios anerkennend zu. «Denn einige Edle haben auch Freunde verloren, und das könnte das Klima auf die Dauer vergiften.»

Arkathios nickte wohlwollend und fuhr fort.

«Und nun zu Geld und Heer. Geld habe ich, oder kann es besorgen. Es fließt aber nicht in die kappadokische Kasse, die muss sich von selbst füllen! Die fünfzig Mann, die ich mitgebracht habe sind erst einmal die Wachmannschaft für Mazaka, weitere werden folgen. Diese Männer sind aber nur eine Leihgabe von Pontos! Das heißt wir müssen schnellstmöglich auch wieder neue Streitkräfte aufstellen oder anwerben. Wir sollten damit sofort beginnen. Geld wird sich dann schon finden.»

Wir aßen zu Mittag, und empfingen dabei Bogas und Mithras, die Feldherren von Tigranes, die das Unternehmen zum Erfolg gebracht hatten. Sie waren in Begleitung von Nemanes, dem Wachoffizier vom Vortag. Es wurden diplomatische Nettigkeiten ausgetauscht, was bei diesen beiden stolzen Kriegern nicht allzu viel Zeit in Anspruch nahm. Arkathios sprach noch kurz über den Freikauf von Gefangenen, ohne die exzessive Gefangennahme von Landvolk überhaupt anzusprechen, sondern stellte die diplomatischen Vorteile sowie die monetären der Armenier in den Vordergrund. Darüber brauchte nicht lange verhandelt zu werden, und klar war auch, dass Mithras und Bogas dabei ihren Schnitt machen würden. Sie waren natürlich froh, wenn ihnen die Verhandlung abgenommen wurde, und sie nur das Gold entgegennehmen mussten. Dann wandten wir das Gespräch dem militärischen Aspekt zu. Der Abzug sollte binnen zweier Monate erfolgen, während pontische Leihtruppen die Grenzsicherung übernehmen würden. Angefangen wurde an den Grenzen im Süden zu Galatien hin. Außerdem sollte die Stadtsicherung von Mazaka umgehend auf die fünfzig Mann übertragen werden, die mit uns gereist waren, die Armenier sollten in Mazaka aber die Eigensicherung übernehmen. Und erst zum Schluss, als Arkathios die Feldherren schon müde diskutiert hatte, äußerte er sein Hauptanliegen.

«Eine weitere Bitte hätten wir noch. Ich und meine Gefährten würden gerne eine Übung mit der armenischen Schweren Reiterei absolvieren. Wenn das möglich wäre, und ihr einige Truppen dafür entbehren könntet, wären ich und mein Vater euch zu großem Dank verpflichtet!»

«Es ehrt uns, dass unsere Reiterei in Pontos in so hohem Ansehen steht. Wir haben im Osten von Mazaka eine Schwadron Reiter stationiert, gerne könnt ihr mit ihnen üben», antwortete Mithras. «Leider bin ich stark eingespannt, wenn wir die zwei Monate einhalten sollen und Bogas wird bereits morgen Früh nach Süden reiten, um die an der Grenze stationierten Einheiten zu besuchen und neue Befehle auszugeben. Aber Nemanes könnte euch hier unterstützen. Er ist einer unserer besten Kavallerie Offiziere, und sollte bis auf weiteres sowieso in

Mazaka bleiben. Da er den Wachdienst nun abgeben kann, wird er euch gerne zur Verfügung stehen.»

So war das vereinbart, und am nächsten Tag wurde die Stadtwache an die pontischen Soldaten übergeben. Am Abend aßen wir mit Nemanes und vereinbarten, dass wir die nächste Woche mit der Kavallerie Schwadron üben würden. Wir ritten zu zehnt etwa einen halben Tag den Halys hinauf, und weiter in das Tal Sarkisla südöstlich des Flusses hinein. Es war eine kleine von Bergen umgebene grüne Ebene, in der die Pferde der Schwadron genug Futter fanden. Die Männer der Kavallerie waren in den Häusern der Bauern untergebracht, und Nemanes musste erst einmal alle zusammentrommeln. Arkathios, Phillip und ich erhielten Rösser der Armenier mitsamt den ledernen Schutzumhängen der Pferde. Man zeigte uns wie die Schutzumhänge angelegt wurden. Es folgten die kleinen Rundschilde, sowie die recht schweren langen Lanzen.

Die Logik bei dieser Schweren Reiterei, erklärte uns Nemanes während wir bereits auf dem Weg zum Übungsplatz waren, bestand darin in die Schwachstellen einer Phalanx einzubrechen. Eigentlich genauso wie bei unserer Reiterei, nur dass die Formation hier eng geritten wurde, wie eine Phalanx aus Pferden, und so auch eine noch halbwegs intakte Infanterie in Probleme geraten konnte. Gegen die makedonische Phalanx war diese Taktik nicht allzu gut geeignet, außer man ritt von der Flanke an, da die lange Sarissa die Pferde hier früh scheu werden ließ, aber vor allem Peltasten oder Schildträger, also klassische Hopliten waren durchaus verwundbar mit dieser Walze aus Pferden. Die Reiterei konnte natürlich auch klassisch eingesetzt werden, wobei sie gegen leichtere Kavallerie den Nachteil der geringeren Beweglichkeit hatte.

Wir übten verschiedene Manöver, und es war zu Beginn gar nicht so leicht in einer festen Reihe zu reiten, ohne nach vorn oder hinten abzufallen, und so eine Lücke in die Formation der Reiter zu reißen. Die eingeschüchterten Dorfbewohner verfolgten unser Treiben mit höchster Skepsis. Wir trampelten vermutlich auch auf ihren Feldern herum. Die meisten Armenier sprachen persisch, aber kaum einer griechisch. Mein Persisch war, im Gegensatz zum geschliffenen Persisch von Arkathios, doch sehr holprig. Mit Nemanes verstanden wir uns gut, er sprach sogar gutes Griechisch, was vor allem Phillip sehr entgegenkam, der ausschließlich griechisch sprach. Nach einer Woche Training wollten wir nicht nur uns, sondern auch den Schlachtrössern eine Pause gönnen, und ritten wieder nach Mazaka zurück. Unser Plan sah vor nach einigen Tagen Pause in Mazaka, erneut ins Sarkisla Tal zurückzukehren und nochmals eine Woche mir der Reiter Schwadron zu üben.

Zu zehnt ritten wir durchs Stadttor, das nun von pontischen Soldaten bewacht wurde. Die Armenier, die mit uns hierher geritten waren, bogen zu ihren Unterkünften ab. So ritten wir zu viert durch das Gewirr enger Gassen von Mazaka; Arkathios links vorneweg, daneben ich und hinter uns Phillip und Nemanes. Die Straße gabelte sich in eine linke und eine rechte Gasse, und eigentlich hätten wir die Linke nehmen müssen, diese war aber durch einen Karren versperrt. Wir führten unsere Pferde im langsamen Trab links am Karren vorbei, und folgten dieser schmalen Gasse. Nach ungefähr einer halben Stadie traten plötzlich aus einer Tür zu unserer Rechten drei Männer auf die Straße, davon zwei mit Speeren und einer mit Schwert bewaffnet und blickten uns an. Ich brauchte einen Augenblick bis ich den Ernst der Lage verstand, und sah im selben Augenblick, dass aus einer Tür zur Linken ebenfalls drei Männer hervorgesprungen waren. Phillip, der ja mit Nemanes am Ende ritt, drehte sein Pferd wiehernd in der engen Straße, aber der Karren war mittlerweile auf die Kreuzung geschoben worden, und dahinter standen nun ebenfalls drei Männer mit Speeren. Ich sprang vom Pferd, und zog mein langes sakisches Schwert. Arkathios erkannte was mein Plan war, und stieg ebenfalls ab, und Nemanes rückte zu uns in die vordere Reihe auf, während Phillip nach hinten sicherte. Ich ging direkt auf den Ersten zu, der nun seine Lanze auf einen mit einem Schwert bewaffneten agilen Mann richten musste, und nicht wie erwartet auf einen Reiter in einer engen Gasse. Unbeholfen rammte er seine Lanze nach vorne, die ich mit dem Schwert nach links ablenkte, und dann hieb ich mit einem schnellen Streich den vorderen Teil mit der Klinge ab. Nun hatte er nur einen Knüppel als Waffe. Nemanes schien ähnliches auf seiner Seite gelungen zu sein. Ein weiterer Lanzenträger versuchte nun Arkathios zu attackieren. Der duckte sich nach links weg, ich bekam den Speer mit meiner linken Hand zu fassen und zog daran, während Arkathios dem vortaumelnden Angreifer sein Schwert in den Bauch rammte. Ich warf den Speer rechts hinter mich die Straße entlang und schrie zu Phillip, dass er eine weitere Waffe zur Verfügung hätte. Der andere wollte die Gelegenheit nutzen, und versuchte mich jetzt mit seinem verbliebenen Knüppel zu schlagen. Ich zog aber mein Schwert nach oben, und traf erneut die Überreste seiner Lanze. Als er nun begriff, dass er nur noch einen Stock in der Hand hielt, drängte er sich nach hinten weg. Jetzt stand ich vor einem etwa dreißigjährigen breitschultrigen Mann, der offenbar wusste wie man ein Schwert hielt. Er begann mit einem Hieb auf meine linke Seite, gefolgt von einem Stich auf meine Mitte, ich parierte, und wich zurück, da folgte bereits der nächste Hieb von rechts oben auf meinen Kopf, den ich eben noch so abwehren konnte. Der Kerl ärgerte mich ganz schön, und ich reagierte mit einem schnellen Ausfall mit meinem längeren Schwert auf seinen Brustkorb. Ich traf auch, aber der Stich hatte nicht mehr genug Kraft die Panzerung, die er offenbar unter seinem Gewandt trug zu durchdringen. Auf den folgenden Konter, den mein Schwert zu meiner Rechten wegschlug, und mit der seine Klingenspitze in Richtung meines Halses zielte, war ich dank der vielen Übungsstunden gefasst. Ich brachte mein Schwert früh genug zurück zur Mitte und schlug meinerseits sein Schwert zur Seite, und ging dabei mit meinem ganzen Körper in meinen Gegner, senkte meinen Kopf, und stieß ihm meinen Helm ins Gesicht. Ich spürte, dass mein Helm etwas Weicheres getroffen hatte, und der Mann taumelte nach hinten und fiel. Sein Gesicht war blutig, und offenbar konnte er momentan nichts sehen. Ich reagierte mit einem Schritt nach vorn, stieg auf sein Schwert, und hob ihm die rechte Hand mit einem Schwerthieb ab. Der Schrei war durchdringend, und auf der Stelle änderte sich die Szenerie. Die Straße war auf einmal leer, bis auf drei tote Gegner, den Verletzten und einen noch Kämpfenden. Von hinten schoss ein Speer zwischen Arkathios und Nemanes vor, und streckte den letzten Lanzenträger nieder.

«Seid ihr alle in Ordnung? Jemand verletzt?», fragte Arkathios.

Keiner von uns hatte etwas Ernsthaftes abbekommen. Phillip schob sich an mir vorbei, und packte den letzten noch lebendigen Angreifer, der sich um seinen Armstumpf krümmte. Die anderen waren stiften gegangen. Ohne großen Wortwechsel war uns klar, wir mussten schnellstmöglich zum Palast. Ich ging voraus mit zwei Pferden, hinter mir Arkathios, dann Phillip mit dem Gefangenen, und Nemanes gab die Nachhut. Als die Wachen uns erblickten, erhielten wir sofort Geleitschutz. Wir führten den Gefangenen in einen Raum im Erdgeschoss, und ließen einen Arzt und Gordios holen, die nach kurzer Zeit gemeinsam eintrafen.

Wir postierten zwei Wachen vor der Tür, banden den Gefangenen auf einen Stuhl, und durchsuchten ihn nochmals gründlich. Aber außer dem Dolch, den Phillip ihm schon bei der Gefangennahme abgenommen hatte, hatte er nichts dabei was uns weitergeholfen hätte. Der Arzt verband seinen Armstumpf, und wir untersagten ihm dem Verwundeten Mohnsaft zu geben, und befahlen ihm er solle sich zur Verfügung halten. Arkathios, Nemanes und ich setzten uns auf Stühle, und lehnten uns gegen die seitliche Wand.

«Dein Name!», forderte Gordios.

Der Gefangene wollte nicht antworten, da schlug Phillip ihm dreimal heftig ins Gesicht. Gordios tat so als würde er Phillip zügeln, und fragte erneut.

«Badios, ich heiße Badios», gab der Gefangene überraschend schnell nach. «Ich bin der Sohn des Badios aus dem Ort Güzelyurt.»

«Ja ich kenne deinen Vater, und was treibt dich dazu dich als Attentäter zu verdingen, und Schande über dein Haus zu bringen? Dein Vater wird untröstlich sein!», sagte Gordios beißend.

«Mein Vater ist tot», stotterte Badios. «Letzten Winter gestorben, meine Ländereien sind verwüstet, und meine Leute in Gefangenschaft. Ich musste wenigstens versuchen mich zu rächen!»

Gordios blickte ihn eine Weile an und fragte dann in mäßigerem Ton.

«Aber dein Vater war doch kein großer Anhänger von Ariobarzanes. Ich bin mir nicht einmal sicher, ob er ihn gewählt hat. Wie kommt also sein Sohn auf solch eine dumme Idee?»

Badios schien sich selbst zum Schweigen zu zwingen. Ich war mir sicher, und die anderen anscheinend auch, dass er jemanden schützen wollte. Und wir wollten unbedingt wissen wen! Nachdem drei weitere Schläge von Phillip ihn dazu aufmunterten Gordios als Büttel von Mithridates zu beschimpfen, blickte Phillip einmal in die Runde. Phillip hatte so ein gutmütiges und unschuldiges

Gesicht, aber ich wollte wirklich nicht sein Opfer oder sein Feind sein. Phillip nahm den Dolch von Badios, und schnitt ihm von seiner linken Hand das erste, und dann das zweite Glied des kleinen Fingers ab. Und noch bevor Gordios eine weitere Frage anbringen konnte, schnitt er ihm auch das dritte Glied ab. Es war eine laute Angelegenheit, und Badios konnte erst nach einigen Minuten wieder reden. Er blickte kurz an sich hinunter, und realisierte wohl, dass ihm nur noch vier Finger geblieben waren. Dann murmelte er mit zitternder Stimme.

«Mit was kann ich denn rechnen?»

«Im besten Fall mit einem schnellen Schnitt durch die Kehle», antwortete Gordios kalt und setzte nach. «Wenn nicht, werden wir heute aufhören, sobald keine Finger mehr da sind, und dann wirst du merken wie schwer man sich kratzen kann ohne.»

Und dann gestand er, bestimmt mit der Hoffnung letztlich doch ein milderes Urteil zu erhalten. Er gestand uns, dass er von Arzanes angeheuert worden war, einem einflussreichen Adligen aus Aksaray, der ebenfalls nach Seleukia in Kilikien geflohen war. Er gestand auch, dass die meisten geflohenen Adligen sich weiter nach Westen aufgemacht hatten, meist mit dem Ziel über Lykien nach Rhodos und Rom zu kommen, um Ariobarzanes zu unterstützen. Wir verließen den Raum vor Phillip. An diesem Abend tranken wir mit Nemanes.

Die nächsten Tage wurden die Wachen verstärkt. Die Suche nach den anderen Attentätern bleib vergeblich, und Arkathios schrieb sicherlich an Mithridates. Wir entschieden uns, dass es unserer Sicherheit nicht abträglich wäre, wenn wir nochmals mit den Armeniern üben würden, und ich muss sagen, dass ich mich im Sattel der guten Schlachtrösser, umgeben von fünfzig armenischen Reitern viel wohler fühlte, als in dieser beengten Stadt. Wir verlängerten unsere Übungen, und ließen uns guten Wein, und eine kleine Herde Schafe ins Tal transportieren. Das machte den Aufenthalt natürlich viel angenehmer. Als wir nach drei Wochen wieder nach Mazaka zurückkehrten, achteten wir darauf, dass es spät in der Nacht war, und ein Trupp von zehn Soldaten begleitete uns vom Tor bis zum Palast. Es war mittlerweile sehr warm, und die Stadt stank. Wir waren froh, dass Nachrichten aus Sinope gekommen waren, und freuten uns bereits darauf zurückzukehren.

Hippias, ein Mann der Leibwache aus Sinope trat am Nachmittag unvermittelt in Arkathios Zimmer. Wir ruhten uns von den letzten Wochen aus, und lagen faul auf unseren zerschlissenen, aber weichen Lagern herum und aßen.

«Arkathios, Herr, der König schickt mich mit diesen Anweisungen für dich hierher», begrüßte Hippias uns.

«Danke Hippias, leg die Nachricht da auf den Tisch, nimm dir etwas zu Essen und zu Trinken, du musst müde von dem Ritt sein. Erzähl mir wie steht es in Sinope?» Arkathios wies auf einen freien Stuhl und machte keine Anstalten aufzustehen.

«Herr, ich habe Anweisungen hier zu bleiben, bis ihr die Nachricht gelesen habt. Von Sinope kann ich gerne später noch erzählen. Euer Bruder Machares ist übrigens ebenfalls in Mazaka eingetroffen. Wir sind alle gestern bereits hier angekommen, und bringen Verstärkung und Geld», widersprach ihm Hippias und blickte dann wartend zu Boden.

Arkathios Mine verfinsterte sich als er hörte, dass sein Bruder auch da war, und Hippias Order, so lange da zu bleiben bis er die Nachricht gelesen hatte, klang ungewöhnlich. Arkathios wechselte besorgte Blicke mit uns, stand auf, nahm die Schriftrolle, und las. Er las lange! Es herrschte absolute Stille. Nach einigen Minuten sah er zu uns auf.

Kapitel 16 – Mit der Reiterschwadron

Arkathios sprach schnell. «Wir vier packen augenblicklich unsere Sachen. Wir ziehen in den Krieg gegen Nikomedes. Das Unternehmen muss geheim bleiben, und unsere Teilnahme, vor allem meine sollte nicht ans Tageslicht kommen. Wir treffen uns in fünf Tagen mit einer Reiterschwadron unter Diophantos am Zusammenfluss von Halys und Amnias.»

Um in fünf Tagen am Treffpunkt zu sein, müssten wir am nächsten Tag sehr früh aufbrechen. Unsere Pferde ließen wir deshalb umgehend bereitstellen, und jeder erhielt noch ein Ersatzpferd. Ohne uns von Gordios oder Nemanes zu verabschieden, brachen wir noch vor Sonnenaufgang auf. Die Gefahr von Attentätern verfolgt zu werden war, neben der Eile, der Hauptgrund für unsere hektische Abreise. Wir folgten demselben Weg, und erreichten am späten Nachmittag des vierten Tages die Festung, an der der Amnias Fluss in den Halys fließt. Diophantos empfing Arkathios freudig. Anschließend stellte Arkathios uns vor.

«Dorylaos hat mir bereits von euch berichtet. Taxiles, richtig, mit seinem Gefährten Phillip aus dem fernen Indien!», unterbrach Diophantos die Vorstellung. «Es freut mich, dass ihr dabei seid. Taxiles, Dorylaos meinte du hättest durchaus interessante militärische Theorien! Wir werden sehen», und somit hatte er uns quasi ins Stabszelt geladen. Er ging sofort zum Stabsbericht über.

«Der König hat Sokrates eine kleine, aber feine Armee zur Unterstützung gegen Nikomedes zugestellt. Wir sind Teil dieser Streitkräfte, also ist der Oberbefehl formal bei Sokrates, aber wir werden natürlich unser Ding durchziehen. Arkathios soll unbedingt eine Armee in Aktion sehen, und ich muss euch sagen, es ist schon einige Zeit her, dass die Truppen marschiert sind. Wird Zeit, dass sie wieder einmal zum Einsatz kommen! Einige Kontingente, vor allem die Infanterie sind bereits auf dem Vormarsch Richtung Heraclea Pontica. Sie werden seeseitig versorgt. Wir werden mit schnellen berittenen Verbänden im Süden auf Bithynion vorrücken. Sokrates hat einige der großen Herren des Königreichs Bithynien auf seine Seite gezogen. Nikomedes ist wohl nicht sonderlich beliebt. Deshalb rechnen wir bis Bithynion mit wenig Gegenwehr, und sind auch angehalten die Schäden gering zu halten. Jetzt ruht euch erst einmal aus, wir brechen morgen bei Sonnenaufgang auf, und wollen in drei Tagen dort sein!»

Mit uns, waren etwa vierhundert Reiter in der Festung stationiert gewesen. Am folgenden Tag gabelten wir noch einige andere Schwadronen auf, die aufgrund der Versorgung anderswo auf den Abmarsch gewartet hatten. Als die Sonne am höchsten stand, ritten wir mit dreitausend Mann und noch mehr Pferden nach Westen durch die gebirgigen Wälder des östlichen Bithyniens. Die Erde erbebte unter den Hufen unserer Pferde, und hinter uns bildete sich eine breite braune Schneise aufgewühlter Erde. Am Mittag des zweiten Tages erreichten wir den

Billaeus Fluss, der ungefähr die Grenze zwischen dem Königreich Pontos und Bithynien war. Wir mussten hier einen Zufluss überqueren. Hierfür waren von der Hafenstadt Tios ein Trupp Ingenieure und Arbeiter mit Flößen den Billaeus hochgefahren und hatten eine schwimmende Brücke errichtet. Nun überquerten dreitausend Reiter nacheinander den Fluss. Das dauerte einige Stunden, und die Pause tat unseren Tieren gut. Dann folgten wir dem Fluss weiter bis Bithynion und erreichten die Stadt am folgenden Tag kurz nach Mittag. Bithynion lag in einem Tal umringt von dunkelgrünen Hügeln. Von hier aus musste man nur noch eine Hügelkette im Westen übersteigen, und man konnte in zwei Tagen in Nikomedia sein. Jedoch galt es noch den Sangarius Fluss zu überqueren. Wir hatten die Ingenieure und Arbeiter auf Pferde gesetzt und einfach mitgenommen. An einer Schleife des Sangarius bei Adapazari in der Nähe des Sees Sepanaca sollten wir uns mit den anderen Truppenteilen treffen, um über zu setzen. Wenn die Heerführer von Nikomedes nicht vollkommen kampflos aufgeben wollten, mussten sie versuchen unseren Vormarsch hier zu verlangsamen. Und das taten sie auch. Die Stadt Bithynion war nicht sonderlich groß, und die Mauern nicht uneinnehmbar, aber man konnte nicht einfach daran vorbeireiten. Überfälle an unserer Rückenseite wären auf mehrere Stadien eine unangenehme Sache geworden. Außerdem sollten wir das Land für Sokrates einnehmen. Es musste also schnell gehen.

«Arkathios, was würdest du vorschlagen?», fragte Diophantos.

«Ich habe eine solche Situation noch nicht gehabt. Ohne Zeitdruck würde ich Belagern vorschlagen. Uns stehen genügend berittene Truppen zur Verfügung, um jeglichen Nachschub abzuschneiden und Ausbruchsversuche zurückzuschlagen. Darüber hinaus begleiten uns Ingenieure, um Belagerungsmaschinen zu bauen. Holz haben wir mehr als genug hier!», antwortete Arkathios zögerlich.

«Taxiles, was würdest du tun?»

«Ich würde die Stadt im Süden umreiten, gut sichtbar, und ihnen vortäuschen wir würden sie übergehen. Oben auf dem bewaldeten Hügel würde ich unsere Truppen in fünf Teile zerlegen: Vornweg der Tross mit den Ingenieuren, gut geschützt, dann ein paar unserer Schwersten Reiter, die als Ambos dienen. Zwei kleinere beweglichere Schwadronen mit unseren Bogenschützen beziehen links und rechts im Wald Stellung, und sobald unsere Feinde uns nachkommen, kreisen wir sie ein. So verhindern wir Ausbruchsversuche nach den Seiten. Eine Schwadron aus verbliebenen Truppenteilen sollte vorpreschen, und dann im Norden im Schutz der Bäume so nahe wie möglich an die Stadt herankommen. Im Idealfall erwischen wir sie auf dem falschen Fuß, und nehmen die Stadt. Dazu müssten aber die anderen Schwadronen nachrücken.»

«Ein gewagtes Unternehmen, das du da vorschlägst», stellte Diophantos fest und ergänzte. «Ich hätte es ähnlich gemacht, aber unsere Truppen nur in zwei Teile getrennt. Ich folge deinem Vorschlag die Falle von links und rechts zuschlagen zu lassen, und unsere Bogenschützen dazu zu verwenden. Das sollte unsere Ausfälle auf ein Minimum reduzieren. Die Idee die Stadt zu nehmen ist waghalsig. Wenn du willst, gebe ich dir dazu zweihundert Mann. Mehr ziehe ich nicht aus unserer Mannschaft ab, sonst verliere ich noch zu viele Männer.»

Da schaltete sich Phillip ein. «Und wie wäre es, wenn wir die Männer niedermachen, die uns folgen, uns Kleidung und Rüstung der Getöteten aneignen, und nachts versuchen verkleidet in die Stadt zu kommen? Ich meine, wenn sie uns einen Trupp hinterherschicken, erwarten sie den ja nicht allzu früh zurück, da der Trupp ja erst nachts zuschlagen würde!»

Wir sahen uns an, und jeder begann zu nicken. Auf diese Weise hatten wir eigentlich nichts verloren, selbst wenn es nicht funktionieren würde. Außerdem hörte es sich nach dem besten Plan an, um die Stadt einzunehmen.

«Dann müssten natürlich einige Truppen am Nordrand des Waldes bereitstehen, um uns zu verstärken, wenn wir die Tore öffnen», setzte Phillip nach, aus taktischen Überlegungen und um natürlich selbst unbeschadet aus der Sache rauszukommen.

«Klar!» Diophantos nickte, überlegte und nickte erneut. «So machen wir es!»

Für die Besatzung von Bithynion gut sichtbar, jedoch in sicherer Entfernung ritten wir südlich um die Stadt, um westlich davon in einer waldfreien Schneise zu verschwinden und die angrenzende Hügelkette zu überqueren. Die Ingenieure und einige leichte Berittene bildeten die Vorhut, dann folgten unsere Schwere Reiterei. Die restlichen leichten berittenen Truppenteile, und die berittenen Bogenschützen kamen zuletzt. Bereits nach etwa fünf Stadien waren wir am höchsten Punkt des Hügels angelangt. Arkathios begleitete mit Hippias eine Abteilung Leichter Reiter und Bogenschützen auf die linke südliche Seite, während Phillip und ich uns auf die nördliche Seite begaben. Wir standen auf einer kleinen Anhöhe, und unter uns lag ein kleiner Waldsee. Da sich von hier eine gute Sicht auf die Ebene eröffnete, warteten wir hier in Begleitung eines Offiziers der berittenen Bogenschützen namens Betogas.

Und da warteten wir an diesem idyllischen See und die Mosquitos plagten uns. Als die Sonne unterging zweifelte ich schon an unserem Plan, vermutlich hatte die Besatzung einfach keine Lust zu kämpfen, als doch einer unserer Reiter vom unteren Waldrand meldete, dass fast eintausend Reiter von Bithynion in unsere Richtung unterwegs seien.

Voller jugendlichem Tatendrang begab ich mich auf meinen kleinen Aussichtshügel und blickte mit Freude und Spannung auf die dunkle Masse, die über die Ebene preschte. Doch da verschwand auf einmal das Lächeln in meinem Gesicht, als sich die Masse teilte, und ein Teil weiter dem Weg unseres Trosses folgte, und die andere Hälfte direkt auf uns und den Hügel hoch zuritt. Es würde ein frontales Aufeinandertreffen geben, und auch wenn das Überraschungsmoment auf unserer Seite lag, so waren es doch fast fünfmal so viele wie wir!

«Betogas! Schick sofort einen Melder zu Diophantos!», befahl ich.

Mein Verstand raste, das könnte eine Katastrophe geben!

«Halt warte!», rief ich ihm hinterher.

Und da kam mir ein Geistesblitz. Aber es würde riskant werden. «Phillip, reite du zu Diophantos. Sag ihm, er soll mit seiner Schweren Reiterei die andere Gruppe überrennen. Arkathios soll von der Flanke her angreifen und gleichzeitig die Ingenieure schützen. Er und Diophantos sollen dann sobald das Horn ertönt einfach bis zum Stadttor weiterreiten, und die Flüchtenden verfolgen!»

«Welche Flüchtenden denn? », fragte Phillip verwirrt.

«Uns!»

Phillip verstand, und Betogas ebenfalls, auch wenn er nicht gerade begeistert dreinschaute. Wir sammelten schnell unsere Männer, und zogen nach Nordosten über den nächsten Hügel, während sich aus Süden eintausend bithynische Reiter den Hügel hocharbeiteten. Die Bithynier hatten ihre Augen nach Westen gerichtet, und hier würde sich gleich ein Schauspiel zeigen. Als unsere vielleicht siebzig Mann den Hügel überquert hatten, ritten wir die Senke herunter nach Süden auf die Ebene zu. Wir blickten nun in die Waldschneise und sahen auch schon wie der erste Trupp der Bithynier einem Pfeilhagel ausgesetzt war. Und dann schoss Diophantos mit seiner Schweren Reiterei hervor. Die Bithynier erlitten wie erwartet starke Verluste, aber einigen Männern gelang es, sich nach Osten auf unsere vormalige Position zurückziehen, und sich mit ihren Kameraden zu vereinen. Hier hatten sie nun höheres Terrain, und erwarteten sicher den

Angriff unserer Truppen. Das wäre verlustreich für uns geworden. Als nun der Angriff von Diophantos am Versanden war, ließ ich das Horn dreimal lang und deutlich blasen. Unverzüglich ritten wir zweihundert Mann Richtung Bithynion als wären die Furien hinter uns her. Die Dämmerung hatte bereits eingesetzt, und keiner hätte auf eine viertel Stadie erkannt, ob Freund oder Feind.

So meldete die Besatzung am Tor von Bithynion nur eine kleinere Reiterschwadron gefolgt von einer Größeren, die aufs Tor zuritt, und so waren sie sich sicher, dass einer ihrer Trupps vom Feind verfolgt den Schutz der Mauern suchte. Und das war unsere Chance! Wir ritten auf das Tor zu, das für uns weit offenstand. Noch bevor die wachhabenden Männer am Tor uns erkannten, waren sie von Pfeilen gespickt. Sobald wir das Tor passiert hatten, befahl ich die Türme und die Mauern, um das Tor zu besetzen. Je etwa sechzig Mann bewachten die drei Straßen im inneren der Stadt, die aufs Tor zuliefen. Der Rest folgte mir.

Ich sprang von meinem Pferd, und wollte in die Tür sprinten, die den Aufgang zu den Türmen darstellte, als die Tür von innen zugeworfen wurde. Instinktiv schleuderte ich meinen Speer in den noch offenen Türspalt, wobei die Tür wieder aufsprang. Mein Schwert gezogen, trat ich durch die Tür, und von drinnen stürzte mir ein Soldat mit einer Kurzlanze entgegen, die Spitze auf meinen Bauch gerichtet. Mit dem Schwert lenkte ich die Lanze zu meiner Rechten ab, wurde aber durch die Wucht gegen die Mauer gedrückt. Einer meiner Kameraden streckte den Bithynier mit seiner Lanze nieder. Gleich dahinter rauschte ein weiterer Soldat mit einer Kurzlanze auf mich zu. Ich wich erst nach hinten aus, und schlug dann mit meinem Schwert seine Lanze nach unten, nahm den Schaft mit der Linken, und bohrte ihm mein Schwert im Vorangehen in den Hals. Leichtfüßig schritt ich in den Turm hinein, und die Treppe hoch, gefolgt von den nachkommenden Soldaten. Mittlerweile nahm ich auch war, dass die Alarmglocke läutete. Egal. Als wir oben am Wehrgang der Mauer angelangt waren, rannten von beiden Seiten Soldaten auf uns zu. Unsere Pfeile reduzierten zwar die Zahl der Soldaten, doch einige hatten auch Schilde und wehrten unsere Pfeile ab. Ich bemerkte in diesem Moment, dass ich keinen Schild hatte. Der erste Angreifer kam mit Schild und Lanze auf mich zu, als ich nach rechts ausweichen wollte. Der Wehrgang war nicht allzu breit, und so konnte immer nur Mann gegen Mann kämpfen, aber das reichte mir im Moment auch, denn ohne Schild fühlte ich mich recht unwohl! Mein Angreifer kam schnell näher, und ich parierte mit meinem Schwert seine ersten Lanzenstöße. Schritt um Schritt wurde ich dabei ungewollt zurückgedrängt. Ich sah aus meinem linken Augenwinkel, dass ich einen Holzbalken passierte, der wohl zur Konstruktion des Wehrganges gehörte. Mein Gegner stieß abermals seine Lanze nach vorn, aber diesmal ging ich in den Gegner, und parierte seinen Stoß nach links. Dann setzte ich alles auf eine Karte, und warf mich mit meinem ganzen Körper gegen seinen Speer. Der Speer knarzte, brach aber nicht, mein Gegner jedoch verlor das Gleichgewicht, und viel vom Wehrgang hinunter direkt vors Tor.

Genau zu diesem Zeitpunkt trabten Diophantos und seine Männer in die Stadt herein. Als die restlichen Angreifer erkannten, dass mehr als fünfhundert Reiter die Stadt durchs Tor erreichten, rannten sie die Wehrgänge nun in die entgegengesetzte Richtung. Am folgenden Gemetzel hatte ich keinen Anteil.

Diophantos blickte mich durch seinen Helm leicht entnervt an. Er war, sagen wir mal etwas ungehalten über meinen Alleingang.

«Lysander, das war eine schnelle Planänderung! Gut, dass es funktioniert hat, gut für dich, gut für Arkathios!»

«Ja», antwortete ich knapp. «Aber wo ist Arkathios?»

«Er ist mit seiner Truppe zu den Ingenieuren und den anderen Männern der Vorhut geritten. Ich habe Befehl gegeben, dass sie einen weiten Bogen nach Südwesten machen, und südlich des größeren Sees erst den Wald verlassen. Von dort könnten sie sowohl auf die Waldschneise als auch auf die Stadt sehen. Sobald und nur wenn sie die Stadt brennen sehen, sollten sie zur Stadt reiten.» Und nun brüllte Diophantos mich an. «Schnapp dir dreißig Mann und reite ihnen entgegen.»

Am östlichen Ufer des Sees Gölköy Baraji trafen wir auf Arkathios und seine Männer. Und erst jetzt wurde mir bewusst, dass ich Arkathios Leben durch meinen eiligen Plan gefährdet hatte. Wäre mein Freund zu Schaden gekommen, hätte ich vor Mithridates wohl einen schweren Stand gehabt. Wir ritten im Galopp zurück in die Stadt, die bereits komplett eingenommen war. Denn es waren lediglich noch dreihundert Mann Besatzung in der Stadt anwesend, die komplett von unserem Einfall überrascht wurden. Die meisten hatten vor unserem Einfall ihre Waffen abgelegt, und tranken bereits Wein, als sie von unseren Reitern überrascht und getötet wurden.

Diophantos Laune wurde schlagartig besser, als er Arkathios und die anderen sah. Wir hatten die Stadt genommen, und unsere Verluste waren minimal gewesen. Die überlebenden Reiter der Bithynier sahen wir hier nicht mehr. Sie werden wohl Richtung Nikomedia geritten sein, oder die Söldner unter ihnen vielleicht auch einfach nach Hause. Wir hatten allerdings keine Zeit unseren Sieg auszukosten, da wir die ganze Nacht damit beschäftigt waren, die Stadt nach versteckten Soldaten, Waffen und Beute zu durchsuchen. Etwa hundertachtzig Mann unserer Besatzung mussten wir in der Stadt zurücklassen. Mit wenig Schlaf ritten die restlichen dreihundert Mann plus der Ingenieure mit uns weiter Richtung Nikomedia. Nach einem Gewaltritt von über fünfhundert Stadien erreichten wir nach Einbruch der Nacht den Sangarius Fluss an der vereinbarten Biegung bei Adapazari. Von Weitem bereits erkannten wir die Feuer im Lager der anderen Armeeteile. Todmüde legten wir uns auf Decken um ein Feuer in der Mitte des Lagers. Wache halten, mussten heute Nacht andere.

Am nächsten Morgen fühlte ich mich immer noch gerädert von den Strapazen der letzten zwei Tage. Wir wurden ins Zelt von Sokrates gerufen, der ja nominell den Oberbefehl führte. Aber außer einer freundlichen Begrüßung durch viele bithynische Adlige und Sokrates höchstpersönlich und dem Plan eine Brücke zu schlagen, um dann auf Nikomedia zu marschieren, bekam ich bei dieser Besprechung nichts Neues zu hören. Ich legte mich nochmal hin, schlief bis zum späten Nachmittag, und ging dann mit Phillip zum Fluss, um mich und meine Sachen zu waschen.

Kapitel 17 – Belagerung

Und Phillip, was hältst du von Sokrates?», erkundigte ich mich.

«Ich hoffe, dass er einen Geheimgang nach Nikomedia kennt, er ist ja dort aufgewachsen. Aber ich habe so den leisen Verdacht, dass er dort nicht viel gelernt hat, wenigstens nichts was uns weiterbringt. Wollen wir hoffen, dass ich mich irre», erwiderte Phillip.

«Du hast noch gar nichts zu meiner Plan Änderung bei Bithynion gesagt. Danke, dass du mich unterstützt hast, und Diophantos meine Nachricht übermittelt hast.»

«Kein Problem Lysander! Ich hab's in deinen Augen gesehen. Du hattest den gleichen Ausdruck darinnen wie dein Vater, wenn er eine gute Idee hatte. Du hast die Lage instinktiv richtig erkannt, und ich habe gelernt diesen Eingebungen zu vertrauen. Es war riskant, aber genial! Außerdem kannst du dir eines merken: Sobald der erste Pfeil fliegt sind die großartigen Pläne alle nichts mehr wert. Dann zählen nur noch eine schnelle Auffassungsgabe und eine gute Reaktion. Das Schlimmste sind dann Heerführer, die gar nicht reagieren. Das endet dann nach meiner Erfahrung in Gefangenschaft und Sklaverei. Sieh doch mal, selbst die bithynischen Reiter hatten einen Plan. Er ging schief, und sie haben das wahrscheinlich bemerkt, und sind verschwunden. Nicht das schlechteste Los. Ich denke einigen anderen bithynischen Soldaten ist es schlechter ergangen.»

Als wir wieder einigermaßen sauber waren, trockneten wir unsere Sachen am Feuer, und besorgten uns etwas zu Essen. Das Heerlager war riesig. Es waren angeblich zwanzigtausend Mann. Aber ich denke nicht, dass alle davon auch Soldaten waren, jedoch auch diese hatten den Ort binnen der letzten drei Tage, an denen sie hier lagerten, verdreckt. Wir sollten unbedingt schnell weiterkommen, sonst würden wir ernsthafte Probleme bekommen. Irgendwann während des Tages hatte das Hämmern der Ingenieure begonnen, die eine Pontonbrücke über den Fluss bauten. Das Hämmern dauerte noch einen Tag, bevor wir einen Tag lang die Armee über den Fluss bringen konnten. Das Leben im Lager langweilte mich jetzt bereits, und das nächste Lager schlugen wir vor Nikomedia auf. Es war nur einen halben Tagesmarsch zu Fuß vom Fluss entfernt. Das Heer marschierte unendlich langsam, und vor Nikomedia fächerten wir uns auf, so dass wir bereits beim Anmarsch die Stadt umzingelt hatten. Nikomedia lag an der nördlichen Spitze eines Meerbusens, so dass die Hafenseite zur See hinausragte, und die Stadtmauer nur in drei Richtungen erbaut war. Nach Osten hin erstreckte sich ein Tal bis zum See, etwa fünfzig Stadien lang, im Norden und Süden stiegen sanfte aber gut bewaldete Berge an. In den Bergen fanden wir sowohl genügend Wasser als auch Holz. Wir kreisten die Stadt mit Zeltlagern ein. Pferde zogen Holz heran, das in den Hügeln geschlagen wurde, und die Ingenieure begannen damit Rammböcke und Belagerungstürme zu bauen. Es würde mindestens eine Woche dauern, eher zwei, bis eine genügend große Anzahl für einen ernsthaften Angriff fertig gestellt wäre.

Nikomedia war gut bemannt, praktisch das ganze verbliebene Heer, und alle noch treu zu Nikomedes stehenden Adligen waren in der Stadt. Eine Aufgabe war unwahrscheinlich. Die Problematik unseres Feldzugs war jedoch eine andere. Unsere Armee war schneller vorgerückt, als eine Flotte je hätte die Meerengen freikämpfen und passieren können, um Nikomedia auch von See her abzuschneiden. So mussten wir zusehen, wie Handelsschiffe ungehindert in Nikomedia eintrafen. Aushungern war da wohl nicht drin! Die Sorge, dass Nikomedes militärische Verstärkung über den Seeweg erhalten würde war zwar gegeben aber nicht so akut. Es hätte schon einer anderen Macht bedurft die Nikomedes geholfen hätte, denn Söldner lassen sich nicht von einer belagerten Stadt anwerben. Und als fremde Macht, gab es nur Rom. Aber die Entsendung von römischen Truppen aus der Provinz Asia, wenn auch nicht völlig ausgeschlossen, war doch unwahrscheinlich, da sie die Befugnisse des dortigen Stadthalters überstieg. Außerdem, bis der römische Senat eine Entscheidung trifft, hätten wir die Stadt notfalls auch abgetragen! Nein, unsere Sorge war, dass Nikomedes über den Seeweg fliehen würde, und den Kampf an einem anderen Tag fortsetzen würde. Und die Wahrscheinlichkeit, dass er floh wuchs mit jedem Tag, ebenso wie die Höhe unserer Belagerungstürme.

Nach zehn Tagen Belagerung waren Sperren in der Ebene angebracht, und die Belagerungstürme fast ausreichend hoch. Für eine Belagerung sind zwei Dinge typisch: Langeweile und Hämmern. Vielleicht auch Hunger und Gestank, aber das trifft eher die Männer auf der anderen Seite der Mauer.

«Phillip, was würdest du machen, wenn du Nikomedes wärst, und das hier siehst?», fragte ich eines Abends.

«Naja, ich wäre schon längst weg an seiner Stelle. Hier kann er nichts mehr gewinnen. Aber ich weiß ja nicht was so im Kopf eines Königs vorgeht», antwortete Phillip beiläufig.

«Ja Phillip, ich glaube wirklich, dass du das nicht weißt.» Und damit hatte ich seine Aufmerksamkeit. «Wenn er jemals wieder zurückkommen will, muss er irgendwie versuchen eine gute Figur zu machen. Sozusagen bis kurz vor Schluss kämpfen. Wenn er zu früh aufgibt werden seine Verbündeten ihm das übelnehmen. Also die, die ihre Ländereien, ihr Hab und Gut, und vielleicht auch das ein oder andere Familienmitglied verlieren. Nein, ich denke er muss warten bis die Belagerungstürme rollen.»

Und in dem Moment wurde mir klar, dass alles was wir hier machten komplett umsonst war. Seine Flotte hatte die Meerengen gesperrt, und wenn wir durchbrachen würde er fliehen, und sobald die Belagerungstürme auf ihn zurollten würde er ebenfalls fliehen, und so viel Beute, und so viele Verbündete mitnehmen wie möglich. Genauer betrachtet, würde er auf den riesigen Schiffen, die dort im Hafen lagen, so viel mitnehmen, dass unser sicherer Sieg gleichzeitig ein leerer Sieg werden würde.

Ich ging sofort zu Arkathios.

«Arkathios, du musst mit Sokrates und Diophantos reden. Sobald wir die Belagerungstürme fertigstellen, wird Nikomedes auf einem der Schiffe fliehen, ebenso wenn eine Flotte die Meerengen bei Byzantion durchbricht. Was wir hier machen ist sinnlos!», verkündete ich überzeugt.

«Tja Taxiles, klingt ja einleuchtend was du sagst. Wir können zwar gleich zu Sokrates gehen, aber er wird dich, denke ich ebenso wie ich fragen, welche Optionen wir sonst denn haben? Warten bis nächstes Jahr zwei römische Legionen hier stehen, oder darauf das Nikomedes eines natürlichen Todes stirbt?», entgegnete Arkathios zweifelnd.

«Naja, von mir aus muss es ja kein natürlicher Tod sein!»

Arkathios sah mir in die Augen, und ich in seine. Beide wussten wir, dass es die beste Möglichkeit war. Nicht sonderlich ehrenvoll, aber effektiv. Wir gingen zu Sokrates, der eben mit Diophantos, und dem Chef der Ingenieure über die Belagerungsmaschinen beriet. Arkathios trat ein, ich hinter ihm.

«König Sokrates, mein lieber Diophantos! Taxiles und ich haben eine strategische Frage, die wir gerne in den engeren Kreisen besprechen möchten. Vielleicht könnte der Bericht des Ingenieurs kurz unterbrochen werden, und er könnte sich kurz vor dem Zelt erfrischen bevor er wieder gerufen wird?»

Arkathios Vorschlag hatte eher bestimmenden Charakter, wenn auch als Frage formuliert. Sokrates und Diophantos nickten nur kurz, und wir warteten bis der Ingenieur das Zelt verlassen hatte. Dann legte Arkathios meine Befürchtungen vor Sokrates und Diophantos dar. Beide stimmten uns in der Analyse zu.

«Und was, Taxiles, ist dein Vorschlag? Wenn er flieht haben wir erst einmal gewonnen. Wer weiß, ob er überhaupt wiederkommt. Er wäre nicht der Erste, der auf der Flucht stirbt!», entgegnete Diophantos.

Und Sokrates fügte hinzu. «Er wird nach Rom fliehen, da er vor unserem Angriff dort zunächst besser bewacht ist als hier. Und er wird nach einer Weile zurückkommen, schon allein, weil die Römer in ihm ein viel zu gutes Instrument hätten. Ich sage es ja nicht gerne, aber ich wünsche den Tod meines Bruders.»

Und nur der letzte Teil hörte sich wirklich glaubhaft für mich an. Ich sprach einfach frei heraus.

«Deshalb würde ich vorschlagen den Bau der Belagerungsmaschinen absichtlich zu verlangsamen, und wir sollten einen Plan erstellen wie wir Nikomedes noch in der Festung töten können. Ein Attentäter wäre wahrscheinlich die richtige Methode, aber ich kenne keine, und ich kenne Nikomedia nicht.»

Sokrates Antwort kam schnell, sehr schnell.

«In Nikomedia kenne ich jeden Winkel! Ich kann einem Attentäter genau beschreiben, wie er zu meinem Bruder kommt. Aber ein Wagnis ist es in jedem Fall, denn in einer belagerten Stadt sind für gewöhnlich mehr Wachen aufgestellt, und momentan kommt man nur über den Hafen in die Stadt. Auch das ist ein Problem.»

Diophantos räusperte sich, und sagte dann etwas verlegen, denn offenbar wusste nur er davon.

«Also einen Attentäter haben wir in unserer Truppe.»

Hermes ging vorbei. Stille im Zelt.

Arkathios und ich waren eher etwas peinlich berührt, und Sokrates musste sich wohl gerade überlegen, ob der Attentäter nicht vielleicht für ihn bestimmt gewesen war, sollte er einen Fehler begehen. Arkathios war der erste der die Stille brach.

«Dann rufen wir den Ingenieur, und bremsen ihn ein. Diophantos, du holst den Attentäter, und wir besprechen einen Plan. Ich denke wir haben keine Zeit zu verlieren!»

Als Diophantos gegangen war, fragte ich Sokrates rundheraus. «Und wie soll der Attentäter in den Hafen kommen? Auf einem Schiff? Ich könnte mir vorstellen, dass die Schiffe genau kontrolliert werden, und wir haben auch gar keines!»

Sokrates blickte mich von unten an, und sagte bedächtig, aber bestimmt.

«Der Attentäter muss schwimmen. Nachts. Dann muss er sich trocknen, um keinen Verdacht auf sich zu lenken. Am besten nimmt er frische Sachen eingenäht in ein geöltes Ziegenfell mit. Dann geht er vom Hafen aus, den Hügel im Norden hoch. Dort ist die Akropolis, und dort wird mein Bruder sein und unsere Belagerung genau beobachten. Bei einem Angriff kann er in wenigen Minuten unten im Hafen auf seinem Schiff sein und weg ist er.»

Der gute Sokrates hatte wohl schon öfter daran gedacht seinen Bruder umzubringen. Mir kam es fast so vor, als würde er nachts an nichts Anderes denken.

«Oben in der Akropolis gibt es einen Seiteneingang für das Küchenpersonal. Jetzt im Belagerungszustand kann dort vielleicht eine Wache sein, aber es ist sicher kein unüberwindliches Hindernis für einen guten Mann. Es wäre allerdings besser, wenn er nicht allein wäre! Hinter dem Eingang geht es links in die Küche, und geradeaus gibt es eine Wendeltreppe, die direkt in die oberen Räume führt. Man kommt in einem Wendelgang heraus, und mein Bruder sollte dort das Zimmer an der südöstlichsten Ecke bewohnen. Unser Vater wohnte dort, und man sieht sowohl aufs Meer als auch auf die Ebene.»

Jetzt da ich den Plan hörte bereute ich, dass ich meine Idee vorgetragen hatte. Diophantos hatte durchaus recht, dass ein Nikomedes in Rom, oder sonst wo auf der Flucht, ein ganz passables Ergebnis wäre.

Diophantos trat mit einem relativ kleinen, aber gedrungenen Mann ein. Er hatte an den Oberarmen eine ganze Anzahl von Narben, die wie alte Schnittwunden aussahen.

«Arkathios?», fragte ich leise. «Einer aus Komana Pontike?»

Arkathios antwortete mit einem Augenaufschlag. Diophantos und Sokrates erklärten ihm Plan und Aufgabe. Der kleine Mann hieß Alexander, was überhaupt nicht zu ihm passte. Er machte einen ernsthaften Eindruck, was der Situation ja auch angemessen war.

«...ich kann das machen, aber allein wird es schwierig. Am besten wäre es, wenn ich ein oder am besten zwei Helfer hätte. Ich brauche Hilfe beim Hinschwimmen, sonst treibe ich im Wasser und bekomme die Waffen und die trockene Kleidung nicht aus dem Wasser. Dann brauche ich Hilfe bei der Küchentüre. Wenn es zwei Wachen gibt müssen diese gleichzeitig ausgeschalten werden. Ein dritter Helfer kann da von Vorteil sein.»

Das klang vernünftig, soweit man so ein Selbstmordkommando vernünftig nennen konnte.

«Aber wir müssen den Kreis der Mitwisser so klein wie möglich halten. Es würde mich überraschen, wenn Nikomedes keine Agenten in unseren Reihen hätte. Jeder weitere Mitwisser ist ein Risiko!», wandte Diophantos ein.

Wieder trat Stille ein, und jeder dachte darüber nach, wer Alexander begleiten könnte. Doch recht schwer hier jemanden vorzuschlagen, denn die, die man mag schickt man nicht auf so eine Mission, und die, die man nicht mag, denen vertraut man nicht. Da hörte ich mich leider auf einmal sagen.

«Ist in Ordnung! Ich mach's ja. Phillip könnte mich begleiten, aber er wird sicher ein ganzes Talent Silber für diesen Wahnsinn als Belohnung haben wollen.»

Damit hatte ich mich also selbst in die Pfanne gehauen. Arkathios war dagegen. Rührende Geste! Sokrates und Diophantos fanden die Idee natürlich gut, versprach sie doch am besten ihr Problem zu lösen. Diesem Alexander, Phillip und mir wurde ein Zelt zugewiesen, in dem wir uns vorbereiten konnten. Am Abend betranken Phillip und ich uns erst einmal. Alexander sprach dem

Wein nur mäßig zu. Er war irgendwie religiös. Er kam aus der Umgebung von Komana Pontike, und hatte eine anatolische Mutter, welche die Göttin Ma verehrte, und so wurde er einer der rituellen Kämpfer. Ein Attentat war für ihn wie ein Opfer an seine Göttin. Komischer Kerl eben. Wir ließen uns am nächsten Tag jeweils einige getragene zivile Kleidungsstücke in dunklem Ton bringen, und ein Paar normale Sandalen dazu, nicht die schweren Schnürschuhe. Kleidung und Schuhe vernähten wir grob in die geölten Ziegenhäute. Als Waffen nahmen wir jeder nur einen sehr langen Dolch mit. Er war nicht so schwer wie ein Schwert, denn wir mussten ja auch schwimmen, und in den engen Winkeln des Palastes war ein Dolch auch tödlicher als ein unhandliches Schwert, vor allem ein langes wie das meinige. Wir versuchten alle drei früh ins Bett zu gehen und noch ein wenig zu schlafen, aber ich glaube nicht, dass es einer von uns geschafft hatte überhaupt einzuschlafen.

Etwa um Mitternacht trat Arkathios in unser Zelt, um uns bis zur Küste zu begleiten. Wir stiegen auf Pferde, und ritten begleitet von fünf Leibwächtern, die sich auf einer Aufklärungsmission wähnten, Richtung der nördlichen Hügel. Im Schutz der Bäume flankierten wir die Stadt, und ritten etwa zehn Stadien nördlich der Stadtmauer eine kleine Senke hinunter bis die Bäume endeten. Von hier aus galt es noch etwa zweieinhalb Stadien ungeschützte Fläche bis zur Küste zu überwinden. Die Leibwächter hatten einen etwa mannshohen dicken Baumstamm mitgenommen. Ich und Phillip trugen ab hier den Baumstamm selbst, und Alexander unsere drei Ziegenhäute. Arkathios wünschte uns noch viel Glück, aber ich hatte keine Nerven etwas zu antworten. Meine Sinne waren so geschärft, dass ich jeden kleinen Stein und jeden Grashalm sehen konnte. Ich war mir sicher, dass die ganze Stadt uns beobachten würde. Wir liefen zu dritt zum Meer hinunter auf eine kleine Landzunge. Das Ufer führte hier flach ins Wasser, und wir wateten langsam ins gar nicht so kalte, ruhige Meer hinein. Mich fröstelte trotzdem, und spätestens beim Bauchnabel kam nicht nur mir die Idee ziemlich bescheuert vor.

«Lysander, eines sag ich dir, das nächste Mal will ich mindestens zwei Talente für so einen Blödsinn!», flüsterte Phillip ins Dunkel. Wir versuchten leise zu sein, obwohl uns niemand weit und breit hören konnte. Der Mond schien hell, was es zwar angenehmer machte ins Wasser zu gehen, aber im Hafen würden wir als Treibgut hübsch auffallen. Wir klammerten uns an den Baumstamm, jeder mit seinem Ziegenfell umgeschlungen. Außer einer leichten Tunika hatten wir den Rest unserer Kleidung bei Arkathios gelassen. Mit der aufkommenden Flut schwammen wir Richtung Hafen. Erst blieben wir nahe am Ufer, aber je mehr wir uns der Stadt näherten, desto weiter paddelten wir vom Ufer weg. Wir schwammen auf die Mitte des Hafens zu, und vor uns eröffnete sich die Stadt mit ihren vielen Fackeln. Auch am Hafen von Nikomedia waren Fackeln entzündet, und die Befestigungsmauern ragten weit ins Meer hinein. Zwei große Kriegstrieren lagen zusammengebunden im Hafen, und bildeten jetzt in der Nacht eine Sperre. Auf Deck der Schiffe standen Wachen postiert und auch hier warfen

Fackeln ihren Lichtschein aufs Wasser. Noch knapp eine Stadie von den Schiffen entfernt fragte Phillip ins Dunkel.

«Und wie sollen wir da jetzt vorbeikommen?»

Alexander fühlte sich irgendwie angesprochen.

«Einfach weiter, wird schon gut gehen!»

«Glaub ich nicht!», widersprach Phillip. «Ich denke wir sollten den Baumstamm jetzt hierlassen, und einzeln durchschwimmen. Einzeln werden sie uns nicht wahrnehmen, dazu sind sie viel zu unaufmerksam, aber wenn wir alle gleichzeitig durchschwimmen, und dann noch mit dem Baumstamm sind wir zu groß und zu laut.»

Hörte sich für mich vernünftig an. «Alles klar, so wird's gemacht!», befahl ich.

Alexander schenkte sich die Wiederrede. Phillip schwamm zuerst durch die beiden Schiffe hindurch. Er schwamm langsam auf dem Rücken, das Gesicht nach oben, und das Ziegenfell auf dem Bauch. Dann Alexander, und letztlich folgte ich. Das salzige Wasser schwappte mir ins Gesicht und in die Nase, und ich musste mich überwinden nicht ständig zu husten. Die Schiffe wirkten mit einem Mal hoch wie Türme als ich zwischen ihnen hindurchschwamm. Aber es blickte keiner der Wachen aufs Wasser, und selbst wenn es einer gemacht hätte, bezweifle ich, dass er uns in der schwarzen Masse gesehen hätte, die das Meer jetzt bildete. Der Mond stand mittlerweile tief, und war von Schleiern halb verdeckt. Wir schwammen weiter bis zum Ende der mittleren, der drei Molen. Zwischen zwei Handelsschiffen hangelten wir uns hindurch, was nicht ungefährlich war, denn die

Dinger bewegten sich in der Dünung. Letztlich mussten wir noch die schleimigen und scharfkantigen Steinbrocken der Mole hochklettern.

Phillip war als erster aus dem Wasser, und gebückt half er uns heraus. Wir zogen schnell die nassen Klamotten aus, versteckten sie zwischen den Steinen der Mole und zogen die trockene Kleidung aus den Ziegenfällen an. Alexander wollte sofort weiter, als Phillip ihn aufhielt.

«Wo willst du denn hin? Du hast ja noch ganz nasse Haare! Was willst du denn erzählen? Dass du ins Meer gefallen bist und eine Nymphe dir trockene Klamotten gegeben hat?»

Alexander war etwas perplex, aber überzeugt von Phillips Argument, und wir saßen jetzt ganz locker auf der Mole, und trockneten unsere Haare so gut es ging mit einem Stück Stoff das Phillip eingepackt hatte.

«Und wenn jemand kommt, sind wir die Besatzung von einem Boot, die nicht schlafen kann, und ein bisschen die Seeluft genießen möchte», erklärte Phillip kurzentschlossen unsere Tarnung.

Manchmal überraschte Phillip mich mit seiner Kaltblütigkeit. Ich nahm mir vor ihn bei Gelegenheit nochmals über seine Jugend in Alexandria zu befragen. Nach einer viertel Stunde sahen wir alle wieder einigermaßen vernünftig aus, und nicht wie drei nasse Hunde, die offenbar gerade aus dem Meer gestiegen waren, und noch völlig außer Atem waren. Wir spazierten einfach die Mole entlang Richtung Hafen. Dort standen einige Wachen gelangweilt herum. Phillip trat auf sie zu und fragte.

«Hey, wo können denn drei durstige Seeleute, die keinen Schlaf finden noch einen Becher Wein auftreiben?»

Einer der Wachen antwortete mürrisch, aber verständnisvoll. «Versucht es doch mal in dieser Straße», und er wies nach Osten. «Da könnte noch eine Schänke aufhaben. Wenn nicht, biegt die zweite Straße nach links. Dort sind ein paar Freudenhäuser, da werdet ihr nicht durstig sterben.»

«Danke!»

Wir gingen wie angewiesen die Straße nach Osten, und bogen dann links in die zweite Straße ein. Phillip bemerkte ganz nebenbei.

«Hervorragend! Die Tür, die wir von Sokrates beschrieben bekommen haben, liegt auf der Westseite der Festung. Wir gehen nach Osten. Wir müssen versuchen die Festung im Norden zu umgehen. Lasst uns hoffen, dass da ein durchkommen ist. Wir sollten uns der Festung sowieso nicht von Süden her nähern. Das ist die Garantie für zu viele Wachen!»

In der Straße mit den Freudenhäusern war sogar noch Betrieb; kein Wunder bei so vielen Soldaten, und der Aussicht auf eine Schlacht in Kürze. Als wir die Freudenhäuser Richtung Norden passiert hatten, war die Stadt wie ausgestorben. Viele Bewohner mussten bereits geflohen sein. Die Festung lag jetzt zu unserer Linken. Wir ließen die Festung hinter uns, und bogen wieder links in ein schmales Gässchen ab, das in einigem Abstand zur Festung, und zu unserem Glück auch von der Stadtmauer entfernt war. Als wir uns im Norden der Stadt wieder mit der Festung auf einer Höhe befanden, entdeckten wir, dass auf dieser Höhe keine Häuser mehr standen, sondern eine lange Mauer erbaut war. Und über der Mauer erkannten wir Baumkronen. Das musste wohl der Garten sein, der im Norden der Burg angelegt war. Wir folgten der Straße noch bis zur nächsten linken Abzweigung, spähten in die Gasse, und entschieden uns dann unser Glück bei der Mauer und dem Garten zu versuchen.

Alexander stieg auf meine Schultern, da ich der größte unseres Trupps war, und zog sich die Mauer hoch. Er spähte erst in alle Richtungen, und zog dann seinen Körper nach oben und blieb flachliegen. Dann streckte er seinen Arm nach unten und half erst Phillip, dann mir die Mauer hoch. Es war ein großer Garten, etwa eine viertel mal viertel Stadie im Quadrat. Er war mit Obstbäumen bewachsen, und ich bin mir recht sicher Äpfel gesehen zu haben. An den Ecken standen große Rhododendron Büsche. Liegend krochen wir bis unter den vorderen rechten Rand der Büsche. Die Burg war viereckig, und hatte eine recht neue Mauer etwa drei mannshoch, oben flankiert von vier Türmen, und Wehrgängen mit Zinnen. Wir konnten je eine Wache auf jedem Turm, sowie eine in der Mitte des Wehrganges erkennen. Wir gingen also von mindestens acht Wachen oben aus. Außerdem entdeckten wir im Dunkeln sogar die kleine Tür zur Küche auf der Seite, die am kleinen Vordach über dem Eingang unterhalb der Höhe des Gartens zu erkennen war. Auch glaubten wir mindestens eine Wache vor der Tür zu erkennen. Wir sahen nur seinen Oberkörper, der Rest von ihm war im Souterrain des Eingangs versteckt.

«Oben vermutlich acht Wachen, der Garten ist stockdunkel, glaube nicht, dass sie uns so einfach sehen. Werden auch gehörig müde sein die Kerle», flüsterte Phillip. «Unten vor dem Eingang ist einer, und ich würde mal vermuten auch hinter der Türe ist noch einer. Das heißt, wir müssen uns anschleichen, und den Ersten vor der Tür lautlos ausschalten. Dann klopfen wir und auch beim Zweiten sollte die Sache schnell und leise über die Bühne gehen. Sonst schlagen die oben Alarm. Dann gehen wir hoch. Wie es dann weitergeht weiß ich noch nicht. Seid ihr einverstanden?»

Alexander und ich nickten.

«Gut, dann rüber zur Ecke. Alexander kannst du den Wachen draußen lautlos ausschalten?», fragte Phillip nach. Wieder ein Nicken. «Gut, wenn der Erste erledigt ist, kommen wir nach.»

Alexander huschte katzenartig zur Ecke hinüber. Phillip hatte derweil die Wache an der Seitentür im Blick, und ich schaute nach oben. Aber keiner der Wachen bemerkte etwas. Alexander schlich an der Wand entlang. Von unserem Blickwinkel aus waren wir uns sicher, die Wache müsse ihn schnell wahrnehmen. Aber plötzlich erschien Alexander im faden Schein der Öllampe, umfasste den Kopf der Wache mit seiner Linken, und durchschnitt dessen Kehle mit dem Dolch in seiner Rechten. Phillip sah mich an und gab mir zu verstehen, dass ich vorrücken sollte. Ich ging so schnell und lautlos wie möglich über den etwa fünfzehn Schritte breiten Streifen zwischen Gebüsch und Wand. Dort angekommen lehnte ich mich flach gegen die kühle Mauer. Einen Augenblick später stand Phillip neben mir. Wir schlichen vor zu Alexander, der den Toten mittlerweile ins Dunkel des Gartens an die Mauer gelegt hatte.

Phillip klopfte Alexander auf die Schulter, und stieg zur Tür hinunter, ich folgte dicht hinter ihm. Er holte einmal tief Luft, schloss die Augen, und dehnte seinen Nacken. Dann drückte er den Türknauf herunter, und rüttelte kurz an der verschlossenen Tür, klopfte dann dreimal aber nicht allzu laut, und krächzte irgendetwas Unverständliches und Leises, wovon nur das Wort «Scheißen» verständlich war. Erst nichts, dann Schritte und ein leises Murren und Fluchen auf der anderen Seite. Die Tür öffnete sich nach außen. In dem Moment riss Phillip an seiner Seite der Tür, und stach gleichzeitig mit seinem Dolch dem ihm entgegentaumelnden Mann in den Hals. Ein gurgelnder Laut, dann packte Phillip den Kopf des Mannes mit beiden Händen, und riss ihn in einer Drehbewegung zu Boden. Wir waren drin! Die zweite Wache legten wir in die Dunkelheit zu seinem Kameraden, gingen hinein, und lehnten die Tür hinter uns an. Zur Linken war eine Tür, wohl die zur Küche, und geradeaus stand ein kleiner Schemel am Ende eines langen Flures, und rechts daneben begann die Wendeltreppe. Beim Schemel hing eine kleine Öllampe. Wir stiegen die Treppen hinauf, Phillip mit der Lampe voran, dann Alexander, und ich zum Schluss. Wir mussten uns nun beeilen, da wir ja wortwörtlich zwei Leichen im Keller hatten. Jederzeit konnte sie jemand entdecken, und wir wären geliefert, außerdem neigte sich die Nacht bereits ihrem Ende zu. Die Wendeltreppe kam mir lang vor, und ich weiß nicht wieviel Drehungen wir gemacht hatten bis wir oben angelangt waren. Dieses Stockwerk musste aber noch über dem Wehrgang erbaut sein, den wir von unten gesehen hatten. Die Treppe mündete unversehens in einen viereckigen halb überdachten Raum. In der Mitte klaffte ein rechteckiges Loch in der Decke, und darunter befand sich ein Bassin. Die Decke wurde von vier Ecksäulen, sowie vier Säulen an den Seiten getragen, so dass eine Art Rundgang entstand. Die Seitenmauern wiesen Türen auf, und auf der gegenüberliegenden Seite eröffneten sich rechts und links Gänge, die offenbar nach Draußen führen mussten.

Phillip stellte seine Lampe auf eine untere Stufe, so dass ihr Schein uns nicht verriet.

«Welches Zimmer?», hauchte er.

Wir hatten aber auch keine Ahnung. Die Wendeltreppe hatte mir die Orientierung genommen, und wir wussten nur, dass Nikomedes das Zimmer an der südöstlichen Ecke bewohnen sollte. Wir mussten also in einen der Gänge gegenüber, und dann nach draußen blicken, um zu wissen wo welche Himmelsrichtung war. Das hätte Sokrates uns auch besser erklären können, aber in seinen Mordfantasien war er selbst natürlich nicht vor dem Dilemma gestanden. Er kannte sich hier ja aus! Wir entschieden uns in den Gang auf der rechten Seite zu treten und einen Blick nach Draußen zu werfen. Auf dem Steinboden waren unsere Schritte kaum zu hören. Der Gang war nur fünf Schritte lang und vielleicht eineinhalb breit, und öffnete sich ins Freie. Wir erhaschten einen Blick auf unsere Belagerung und die Küste. Von hier oben sah das Meer aus Feuerstellen und Fackeln imposant und bedrohlich aus! Geradeaus hinunter führte eine Treppe zu einem der Türme, und zu den Wehrgängen. Wir standen also neben dem Zimmer auf der südöstlichen Ecke, und mussten nur zurück, und in die erste Tür hinein. Phillip machte klar, dass er hier am Weg zum Turm Schmiere stehen würde, und bedeutete mir, an das andere Ende des Ganges zu gehen, und das Atrium im Blick zu behalten. Alexander ging mit mir zurück, und stand nun vor besagter Tür.

Es verging eine kleine Ewigkeit, und meine Nerven waren zum Zerreißen gespannt, während ich ins Atrium starrte. Dann wurde mir bewusst, dass Alexander die Tür bereits geöffnet hatte und gerade hineinging. Es geschah einige Augenblicke nichts.

Ein schriller Schrei ertönte, gefolgt vom Krachen umgestürzter Möbel und Keramik. Dann das Brüllen eines Mannes. Irgendwas ging gewaltig schief! Ich machte einen Schritt nach hinten und riskierte einen Blick in das düstere Zimmer. Schemenhaft sah ich eine Frau, offenbar nackt, die in der Ecke neben dem Bett stand und immer noch hysterisch schrie. Alexander hieb mit seinem langen Dolch auf einen halb am Boden kauernden Mann ein. Ich blickte wieder ins Atrium. Noch passierte hier nichts. Als ich mich wieder umdrehte stürzte Alexander aus dem Zimmer. Ich blickte erneut ins Atrium, und weitere Türen öffneten sich. Männer in Schlafgewändern mit Dolchen, Schwertern, und Öllampen traten mit weit aufgerissenen Augen ins Viereck und blickten sich erschrocken um. Alexander rannte mit weit aufgerissenen irren Augen an mir vorbei, und attackierte bereits den Nächsten. Am anderen Ende des Atriums stand ein Mann mit einem aufwendigen, bunt bestickten Umhang, sonst nackt mit Schwert und Öllampe in der Hand. Er sah unserem guten Sokrates verdammt ähnlich, und da schwante mir Böses. Alexander war offensichtlich von Sinnen, und stürmte zielgerichtet auf diesen Mann zu. Ohne Vorwarnung wurde Alexander auf der Höhe des Bassins von einer Lanze durchbohrt, die aus dem gegenüberliegenden Gang geflogen kam. Ein anderer Mann, der aus einer der Türen trat, hieb mit seinem Schwert nach seinem Kopf, und Alexander wurde gefällt wie ein Baum. Innerhalb von einer Minute hatte sich alles ins Chaos verwandelt. Ich stand immer noch mit weit geöffnetem Mund da, als Phillip mich nach hinten riss. Ich stürzte hinter ihm die Treppe zu einer der Türme hinunter. Auf der Treppe lag bereits eine tote Wache. Phillip hatte den Speer der Wache in der Hand. Auf dem Plateau des Turmes rammte er den Speer einer weiteren Wache in den Bauch, und wir rannten den Wehrgang nach links zum nächsten Turm. Hier befand sich eine Treppe nach unten, aber wir hörten bereits Schritte auf den Stufen. Phillip stürzte weiter Richtung des nächsten Turmes. Die Wachen hier mussten alle ins Atrium gerannt sein. Phillip schwang sich über die Zinnen, warf mir einen entschlossenen Blick zu und sagte.

«Schnell Lysander, klettere runter!»

Ich schwang mich ebenso auf die andere Seite, und wir kletterten an der Mauer nach unten. Von oben hörten wir Geschrei und Befehle, das Getrampel von Soldaten, und

Meldungen. Wir kletterten halb, halb ließen wir uns fallen. Nachdem wir ungefähr ein Stockwerk nach unten geklettert waren, hörte ich Phillip brüllen.

«Lass dich fallen!» Und er war weg.

Ich stieß mich leicht von der Mauer ab und rauschte nach unten. Der Aufprall war hart, verdammt hart, und meine Knie bohrten sich in meinen Bauch. Ich rappelte mich auf und stürzte Phillip hinterher Richtung Rhododendron Büsche. Ich vernahm den dumpfen Einschlag von Pfeilen im weichen Gras dicht neben mir. Phillip ging vor mir kurz in die Hocke, und verschwand nach unten. Ich sprang ihm hinterher, und wir fanden uns in der kleinen Gasse hinter der Festung wieder. Wir rannten nach links. Als wir bei der ersten Abzweigung in die linke Straße blickten, rannten bereits einige Soldaten auf der Straße, und verteilten sich in verschiedene Richtungen. Wir hetzten weiter, und nahmen die nächste Abzweigung nach links Richtung Hafen. Meine Beine schmerzten vom Aufprall, und mein Herzschlag pochte in Ohren und Hals. Wir rannten was das Zeug hielt. An der ersten Kreuzung erschienen, eine Hauslänge vor uns, zwei Soldaten aus der Straße, die von der Burg herführte. Phillip rannte einfach mit der Schulter in den einen hinein. Der Soldat flog in hohem Bogen nach hinten, und riss seinen Kameraden gleich mit. Wir rannten weiter, und ich hörte Pfeile, die an der Wand neben mir einschlugen, und mit einem Klackern die Straße entlang schrammten. Auf einmal fühlte ich einen Stoß, und einen Schmerz im linken Oberarm. Ich taumelte, und flog gegen die rechte Hauswand. Phillip sah sich um, packte meinen linken

Arm und zog daran. Jetzt schrie ich auf vor Schmerz. Ein Pfeil hatte meinen linken Oberarm durchdrungen, und diesen praktisch an meine Rippen genagelt. Phillip hatte den Pfeil aus meinen Rippen gezogen, und die Wiederhaken hatten ein Stück Fleisch mitgerissen.

«Los weiter, verdammt nochmal», feuerte er mich an.

Ich ignorierte den Schmerz und rannte weiter. Wir konnten mittlerweile das Wasser sehen. Um uns flogen immer noch Pfeile, aber gottseidank konnten die Bogenschützen nicht rennen und schießen gleichzeitig. Ich hörte überall Glocken, als wir endlich den Hafen an der nordwestlichen Ecke, etwa eine viertel Stadie entfernt vom großen Turm erreichten. Phillip huschte zwischen zwei Booten hindurch, und ich ihm nach. Als wir bis zur Brust im Wasser wateten, ergriff er meinen Arm, umfasste den Schaft des Pfeils mit der Linken nah an der Eintrittswunde, und brach den Schaft mit der Rechten ab. Der Schmerz war betäubend. Im Kopf fühlte es sich an, als hätte jemand ein weißglühendes Eisen darin versenkt, und mein linker Arm war eine taube Masse prickelnder Schmerzen bis zu den Fingerspitzen.

«Schwimmen Lysander, schwimmen!», schrie Phillip selbst außer Atem.

Und ich schwamm hinter ihm her auf den Wachturm zu, der vielleicht eine zehntel oder viertel Stadie ins Meer hineinragte. Von dort war es sicherlich nochmals die gleiche Entfernung bis zu einem Tor, das die Durchfahrt versperrte. Wir schwammen. Hinter uns hörten wir die Schritte unserer Verfolger auf der Hafenstraße, aber sie konnten uns wohl im Moment nicht sehen. Schreie von überall her. Und wir schwammen weiter. Unsere Verfolger hatten uns aus dem Blick verloren, und konnten so weder den Wachposten auf dem Turm noch den, für Rufe zu weit entfernten Wachen, auf der Triere melden, was eigentlich genau los war. Wir schwammen weiter, aber ich fiel zurück. Mein linker Arm wollte sich nicht mehr so bewegen, wie ich wollte. Und der Schmerz ließ nicht nach, sondern flammte bei jedem Zug aufs Neue auf. Das Salz brannte auch in der Wunde an den Rippen. Phillip packte mich beim Kragen und riss mich mit. Wir hatten bereits die Höhe zwischen Turm und Triere erreicht, als offenbar einer der Turmwachen uns im Meer erkannte. Dann das erste Aufschlagen eines Pfeiles, der neben mir im Wasser versank. Ein Zweiter, und Weitere.

«Tauchen, Lysander, tauchen!» Phillip tauchte, und zog mich mit. Auch unter Wasser hörte ich die Pfeile, wie sie die Oberfläche des Meeres durchbohrten. Wir tauchten auf.

«Hohl Luft!»

Ich holte Luft, und dann tauchten wir wieder. Wir tauchten in der salzigen Dunkelheit, und ich wusste nicht wie lange, oder wie weit. Dann tauchten wir wieder auf. Rufe von hinten, Pfeile die in den Wellen versanken.

«Noch mal, Lysander!»

Und wir tauchten wieder, da spürte ich einen weiteren Pfeil, der mich traf, diesmal in den rechten Oberschenkel. Erinnerungsfetzen an Indien. Mein Vater, Harpalos, der Hydaspes. Wir tauchten wieder auf.

«Pfeil, in meinem rechten Bein. Muss ihn rausziehen!», stammelte ich.

Ich zog den Pfeil heraus. Der Schmerz berührte mich nicht mehr. Wir tauchten. Dann nochmal, und vielleicht auch nochmal. Die Pfeile erreichten uns mittlerweile nicht mehr so gezielt, viele versanken hinter uns im Wasser. Vielleicht dachten die Schützen auch, dass wir mittlerweile in der schwarzen Masse des Meeres versunken waren. Phillip zog mich durchs Wasser. Endlich tauchten Pferde auf. Ich wurde hochgehievt, und auf dem Hintern eines Pferdes an Land gebracht. Arkathios und die Leibwache hatten uns gefunden. Sie setzten mich auf ein Pferd, und ich ritt eng flankiert von zwei Männern der Leibwache, die mich je mit einer Hand auf dem Pferd hielten, zurück. Jeder Schritt des Pferdes bereitete mir Schmerzen. Kalt dämmerte der Morgen. Dann wurde es schwarz, und ich verlor das Bewusstsein.

Ich erwachte im großen Zelt, in dem normalerweise die Lagebesprechungen stattfanden. Der Schmerz setzte sofort wieder ein, und ich schrie aus vollen Lungen. Der Arzt hatte eben den Pfeil aus meinem linken Oberarm gezogen. Arkathios stand neben mir.

«Hey Taxiles, trink das!», und er führte mir einen Becher an den Mund. Wein, verdünnt und mit Mohnsaft versetzt. Ich trank aus. Der Arzt verband mich, der Schmerz ließ nach. Es wurde warm, und ich schlief wieder ein.

Als ich erneut erwachte, lag ich immer noch im großen Zelt. Phillip saß bei mir, und er war offenbar betrunken.

«Guten Morgen, Lysander! Gut geschlafen? Wie geht`s?»

Ich antwortete mit einem Stöhnen. Dann trat auch Arkathios ins Zimmer.

«Phillip, gib ihm doch noch etwas von dem guten Wein!»

Und der gute Wein half auch bald. Ich fühlte mich lausig, aber lebendig. Arkathios berichtete mir, dass Sokrates mittlerweile in der Stadt sei. Nikomedes sei noch am gestrigen Tage, direkt nach dem Anschlag auf sein Schiff geflohen und weggesegelt. Die Stadt hatte sich gleich ergeben, und ihrem neuen König Sokrates die Tore geöffnet. Plünderung und Beute seien damit natürlich tabu. Die Soldaten sind mäßig enttäuscht, und man mache sich bereits an den Abzug der Truppen.

«Ja, dann können wir ja wieder zurück nach Sinope?», war mein erster verständlicher Satz und der Mohnsaft machte mich ungewollt rührselig. «Ich will Daphne wiedersehen!»

Arkathios grinste.

«Tja mein lieber Taxiles, du wirst dich leider noch etwas gedulden müssen. Der Arzt besteht darauf, dass du die nächsten fünf Tage ruhst!»

«Gib mir nochmal vom Wein!»